RELATO DE
UMA CATÓLICA

5ª edição - Março de 2025

Coordenação editorial
Ronaldo A. Sperdutti

Capa
Juliana Mollinari

Imagem Capa
123RF

Projeto gráfico e diagramação
Juliana Mollinari

Revisão
Alessandra Miranda de Sá
Enrico Miranda

Assistente editorial
Ana Maria Rael Gambarini

Impressão
Gráfica Santa Marta

Proibida a reprodução total ou parcial desta obra sem prévia autorização da editora.

© 2005-2025 by Boa Nova Editora.

Av. Porto Ferreira, 1031 | Parque Iracema
CEP 15809-020 | Catanduva-SP
17 3531.4444

www.**lumeneditorial**.com.br
www.**boanova**.net

atendimento@lumeneditorial.com.br
boanova@boanova.net

Dados Internacionais de Catalogação na Publicação (CIP)
(Câmara Brasileira do Livro, SP, Brasil)

Jaqueline (Espírito)
    Relato de uma católica / [pelo espírito]
Jaqueline ; [psicografado por] Roberto Diógenes. --
5. ed. -- Catanduva, SP : Lúmen Editorial, 2025.

    ISBN 978-65-5792-112-8

    1. Romance espírita I. Diógenes, Roberto.
II. Título.

25-254172   CDD-133.93

Índices para catálogo sistemático:

1. Romance espírita psicografado   133.93

Eliane de Freitas Leite - Bibliotecária - CRB 8/8415

Impresso no Brasil – Printed in Brazil
05-03-25-3.000-18.170

RELATO DE UMA CATÓLICA

ROBERTO DIÓGENES
pelo espírito **JAQUELINE**

LÚMEN
EDITORIAL

Aos amigos do plano espiritual,
que me acolheram e me orientaram.
Ao médium que aceitou psicografar o relato;
juntos passamos horas agradáveis.
A todos que acreditam na vida
após a morte do corpo físico.
Aos encarnados de diferentes doutrinas religiosas
que ainda não aceitam a vida após a morte.

Jaqueline

A cada um é dada a manifestação do
Espírito para proveito comum.
A um é dada pelo Espírito uma palavra de sabedoria;
a outro, uma palavra de ciência,
por esse mesmo Espírito; a outro a fé;
a outro, a graça de curar as doenças, no mesmo Espírito;
a outro o dom dos milagres; a outro, a profecia;
a outro, *o discernimento dos espíritos*;
a outro, a variedade de línguas;
a outro, por fim, a interpretação das línguas.

(I Coríntios 12, 7-10)

SUMÁRIO

Prefácio.. 11

CAPÍTULO 1 – Acidente 14

CAPÍTULO 2 – O chamado...................................... 18

CAPÍTULO 3 – Meu corpo...................................... 23

CAPÍTULO 4 – Na fazenda 34

CAPÍTULO 5 – No hospital...................................... 42

CAPÍTULO 6 – Pensando 49

CAPÍTULO 7 – Visitas 56

CAPÍTULO 8 – Nem Céu, nem Purgatório 66

CAPÍTULO 9 – Passeio 82

CAPÍTULO 10 – Revendo o passado........................... 91

CAPÍTULO 11 – Outras vidas.................................... 109

CAPÍTULO 12 – Um lar.. 136

CAPÍTULO 13 – A prece 140

CAPÍTULO 14 – Conversando................................... 144

CAPÍTULO 15 – Esclarecimentos............................... 151

CAPÍTULO 16 – Socorristas...................................... 157

CAPÍTULO 17 – Mônica 162

CAPÍTULO 18 – Estudando...................................... 171

CAPÍTULO 19 – Abimael e Guilherme 183

CAPÍTULO 20 – Enfermeira 196

CAPÍTULO 21 – Na Terra... 207

CAPÍTULO 22 – Paralelo entre vidas.......................... 216

CAPÍTULO 23 – Vivendo na colônia 226

CAPÍTULO 24 – A notícia... 240

CAPÍTULO 25 – Os anjos 252

CAPÍTULO 26 – O médium....................................... 265

CAPÍTULO 27 – Seguindo Demétrius 275

Palavras ao leitor 282

PREFÁCIO

Viver no mundo espiritual é uma bênção que Deus concede a todos os espíritos. Mas poucos aproveitam essa bênção para levarem uma vida de desencarnados conscientes de seu novo estado, dedicados à prática da caridade a si mesmos e aos demais irmãos.

Na Terra, acompanhei Jaqueline nas suas últimas existências físicas, onde viveu com simplicidade, dedicada à conquista dos seus objetivos. Ao desencarnar aos dezesseis anos, chegou à Colônia Bom Jardim com muitas indagações, motivadas por não ter encontrado após a morte o que acreditou que encontraria. E, ao aceitar o seu desencarne e compreender ter permanecido viva, tornou-se útil e se colocou a serviço dos desencarnados e encarnados.

Nesta obra, utilizando-se de uma linguagem simples e cativante, a autora espiritual prende o leitor ao seu relato espiritual, instigando-o a descobrir sua trajetória espiritual narrada nos capítulos do livro.

Com maestria literária, Jaqueline demonstra que todos somos filhos do mesmo Pai, e que, independente do credo religioso cultivado na Terra, ao desencarnar os espíritos receberão a morada que eles próprios prepararam enquanto estiveram encarnados.

Este é o relato espiritual de uma jovem que, encarnada, foi católica, e determinadas passagens podem causar estranheza a alguns encarnados, que duvidarão de suas colocações. Se dúvidas surgirem, é porque conseguiram assimilar o teor da obra e, certamente, iniciarão a revisão de alguns de seus conceitos. Para a revisão ser meritória, é necessário ter em mente que ninguém é detentor da verdade, e raríssimos são os encarnados que, em desdobramentos conscientes, podem atestar com veracidade alguns acontecimentos que determinados espíritos vivenciaram do Outro Lado da Vida.

Caríssimos irmãos! Este, sendo o primeiro trabalho literário da autora espiritual, acolham-no com humildade, permitindo a essa virtude crescer em seus corações e torná-los aptos ao cultivo de outras virtudes, como a caridade, que é a porta de entrada para uma boa morada nas colônias espirituais.

Que Deus, de infinito amor e misericórdia, os abençoe no momento da leitura para adquirirem o que nesse relato os auxiliará a colocar em prática o que será útil a seu crescimento, pois, quando se tem a oportunidade de ter contato com a história de um desencarnado, tem-se, na verdade, a oportunidade de após a leitura refletir que ela chegou até você para alertá-lo sobre como está vivendo os seus dias de encarnado, demonstrando que, embora seja protegido por Deus, e Ele está bem mais próximo de você do que imagina, compete a você praticar os bons exemplos e ensinamentos do Cristo para que, ao desencarnar, conquiste no mundo espiritual uma das boas moradas de Deus.

Demétrius

CAPÍTULO I
ACIDENTE

Era um dia como outro qualquer. Acordei, usei o banheiro, amarrei uma fita amarela em meu cabelo e, mirando o espelho, sorri.

Fui à cozinha e tomei café em pé. Sorri para minha mãe, que perguntou se eu estava bem. Joguei-lhe um beijo com os dedos da mão direita e, indo ao seu encontro, a abracei calorosamente. Admirada, indagou se eu realmente estava me sentindo bem. Sorri novamente. Mastigando o resto de uma torrada, apanhei os livros e o restante do material escolar e parti.

No trajeto para a escola, encontrei umas colegas de turma, que conversavam sobre o conteúdo curricular que seria cobrado na prova de matemática. Uma delas disse não ter estudado para a prova e a outra comentou que a auxiliaria durante a avaliação.

Ao chegarmos à escola, o porteiro nos saudou e eu o cumprimentei com um bom-dia. As colegas estranharam porque eu raramente cumprimentava alguém, por ser uma pessoa recatada.

Antes de entrar na sala de aula, cumprimentei funcionários da escola e alguns alunos, começando a me questionar sobre o que estava acontecendo para estar me comportando dessa maneira. Dificilmente saudava alguém, e agora, além de cumprimentar, sorria para quem saudava.

Entrei na sala de aula e sentei na carteira que sempre ocupei.

O professor de matemática fez a chamada dos alunos e alunas. Em seguida, nos entregou a prova. E, após resolver as duas primeiras questões, senti uma vontade imensa de gritar e fazer coisas que nunca me permiti realizar. Balancei a cabeça, tentando espantar tal vontade, concluindo serem pensamentos esquisitos, mas eles continuaram em minha mente.

Olhei a sala de aula, o professor e os alunos como se os estivesse enxergando pela primeira vez. Cada um era bem diferente do outro. O interessante é que eu nunca tinha parado para observar esse detalhe. Estudava com muitos deles há anos e praticamente não os conhecia.

Passei a mão no cabelo e olhei para o terceiro problema da prova; por mais que me concentrasse, tinha me esquecido de como resolvê-lo. Parecia que alguma coisa me impedia de raciocinar e me levava a pensar em algo que nada tinha a ver com a solução do problema que estava à minha frente.

Coloquei a ponta do lápis na boca e olhei através da janela. Avistei um pássaro pousando em uma árvore e percebi o tempo, que estava tão bonito, fechando-se aos poucos. Minha vontade era pular a janela e contemplar o céu, correr pela fazenda da vovó, andar a cavalo, molhar os pés no riacho e ficar rodopiando sob o sol. Sorri pensando no quanto a vida é bela quando conseguimos enxergar essa beleza.

Comecei a pensar que dentro de alguns meses ingressaria no curso de Enfermagem e, ao concluí-lo, seria uma enfermeira, trabalharia no hospital auxiliando os médicos a cuidarem das crianças enfermas.

De repente, o professor parou ao meu lado e, tocando meu ombro esquerdo, apontou para a prova. Olhei para o problema de número três e para o professor, e num passe de mágica lembrei a fórmula matemática para resolver o problema.

Passados alguns minutos, concluí a resposta de todos os problemas e entreguei a prova para o professor. Peguei meu material escolar e me dirigi ao portão da escola.

O porteiro indagou se eu não tinha mais aulas. Respondi qualquer coisa, e, antes de abrir o portão, ele perguntou se eu iria embora na chuva. Ela tinha começado havia pouco tempo. Eu disse que partiria na chuva e pedi-lhe que abrisse o portão e me deixasse sair.

Antes de o portão ser aberto, alguém me puxou pelo ombro direito, e, ao me virar, deparei com Alice, a única aluna da sala que considerava minha amiga, querendo saber se estava tudo bem comigo. Falei que sim, e ela perguntou como eu tinha me saído na prova de matemática. Respondi não ter a menor ideia de qual nota tiraria na prova. Alice tocou minha testa, perguntando se eu estava doente, porque alguma coisa deveria estar errada. Como eu, a melhor aluna de matemática, não sabia como tinha se saído na prova. Nada comentei e fiquei observando a escola.

A chuva foi ficando forte e a água jorrou por algumas goteiras. Alunas da nossa sala de aula se juntaram a nós duas e começaram a comentar sobre as questões da prova de matemática. Encostei-me na parede da secretaria e pensei em minha mãe sozinha em casa, acreditando que estivesse apavorada, porque morria de medo da chuva forte e dos trovões, que começaram a estrondar bem alto.

Comecei a rezar pedindo a Deus que a chuva passasse. Ele deve ter me escutado, pois a chuva diminuiu de intensidade.

Pensando em minha mãe, tirei as sandálias, decidida a correr para casa. Alice pediu-me que esperasse alguns minutos, que a chuva logo passaria. Não me importei com o que ela disse e, abrindo o portão, deixei a escola.

Com o caderno e os livros sobre a cabeça, corria embaixo da chuva. E, ao avistar a praça e a igreja católica, a chuva voltou a ficar forte e me protegi embaixo de uma árvore que estava próxima à igreja. Olhei para a praça e fiquei apavorada ao enxergar a água correr pelo chão com muita rapidez. Rezei pedindo que a chuva amenizasse um pouco, mas desta vez Deus não atendeu ao meu pedido e a água continuou caindo do céu com muita força. Escutei um forte trovão e me apavorei. Preocupada com a minha mãe, decidi sair em seu auxílio. Benzi-me e corri.

Corria rápido, muito rápido. De repente, tropecei em alguma coisa, me desequilibrei e caí. Na queda, bati a cabeça num poste e senti um corte na testa. No mesmo instante, senti uma dor insuportável e levei a mão à testa. Minha visão ficou turva. Clamei por Deus e desfaleci.

CAPÍTULO 2
O CHAMADO

Ao acordar, avistei meu corpo estendido no meio da rua e uma cópia perfeita dele deitada ao seu lado. Não entendi absolutamente nada e, fixando meu olhar no corpo e na cópia, comecei a pensar ter me transformado em duas pessoas iguais, como gêmeas.

Perplexa, observava a chuva molhar o corpo e a cópia não estar sendo afetada pela chuva. Deveria estar em um pesadelo.

Levantei e senti tontura. Levei a mão direita à testa, que estava doendo, mas suportei a dor, decidindo ignorá-la. Aproximei-me de meu corpo e, segurando-o pelos ombros, o sacudi com força. Ele não reagiu. Sentei pertinho dele e notei que uns fios o ligavam à minha cópia. Novamente nada entendi, começando a me indagar sobre o que estaria acontecendo comigo.

De repente, uma luz fortíssima surgiu e, ao se aproximar de mim, avistei um rapaz lindíssimo que, sorrindo, estendeu a mão direita e convidou-me com uma voz doce e suave:

— Jaqueline, venha comigo! Vim buscá-la!

— Para onde iremos? — perguntei.

— Me acompanhe e você descobrirá.

— Não quero ir. Permanecerei aqui.

— Levante-se e venha comigo! Você não tem necessidade de permanecer neste lugar.

— Não o acompanharei a nenhum lugar — disse, e segurei os ombros do corpo, sacudindo-o com força, tentando despertá-lo.

— O que está fazendo é inútil — proferiu o rapaz. — Seu corpo permanecerá aonde se encontra, independente do que nele você faça.

— Vou despertá-lo porque preciso colocar a cópia dentro dele, para que possa começar a se locomover e ir para casa.

— Como fará para colocar o que chama de cópia dentro de seu corpo? Você está fora dele e, por mais que queira despertá-lo, não terá êxito — falou o rapaz.

— Estou fora do meu corpo! — incrédula exclamei. — Que loucura é essa? Isso é impossível!

— Querida Jaqueline! Quando saiu correndo da escola para em seu lar ficar ao lado de sua mãe, que tem pavor de chuva forte, você sofreu um acidente e o seu espírito se libertou do corpo físico — disse o rapaz lindíssimo. — Seu corpo físico permanecerá aonde se encontra e você deverá me acompanhar. Venha comigo! — convidou.

— Meu espírito se libertou do corpo físico? Que maluquice é essa? Você é louco? Somente um maluco diria tal coisa — retruquei. — Onde já se viu o absurdo de alguém estar fora de seu corpo? Isso só seria possível se eu estivesse morta.

Mas não estou. Permaneço viva, como viva eu sempre estive. Prova disso é que essa cópia de mim mesma está conversando com você, olhando para meu corpo estendido no chão e sentindo uma grande dor na testa — falei sem grande convicção ao imaginar como ele poderia saber o meu nome, ter conhecimento de que minha mãe tinha pavor de chuva e de eu ter deixado a escola correndo para ficar com ela.

— Você sempre estará viva. E continuará vendo e sentindo o que o seu corpo físico experimentava antes de estar fora dele. A diferença é que, agora, quem está vendo e sentindo é o seu espírito. Este que você chama de cópia do corpo físico — explicou o rapaz.

— Vendo e sentindo com meu espírito? Isso significa que estou morta? — indaguei horrorizada.

— Se estivesse morta no sentido que você atribui à morte, não estaria conversando comigo. O seu corpo físico pereceu. Você está viva! — exclamou olhando-me dentro dos olhos. — Siga-me! Vim buscá-la! — Voltou a estender a mão direita em minha direção.

— Já lhe disse que não o acompanharei. Não estou morta! Estou viva!

— Em nenhum momento mencionei que você está morta. Hoje, está mais viva do que sempre esteve. Acompanhe-me! — pediu. — Nem todos que desencarnam recebem o privilégio de serem recebidos por um de nós. Venha! Precisamos partir!

— Como quer que eu o acompanhe se não o conheço nem sei o seu nome? Não partirei com você.

— Nós nos conhecemos. Você apenas não está se recordando de mim e, no momento certo, saberá o meu nome. Siga comigo e depois receberá as explicações que deseja.

Ele não demonstrava estar mentindo, o que me fez pensar em seguir com ele. Mas, se o acompanhasse, como explicaria para a minha mãe que na companhia de um rapaz lindíssimo segui para um local desconhecido?

— Nada precisará explicar à sua mãe porque ela não se importará se você me acompanhar — ele disse, assustando-me por ter tido conhecimento dos meus pensamentos.

O rapaz sorriu bondosamente e assoprou em mim. Instantaneamente, senti uma sensação de paz que jamais havia experimentado. E, pensando estar morta, falei:

— Você comentou que eu estou morta. Isso é verdade?

— Eu não fiz esse comentário. O que eu disse e repito é que o seu corpo físico pereceu e você está viva.

— Belisque-me! Por favor, me belisque com urgência! — pedi, estendendo o braço direito. — Belisque-me porque eu devo estar em um pesadelo e o beliscão me fará gritar e despertar na cama do meu quarto.

Ele sorriu. Fixou-me com meiguice e pronunciou:

— Não vou lhe beliscar porque você não está dormindo nem vivenciando um pesadelo. Está desperta, conversando comigo, e deverá me acompanhar para onde saberei que ficará bem e em paz. Siga-me! — pediu e, outra vez, estendeu a mão direita.

Ainda indecisa sobre se deveria ou não seguir com ele, estendi minha mão direita para segurar a dele. E, antes de nela tocar, vi umas pessoas se aproximando de nós. Puxei minha mão assim que uma das pessoas tocou o meu corpo, dizendo ao rapaz que iria permanecer onde estava.

O rapaz lindíssimo, que tinha uma luz dourado-clarinha ao redor de seu corpo, falou que estávamos atrasados, por isso deveríamos partir.

Disse-lhe que poderia partir sozinho, como sozinho chegara, porque eu ficaria com as pessoas para descobrir o que elas iriam fazer com o meu corpo.

— Tem certeza de que não quer seguir comigo? — ele perguntou.

— Certeza absoluta! E, quando despertar desse horrível pesadelo, desejo voltar a sonhar com você sem que fale de morte, pois a única coisa agradável nesse pesadelo é poder contemplá-lo, porque você é o rapaz mais lindo que eu já vi.

Ignorando o que comentei, ele levantou o braço direito e me abençoou.

— Quando se sentir preparada para partir comigo só é necessário pensar em mim, que o seu pensamento me atrairá até você, e num piscar de olhos chegarei e a levarei — ele mencionou.

A luz dourado-clarinha que o envolvia começou a brilhar com intensidade. E, do mesmo modo como havia surgido, afastou-se e, do nada, desapareceu.

CAPÍTULO 3
MEU CORPO

Uma das pessoas que tocou o meu corpo foi um senhor que, após conferir o corte na minha testa, pegou no meu pulso da mão esquerda e, encostando um dos ouvidos em meu peito, tentou escutar as batidas do meu coração. Ergueu-se e, fixando duas garotas que estudavam em minha sala de aula, exclamou tristemente:

— Ela morreu! Que Deus receba a sua alma! — benzeu-se.

Estremeci, chocada e sem ação ao escutar o que ele disse.

— Morreu? Qual a causa da morte dela? — perguntou uma das garotas.

— Existe este corte feio na testa dela — ele falou apontando-o. — Está manchado de sangue, o que pode indicar ela ter batido a testa em algo que provocou o ferimento e talvez a morte.

— Que triste! Ela era uma jovem bondosa — comentou a outra garota e começou a chorar.

Foi curioso vê-la chorando porque em sala de aula demonstrava não gostar de mim, sempre implicando por eu conseguir as melhores notas nas provas. As lágrimas dela e o que o senhor falou sobre eu estar morta fizeram-me compreender que o rapaz lindíssimo tinha dito a verdade sobre o meu corpo físico ter perecido e em espírito eu estar viva. Comecei a pensar na possibilidade de estar morta, concluindo ser uma tolice, porque, se isso realmente tivesse acontecido, estando morta eu não estaria vendo as pessoas, nem as ouvindo. Teria ido para o Céu, onde estaria junto com os anjos e os santos, ou minha alma estaria queimando no fogo do Purgatório. Nenhuma dessas duas coisas estava vivenciando, o que significava que eu não tinha morrido, mas que estava dormindo e tendo o mesmo pesadelo ruim sobre morte. Apeguei-me à ideia do pesadelo e comecei a gritar na esperança de despertar em meu quarto. Gritei, gritei e voltei a gritar desesperadamente. Como não acordei, fui obrigada a parar de gritar para evitar ficar rouca.

O ferimento do corte na testa voltou a incomodar. Levei a mão à testa e movimentei as pálpebras. Foi quando senti uma sensação de desmaio, mas não desmaiei, porque, acreditando estar em um pesadelo, fixei o pensamento em acordar para me livrar do terrível pesadelo.

— Se continuo sentindo essa dor na testa é porque estou viva, pois, se estivesse morta, não sentiria nenhuma dor. Estaria vivendo em paz no Céu, na companhia de Deus. Foi isso que aprendi no catolicismo, e é nisso que continuarei acreditando — disse baixinho.

As pessoas começaram a conversar dizendo que eu tinha morrido muito jovem. E, embora escutasse falar sobre a minha morte, eu continuava acreditando estar em um pesadelo do qual a qualquer momento despertaria e levantaria, e tudo faria para não me recordar desse pesadelo horroroso.

Outras pessoas foram chegando, e uma senhora perguntou se alguém sabia onde meus pais residiam. Uma das garotas de minha sala de aula falou saber onde eu morava, e a senhora lhe pediu que avisasse minha mãe de que eu tinha sofrido um acidente e morrido.

Chocada, pensei que tal notícia seria um grande sofrimento à minha mãe. Aproximei-me da garota gritando que estava viva e para ela não incomodar minha mãe com uma notícia falsa. A garota não me ouviu e antes de ela partir para a minha casa tentei segurar seu braço direito, mas, para minha surpresa, não consegui segurá-lo. Ela saiu correndo para comunicar à minha mãe o que a senhora havia pedido.

Aproximei-me do meu corpo, que continuava imóvel, e ordenei:

— Levanta! Comece a andar! Corra atrás da garota! Não escutou que ela vai contar uma mentira para minha mãe?

O corpo permaneceu onde estava e eu saí correndo atrás da garota. Ao correr, olhei para trás, na esperança de que o meu corpo iria se levantar e fazer o que eu lhe tinha ordenado, e surpreendi-me ao notar que uns fios prendiam minha cópia ao corpo, achando esquisito o fato de que, conforme eu corria, os fios cresciam e não se arrebentavam. Benzi-me, estranhando tal acontecimento, mas como estava com pressa deixei para refletir sobre o acontecimento em outra ocasião, porque minha prioridade era impedir a garota de mentir para a minha mãe que eu estava morta. Devido a essa prioridade, devo ter corrido muito rápido, pois logo consegui alcançar a garota justamente no momento em que ela batia palmas na frente de minha casa.

Alex, meu irmão, abriu a porta e perguntou à garota o que ela desejava.

— Quero falar com sua mãe. É urgente! É sobre a Jaqueline — disse a garota, e Alex gritou, chamando a mamãe e indo em sua direção.

Acompanhada pelo meu irmão, a mamãe surgiu na porta, enxugando as mãos em um pano de prato, e, ao perceber que a garota estava usando o uniforme escolar, indagou:

— Aconteceu alguma coisa com a minha filha na escola?

— Venha comigo e a senhora descobrirá o que aconteceu com a Jaqueline — respondeu a garota, com os olhos cheios de lágrimas. — Você também deverá nos acompanhar — falou para o meu irmão.

— Diga logo o que aconteceu com a minha filha. Foi algo grave? Fale de uma vez que estou ficando preocupada — pediu minha mãe.

Aproximei-me da mamãe dizendo-lhe que nada de ruim tinha acontecido comigo, por isso, não deveria se importar com a mentira que a garota fora lhe contar. Estava tudo bem comigo. O que estava precisando é que ela me abraçasse, depois fosse ao meu quarto e me acordasse para eu poder me libertar do pesadelo horroroso.

— O que foi que aconteceu com a Jaqueline enquanto ela estava na escola? Fale, garota! — exigiu a mamãe, demonstrando sua preocupação.

— Ela sofreu um acidente — proferiu a garota, tristemente. — Não foi na escola que o acidente aconteceu. Vou levá-la até o local onde o acidente aconteceu.

— Acidente? Meu Deus! Como foi que o acidente aconteceu? — perguntou a mamãe. — Ela está bem? Machucou-se?

— Eu não sei como o acidente aconteceu — respondeu a garota. — Venha comigo e a senhora descobrirá o que aconteceu com a Jaqueline.

— O acidente foi muito grave?

— Gravíssimo!

— Minha Nossa Senhora da Abadia, poupe a vida da minha filha! — pediu mamãe à santa.

Ela começou a chorar e, ao lado de Alex, seguiu a garota.

Vendo as lágrimas da mamãe, também comecei a chorar. E, chegando perto do meu irmão, falei em seu ouvido esquerdo que nenhum acidente tinha acontecido comigo. Eu estava bem e ele deveria dizer isso para a mamãe. Sem demonstrar ter me escutado, Alex segurou em uma das mãos da mamãe e os dois apressaram o passo. Eu tentei segurar na outra mão da mamãe, que ainda segurava o pano de prato, mas não consegui, então caminhei ao seu lado como se estivesse segurando sua mão, mesmo sabendo que não estava.

Ao chegarmos ao local onde o meu corpo estava, descobri que ele estava em uma maca, e um enfermeiro estava conduzindo a maca para dentro de uma ambulância.

Mamãe correu até a maca e, abraçando o meu corpo, chamou-me pelo nome.

— Estou aqui, mamãe. Do seu lado — respondi, mas desesperada ela continuou chamando meu nome, perguntando por que eu não lhe respondia.

— Eu estou lhe respondendo, mas a senhora não está me ouvindo — gritei.

— Minha filha! Minha filhinha! O que aconteceu com você? O quê? — perguntava chorando, abraçada ao meu corpo.

— Não me aconteceu nada. A senhora não está me enxergando? Estou aqui do seu lado — falei em alta voz.

Uma senhora se aproximou da mamãe e, tocando em seu ombro esquerdo, pediu a ela que deixasse o enfermeiro levar o corpo para o hospital.

— Eu irei com a minha filha para o hospital. Quero estar lá quando ela acordar — disse a mamãe, e o meu irmão falou a mesma coisa.

Eu entrei na ambulância e parti com eles para o hospital.

O enfermeiro, ao observar minha mãe debruçada sobre o meu corpo, chamando desesperadamente o meu nome, ficou pensativo.

Alex tocou minha testa e disse:

— A testa da Jaqueline está gelada. Ela morreu? — perguntou ao enfermeiro, que antes de responder o fixou com compaixão, depois olhou para a minha mãe e disse:

— Sinto muito ter que dar esta triste notícia. Ela está morta! Que Deus tenha piedade de sua alma! — benzeu-se.

— Morta? Morta! Você disse que a minha filha morreu? — indagou a mamãe, deixando o pano de prato cair na ambulância, e por pouco não caindo também.

Levantando-se, o enfermeiro se aproximou da mamãe e, usando seus conhecimentos profissionais a auxiliou para evitar que ela desmaiasse.

Meu irmão começou a chorar.

Sentei-me na pontinha da maca e, unindo as mãos em atitude de prece, rezei perguntando para Deus quando o pesadelo ruim iria terminar, implorando para ele me fazer acordar o mais rápido possível, para que, desperta, provasse à minha mãe e para todos que eu não tinha morrido. Mas eu não acordei, continuei vivenciando o pesadelo.

A ambulância chegou ao hospital e, ao retirarem meu corpo dela, o conduziram para uma sala esquisita e um médico o acompanhou.

Eu fiquei com a mamãe e o meu irmão aguardando em frente à sala para onde o meu corpo foi levado.

O enfermeiro da ambulância trouxe um calmante e um copo de água e o deu para a mamãe, pedindo ao meu irmão que ficasse cuidando dela. Em seguida, ele entrou na sala esquisita e eu o segui.

Dentro da sala, avistei o médico mexendo no ferimento da minha testa e pedi-lhe que parasse de cortar em volta do ferimento. Ele continuou fazendo a mesma coisa, como se nada eu tivesse lhe pedido. E, passados alguns minutos, virou-se para o enfermeiro e falou:

— Ela morreu devido ao traumatismo craniano.

Fiquei tonta ao sentir uma grande dor na testa e o meu primeiro impulso foi fugir da sala esquisita. Levei minha mão direita à maçaneta da porta para abri-la, mas não consegui, porque minha mão atravessou a maçaneta. Recuei assustada, olhando para minha mão, e, ficando próxima da porta, aguardei alguém abri-la, pensando que muita coisa esquisita estava acontecendo comigo enquanto eu continuava dormindo e tendo o pesadelo maluco.

Passados poucos minutos, o enfermeiro abriu a porta e, antes de fechá-la, eu aproveitei para sair da sala esquisita.

A minha mãe e Alex continuavam sentados no mesmo lugar. Próximo do meu irmão estava um garoto indígena que eu não conhecia. Ele fixou-me e sorriu.

Dirigi-me até ele perguntando:

— O que está fazendo sentado próximo do meu irmão? Foi para mim que você sorriu?

— Foi. Eu sorri para você e ficarei em sua companhia até o momento em que resolva partir — ele respondeu.

— Partir para onde?

— Para a colônia espiritual.

— Colônia espiritual? O que é isso? — indaguei.

— Você irá descobrir quando estiver nela. É um lugar muito bonito! — exclamou amavelmente. — Está na hora de irmos para a colônia, pois junto ao seu corpo físico já fez o que gostaria de executar. Vamos partir!

— Partir? Ficou maluco? Não vou partir com você e deixar a minha família sozinha. Não farei isso! Ficarei aqui cuidando da minha mãe e do meu irmão.

— Vai ficar cuidando deles com esse ferimento na testa? — perguntou, apontando o corte.

— Isto aqui não é nada — falei tocando o corte. — Esse ferimento é tão insignificante que não estou sentindo nenhuma dor — menti, franzindo a testa.

— Não é o que parece. E mentir que o ferimento não provoca dores não fará com que ele pare de incomodá-la.

— O corte na testa não tem importância. Vou continuar ignorando-o enquanto ficarei aqui cuidando da minha família, pois a qualquer momento eu acordarei em meu quarto, e tchau-tchau pesadelo horrível.

— Pesadelo? Coitadinha! — exclamou o garoto indígena balançando a cabeça. — Não existe nenhum pesadelo, mas, se deseja continuar se iludindo de que está aprisionada em um pesadelo, ficarei com você até que, finalmente, conclua que seu corpo físico não irá despertar em seu quarto porque seu corpo físico está naquela sala. — Apontou para a sala esquisita.

— Iludindo-me? De que forma estou me iludindo?

— O tempo em que você acreditou estar num pesadelo e ainda não ter acordado já foi suficiente para concluir que não está sonhando, nem tendo um pesadelo, só se iludindo de estar em um. — Olhou-me dentro dos olhos. — Seu corpo físico pereceu e você está no Outro Lado da Vida.

— Outro Lado da Vida? Eu não morri! — gritei furiosa. — Se quer me fazer companhia, nunca mais diga essa tolice sobre morte.

— Não direi. Permanecerei em silêncio enquanto você se ilude de que está em seu pesadelo e eu continuo ciente de que não está dormindo nem sonhando. — Sorriu e cruzou os braços.

A presença dele me confortou um pouco por saber que alguém me via e conversava comigo, porque eu já estava cansada de ser ignorada pelas pessoas.

Encostamo-nos à parede e fiquei tocando no cabelo da minha mãe, desejando que ela me visse ou me escutasse.

O garoto indígena me observava em silêncio.

De repente, a porta da sala esquisita foi aberta e o médico que tinha mexido no ferimento da testa do meu corpo chamou a mamãe, que rapidamente se levantou da cadeira e o médico lhe transmitiu a triste notícia de como eu havia morrido. E a mamãe começou a chorar. Alex a abraçou e os dois choraram.

Vendo-os chorando, deles me aproximei para consolá-los, mas não me escutaram nem me viram, e eu fiquei sem saber como ajudar.

— Assopre próximo de um dos ouvidos de sua mãe — sugeriu o garoto indígena, e eu acatei a sugestão.

Assim que nela assoprei, a mamãe espantou-se e chamou meu nome em alta voz. Olhei para o garoto indígena perguntando o que havia acontecido e ele não respondeu, apenas sorriu.

Emocionada por finalmente a minha mãe ter sentido que eu estava próxima dela, voltei a assoprar, e ela se arrepiou. Aproximei-me de Alex e assoprei em um dos seus ouvidos. Ele se arrepiou e se benzeu. Retornei para perto da minha mãe e, novamente, nela assoprei. Mas dessa vez ela não demonstrou ter sentido nada.

— Garoto indígena, por que o assopro não está mais funcionando?

— Você está querendo demais desejando que ele sempre funcione sem que para isso tenha estudado e aprendido sobre o efeito do assopro. Enquanto assoprava, usando os conhecimentos espirituais que já detenho, eu fiz algo que você não percebeu, por isso eles se arrepiaram e seu irmão se benzeu — ele respondeu. — Pare de me chamar de garoto indígena. Eu tenho um nome.

E, sem me dar tempo de perguntar qual era, disse se chamar Abimael.

Pensei ser estranho um garoto indígena se chamar Abimael, pois nos filmes que assisti sobre indígenas eles geralmente tinham nomes estranhos.

— Para um espírito, um nome não significa muita coisa. Abimael é um dos nomes que eu já tive. Apenas um nome e nada mais — ele falou, o que me fez recordar que, de modo semelhante ao rapaz lindíssimo, de alguma forma o garoto indígena tinha lido o meu pensamento.

Uma amiga da mamãe chegou ao hospital e deu-lhe as condolências. Ao notar o sofrimento da mamãe, pediu-lhe que se acalmasse e foi lhe dizendo palavras de conforto.

— Você não precisa escutar a conversa das duas — disse Abimael.

— Vou escutar porque não sou surda. E você pare de falar, porque tinha dito que ficaria em silêncio.

A amiga da mamãe perguntou se alguém já estava cuidando do meu enterro, e a mamãe lhe disse ainda não ter pensado no sepultamento do meu corpo.

— Onde está o seu esposo? — perguntou a amiga da mamãe.

— Ele ainda não sabe do que aconteceu com a filha. Está na fazenda dos pais, trabalhando — respondeu a mamãe.

Fixei o Abimael, falando:

— Meu pai! Esse pesadelo horroroso me fez esquecer dele. O que eu faço para ir até ele?

— Devo responder sua pergunta ou permanecer em silêncio, conforme você deseja?

Fuzilei-o com o olhar, e imediatamente ele falou:

— Me acompanhe que eu levo você até onde o seu pai está.

— Leva como? — perguntei. — Você sabe onde é a fazenda dos meus avós?

— Sei! Agora, siga-me e logo, logo estaremos na fazenda! — respondeu com convicção e me estendeu uma das mãos, o que me fez pensar que ele sabia onde ficava a fazenda dos meus avós.

Caminhamos em direção à saída do hospital e, ao sairmos dele e notar que os fios continuavam presos em minha cópia, perguntei ao garoto indígena:

— Por que esses fios estão presos nessa cópia do meu corpo?

— Os fios significam que você ainda não foi desligada do corpo físico.

— Desligada?

— Isso mesmo! Desligada! — exclamou ele. — Você se ilude que está em um pesadelo, mantendo-se assim apegada ao corpo físico, e ainda não deu espaço para a equipe de desligamento realizar o trabalho dela.

— Equipe de desligamento? Credo! Você fala cada coisa estranha — respondi.

— Dê-me sua mão direita e feche os olhos — pediu-me.

— Por que preciso fechar os olhos? — questionei segurando-lhe a mão.

— Se fechá-los e confiar em mim, chegaremos rapidinho à fazenda dos seus avós.

Não tinha a menor noção de como com os olhos fechados chegaríamos rápido à fazenda dos meus avós, mas, como ele demonstrava convicção no que dizia e pediu-me para confiar nele, decidi dar-lhe um voto de confiança e fiz o que ele solicitou.

CAPÍTULO 4
NA FAZENDA

Rapidamente, chegamos à fazenda dos meus avós sem eu ter ideia de como o fizemos tão rápido, nem de como Abimael não errou o caminho. Perguntaria isso para ele em outra oportunidade, porque do hospital até a fazenda, se o trajeto tivesse sido realizado de carro ou de ônibus, teríamos levado mais de uma hora para chegar.

Na fazenda vizinha à dos meus avós, avistei umas sombras horríveis andando de um lado para outro na frente da porteira, como se estivessem esperando alguém. Arrepiei-me, e o medo que senti delas me paralisou. Eram estranhas e medonhas.

Abimael me puxou por um dos ombros e me colocou de frente à porteira da fazenda dos meus avós. Eu enxerguei a vovó colhendo verduras.

Quando ia bater palmas, Abimael disse:

— Sua avó não escutará suas palmas. Segure minha mão, feche os olhos e entraremos.

— Como entraremos de olhos fechados?

— Você fechará os olhos, eu ficarei com os meus abertos. Confie em mim do mesmo modo que confiou quando lhe pedi que fechasse os olhos durante nossa vinda do hospital até a fazenda — falou o garoto indígena estendendo a mão direita. — Segure minha mão! Feche os olhos e siga-me — ordenou com meiguice.

Ter me conduzido até a fazenda sem errar o endereço e em uma rapidez surpreendente quando eu estava de olhos fechados fez-me concluir que ele era de confiança e sabia como proceder para me ajudar enquanto eu estivesse no pesadelo. Segurei sua mão e fechei os olhos. De repente, senti um puxão e o garoto indígena disse-me que já podia abrir os olhos.

De olhos abertos, surpreendi-me ao constatar que já tínhamos atravessado a porteira e estávamos dentro da fazenda, pensando como foi que em um passe de mágica tínhamos passado pela porteira[1]. Tudo é um grande mistério em se tratando de Abimael, pois somente ele me enxergava e falava comigo enquanto as outras pessoas me ignoravam.

Ao escutar a porteira da fazenda vizinha sendo aberta, olhei em sua direção e avistei o proprietário deixando a fazenda, e as sombras entrando em seu veículo e o abraçando. Voltei a me arrepiar e me benzi. As sombras estranhas seguiram com o proprietário.

---

1 Após alguns meses, fiquei sabendo que, por ter um corpo espiritual, nenhuma matéria física seria um empecilho para ele. Abimael me solicitou fechar os olhos para juntos atravessarmos a porteira sem que eu avistasse o que iria acontecer, para no momento em que a atravessássemos eu não tivesse tempo de pensar que isso seria algo impossível de realizar. (Nota da Autora Espiritual.)

Abimael me cutucou e apontou para a minha avó. Corri até ela e a abracei. Vovó arrepiou-se e, quando as verduras caíram no chão, gritou o meu nome e correu até onde o vovô e o papai estavam, dizendo-lhes ter sentido um aperto no coração e a intuição de que algo ruim acontecera comigo.

— Você tem intuições demais. Só intuindo o que é ruim. Nada desagradável deve ter acontecido com a nossa neta — disse o vovô.

— Mamãe, o que a senhora sentiu em relação à minha filha? — quis saber papai.

— Um aperto no coração e um arrepio quando do nada pensei nela. Isso significa que algo de muito ruim aconteceu com a Jaqueline — disse vovó. — Não me perguntem como eu sei disso, mas é certo que a minha neta não está bem.

— Preciso retornar com urgência para casa, pois fiquei preocupado com que algo ruim possa ter acontecido com a minha filha — falou papai.

— Deixe de bobagem! — proferiu vovô. — Acalme-se e vamos continuar com o nosso serviço. Após o almoço iremos à sua casa. Se algo ruim tivesse acontecido com a Jaqueline, já teríamos sabido, porque notícia ruim não anda, ela voa.

— Irei agora para casa. Mamãe pode estar certa e algo ruim ter acontecido com a minha filha.

— Desde que você era menino sua mãe vivia falando bobagem sobre as intuições dela, é por isso que até hoje você acredita nas bobagens dela — pronunciou vovô.

— Bobagens? Bobagens? — perguntou vovó, gritando. — Não são bobagens, porque eu não sou mulher de ficar me arrepiando à toa, nem de só ter intuições ruins, como você alegou. Quando sinto e intuo algo, é porque esse algo realmente aconteceu.

— Acalme-se, mamãe! — pediu papai. — A senhora pode estar correta em sua intuição sobre a Jaqueline, ou o papai estar correto no que disse em relação à notícia ruim voar.

— Concordo com essa sua fala — disse vovô.

— Confiarei na intuição da mamãe e irei verificar se alguma coisa aconteceu com a minha filha — disse papai.

— Irei com você! — proferiu vovô. — Vou pegar a chave da caminhonete.

— Eu também irei — falou vovó.

— Você não irá. Ficará cuidando da fazenda — disse vovô.

— Não ficarei — retrucou vovó. — Irei com vocês para descobrir o que aconteceu com Jaqueline.

— Você ficará aqui cuidando da nossa fazenda. Foi o que eu disse que fará, e é isso que executará.

— E eu disse que irei com vocês. É isso que farei, e ninguém me impedirá de fazer o que eu quero — gritou vovó, desafiando-o.

Olhei para Abimael, e o garoto indígena falou que os dois acabariam se entendendo.

Fiquei na dúvida sobre se o entendimento entre os dois seria possível, pois vovô é sistemático; quando cisma com algo, ele gosta de ser obedecido. Já a vovó é uma mulher determinada; quando decide realizar algo, nada a faz mudar de ideia.

Abimael me cutucou e, escondendo um sorriso, apontou para vovó, que se sentou no banco da caminhonete e dizia que ninguém a tiraria dali. O vovô, que retornara com a chave do veículo, fechou a cara para a vovó e entrou na caminhonete. Papai se sentou próximo da vovó.

Assim que avistei a caminhonete cruzar a porteira da fazenda e desaparecer na estrada, fiquei olhando para diversos locais da fazenda.

— Por que não dá uma volta por toda a fazenda? — sugeriu Abimael. — Fazer isso lhe fará bem.

Olhei para ele, sentindo carinho pelo garoto indígena, cuja sugestão era justamente o que eu estava pensando em colocar em prática. Saí correndo pela fazenda. Depois, comecei a caminhar por ela tendo a impressão de estar me despedindo de um dos lugares que me proporcionou muitas alegrias. E, em poucos minutos, tinha circulado por toda a fazenda. Retornei para próximo de Abimael, que disse:

— Você já veio à fazenda, onde encontrou seu pai e seus avós, que já partiram para a cidade, onde descobrirão o que aconteceu com o seu corpo físico. Agora está na hora de você chamar o rapaz que foi ao seu encontro convidando-a para seguir com ele, quando você, em vez de segui-lo, pediu-lhe que a beliscasse, só que ele não a beliscou.

— Você conhece aquele rapaz lindíssimo? Como sabe que eu lhe pedi para me beliscar?

— Eu o conheço. Foi ele que me pediu para ficar com você, enquanto vive iludida de que está em um pesadelo, para evitar que outros espíritos se aproximem de você e a influenciem a acreditar ser verdade o que não é.

— Que outros espíritos se aproximariam de mim para me influenciar no que não será verdade? — perguntei.

— Espíritos da mesma categoria daquelas sombras que estavam na porteira da outra fazenda e que a deixaram paralisada. Lembra delas?

— Lembro — falei, voltando a me arrepiar só de pensar nelas. — Aquelas sombras horríveis são espíritos?

— São — disse Abimael, com uma expressão facial diferente.

— Por que elas são tão horríveis e estranhas? — indaguei.

— Quando chegar à colônia espiritual que a acolherá, faça essa pergunta para quem for orientá-la ou instruí-la. Agora pare de pensar e falar nas sombras para evitar que elas surjam e se aproximem de nós.

— Cruz-credo! — benzi-me. — Vire essa boca para lá! Aquelas sombras horríveis, que você falou serem espíritos, não podem vir até nós, porque eu morro de medo de quem já morreu.

O garoto indígena começou a sorrir.

— O que eu disse que foi engraçado?

— Você ter medo de quem já morreu. Isso é muito engraçado! — Ele voltou a sorrir.

— Não vejo nada engraçado nisso. Muita gente tem medo de quem já morreu, inclusive eu.

— Mas eu vejo algo engraçado em você ter medo de quem já morreu, porque, se tem tal medo, então deve começar a ter medo de você mesma. — Sorriu de novo.

— Pare de sorrir! — pedi. — Não existe nada engraçado no que está me acontecendo nesse pesadelo. E, se eu estou em um pesadelo, significa que o meu corpo está dormindo no quarto da minha casa e que a qualquer momento irei despertar e retomar minha vida.

Parando de sorrir, ele fixou-me demoradamente e falou:

— Está na hora de você parar de se iludir; está em um pesadelo porque, devido a tudo o que já lhe aconteceu desde que começou a acreditar em tal ilusão, já se deu conta de que seu corpo físico não está deitado na cama do quarto que você usava na residência dos seus pais. Seu corpo físico pereceu no acidente que você teve durante a chuva e quem está conversando comigo é o seu espírito. — Sacudiu os meus ombros. — Pare com essa ilusão de pesadelo! Pense no rapaz, que você chama de lindíssimo, e em pensamento solicite que ele venha até você para que possa partir com ele.

— Não quero partir com ele. O que realmente desejo é acordar e me libertar desse maldito pesadelo.

— Isso é o que você deseja, mas não irá acontecer — disse ele. — O correto é abandonar a ilusão do pesadelo e partir com o rapaz que me solicitou ficar acompanhando você.

Fiquei pensando se deveria ou não mentalizar o rapaz lindíssimo, chamando-o em pensamento, pois o que Abimael dissera sobre eu parar de me iludir em relação ao pesadelo fazia sentido e estava na hora de eu fazer o que ele e o rapaz lindíssimo desejavam. Olhei para o garoto indígena, e o modo como ele retribuiu meu olhar foi decisivo para eu fechar meus olhos e desejar ardentemente que o rapaz lindíssimo aparecesse e me levasse com ele.

A luz dourado-clarinha surgiu e o rapaz lindíssimo se materializou na minha frente quando a luz desapareceu. Ele fixou-me e assoprou em mim, e eu senti a mesma paz de espírito que sentira a primeira vez que ele tinha assoprado em mim, quando me convidara a seguir com ele.

— Oi, Jaqueline! Vim buscá-la — disse o rapaz lindíssimo.

— Leve-me com você — pedi. — Leve-me porque quero urgentemente me libertar desse maldito pesadelo. E, por favor, conduza-me para um sonho agradável.

— Sonho agradável! — exclamou Abimael sorrindo.

— Abimael, sou grato por você ter acompanhado Jaqueline conforme lhe solicitei — agradeceu o rapaz lindíssimo.

— Jaqueline, foi uma grande honra ter ficado algumas horas em sua companhia. Na companhia do rapaz lindíssimo — sorriu — você está bem protegida. Preciso ir.

— Para onde está indo? Existe a possibilidade de nos encontrarmos no sonho agradável para onde o rapaz lindíssimo me levará? — inquiri.

— Futuramente nos encontraremos, não em um sonho agradável, mas em sua nova realidade na colônia espiritual — ele respondeu, e eu olhei para o rapaz lindíssimo; ao retornar o olhar para Abimael, não mais o avistei. Ele tinha desaparecido.

O rapaz lindíssimo me estendeu a mão direita, convidando-me a partir com ele.

Olhei por toda a fazenda e, ao voltar a olhar para o rapaz lindíssimo, avistei quatro pessoas se aproximando de nós. Cumprimentaram-nos, e o rapaz falou que as pessoas eram espíritos da equipe de desligamento. Fixando-os, ele disse:

— Eu mesmo realizarei o desligamento de Jaqueline. Vocês podem partir. Sigam com as bênçãos de Deus e as bênçãos do Mestre Jesus.

Eles sorriram para mim. Despediram-se e partiram em uma velocidade surpreendente.

O rapaz lindíssimo voltou a me estender sua mão direita e, quando a segurei, ele me abraçou. Assoprou em minha cabeça e a encostei em seu ombro direito, sentindo uma vontade imensa de dormir. Sem conseguir manter os olhos abertos, adormeci.

CAPÍTULO 5
NO HOSPITAL

Acordei tendo a sensação de continuar com sono. Lentamente, abri os olhos e descobri estar deitada em uma cama. Levei a mão direita à boca e bocejei, pensando ser estranho ter acabado de acordar e querer voltar a dormir.

Senti uma dorzinha na testa e, ao levar os dedos da mão direita à fronte, toquei em um curativo. Sonolenta, sentei no colchão, percebendo ser macio e notando que um lençol branco cobria meu corpo.

Próxima à cabeceira da cama, sentada em uma cadeira, vi uma moça morena clara, cabelos pretos e bonitos, olhos belos e semblante sereno.

— Olá, Jaqueline! — ela me cumprimentou. — Está se sentindo bem? — perguntou.

— Estou. E, embora tenha acabado de acordar, quero voltar a dormir.

— É normal se sentir assim — disse a moça. — Se permanece com sono, durma novamente.

— Talvez volte a dormir. Onde estou? — indaguei.

— Você está em um hospital.

— Hospital? O que faço aqui? Estou doente?

— Está se recuperando do ferimento de sua testa e recebendo energias que serão benéficas ao seu espírito — ela respondeu. — Agora volte a dormir. Ao acordar, se sentirá bem melhor.

— Dormir? Eu acabei de acordar e lembro que, enquanto dormia, tive um pesadelo horrível. Se voltar a dormir, eu não quero voltar para aquele pesadelo.

— Não foi um pesadelo — disse a moça, que gentilmente me pediu que deitasse e eu obedeci.

Ela estendeu o lençol branco sobre o meu corpo e sussurrou em um dos meus ouvidos:

— Durma! Durma! Durma!

Ao pensar em dizer que não queria voltar a dormir para não ir para o pesadelo ruim, senti meus olhos pesarem e adormeci.

Quando acordei, não tinha noção de quanto havia dormido.

A moça, que permanecia sentada na cadeira, sorriu e indagou se eu estava me sentindo bem e se precisava de alguma coisa.

Disse só precisar voltar a dormir, estranhando ser a segunda vez que acordava e continuava com sono.

— Nesse caso, retome seu sono. Da próxima vez que despertar, conversaremos.

— Conversar? Se estou com um sono que jamais me acometeu, como iremos conversar, se sempre que desperto quero voltar a dormir?

Sorrindo meigamente, com delicadeza, ela colocou a mão direita na minha testa, e na mesma hora senti meus olhos pesarem e dormi.

Dessa vez, devia ter dormido todo o sono de que necessitava porque ao despertar não senti vontade de voltar a dormir.

Espreguicei-me e passei as mãos em meu cabelo. Puxei o lençol e sentei na cama.

A moça levantou-se da cadeira e, sorrindo, me ofereceu um copo d'água enquanto eu pensava que ela tinha facilidade para sorrir.

Tomei a água, pura e cristalina, e ao devolver-lhe o copo senti certo bem-estar físico, acreditando ter sido a água que originara essa sensação.

— Deseja conversar ou fazer outra coisa? — ela perguntou.

— Quero escovar os dentes.

A moça de olhos belos e semblante sereno apontou para uma porta dizendo ser o banheiro.

Levantei da cama e dei-me conta de estar usando o uniforme escolar. Fui ao banheiro e nele executei o que gostaria de fazer.

Regressei para próximo da moça e, quando ia indagar onde encontraria uma escova de cabelo, ela apontou para uma gaveta em uma mesinha que estava perto da cama. Abri a gaveta e avistei a escova de cabelo. Penteei meu cabelo castanho e coloquei a escova na mesinha, observando estar nela um vaso com flores amarelas e um quadro de Nossa Senhora da Abadia. Sorri ao pensar que mamãe deveria ter mandado as flores e o quadro, por saber que aprecio rosas e flores amarelas, e que sou devota de Nossa Senhora da Abadia.

Olhei para a moça perguntando em que local me encontrava.

— Você permanece no hospital.

— E o que eu estou fazendo neste hospital? Por acaso estou doente?

— Um amigo dessa colônia a trouxe para este hospital, onde se recuperou do grave ferimento de sua testa. Agora, você está bem de saúde.

Levei os dedos da mão direita à testa, que não tocaram em nenhum curativo, nem em nenhuma cicatriz, o que indicava que a moça estava correta sobre eu estar bem de saúde; prova disso é que não sentia nenhuma dor.

— Quem foi o amigo da colônia que me trouxe para o hospital? Por que ele me trouxe justamente para este hospital, e não me levou para outro?

— Em breve você se encontrará com quem a trouxe para o hospital desta colônia espiritual. Nela, você viverá um tempo em minha companhia e na de outras que aqui vivem — ela explicou.

— Ficarei um tempo vivendo aqui?

— Ficará.

— Quanto tempo?

— O tempo que for preciso para você se adaptar a sua nova condição.

— Parece ser muito tempo. O que significa que devo estar muito doente para poder me adaptar à doença que me acometeu — falei. — Se estou doente e hospitalizada, por que a minha mãe não é a minha acompanhante? Afinal de contas, onde ela está?

— Sua mãe está na residência dela.

— Ela está em casa fazendo o quê?

— Cuidando da vida dela.

— Como a mamãe pode estar em nossa casa cuidando da vida dela sabendo que eu estou doente e hospitalizada? Por acaso, a mamãe me esqueceu? — perguntei, entrelaçando os dedos nas mãos, denotando com esse gesto estar ficando nervosa.

— Acalme-se! Tranquilize-se! — pediu a moça. — Não há necessidade de ficar agitada ou nervosa, porque sua mãe não a esqueceu. Pelo contrário, ela sente a sua falta.

— Se ela está sentindo minha falta, por qual motivo não é minha acompanhante neste hospital?

— Ela não pode ser sua acompanhante porque ela está no mundo físico e você está no mundo dos espíritos.

— Mundo dos espíritos? — perguntei surpresa. — Eu estou nesse mundo?

— Está. Veio para esse mundo quando desencarnou.

— O que significa desencarnar?

— Significa que o tempo de expiação de seu espírito em um corpo no mundo físico chegou ao fim quando o corpo, após perecer, foi colocado em uma sepultura. Isso permitiu ao seu espírito regressar ao mundo espiritual — ela explicou pacientemente.

— Se o meu corpo foi colocado numa sepultura, isso só pode significar que eu morri — falei perplexa. E, olhando dentro de seus olhos, indaguei: — É verdade que eu estou morta?

Sem desviar o olhar dos meus olhos castanhos, ela nada disse, apenas sorriu meigamente.

Concluí que o sorriso foi o modo que ela utilizou para, sem usar palavras, dizer que eu estava morta. E no mesmo instante me recordei do pesadelo horrível e do que o rapaz lindíssimo me dissera sobre o meu corpo físico ter perecido e em espírito eu estar viva. Com os olhos marejados de lágrimas, falei:

— O pesadelo horrível não foi somente um pesadelo ruim. Aquele rapaz lindíssimo falou a verdade sobre eu ter sofrido um acidente na chuva quando saí correndo da escola e o meu corpo físico ter perecido. Ou seja, eu estou morta! — As lágrimas desceram pela minha face e passei a chorar copiosamente.

Sem nada mencionar, a moça ficou me observando chorar. E, ao perceber que as lágrimas tinham cessado, pediu:

— Acalme-se, Jaqueline! Ninguém morre, porque o espírito é eterno. O que perece é o corpo físico, enquanto o espírito continua vivo, desfrutando as mesmas emoções que vivenciava quando estava encarnado. Você não morreu. Está viva!

Suas palavras me acalmaram. Olhei para o meu corpo e depois olhei para ela. Apalpei a cama e, indo ao banheiro, mirei-me no espelho. Vendo meu rosto, concluí realmente estar viva. Retornei para perto da moça e indaguei:

— Como posso ter morrido e continuar com o mesmo corpo físico?

— Você não está com o mesmo corpo físico de sua última existência terrena. Esse corpo que a reveste é o seu perispírito.

— Perispírito? Nossa Senhora da Abadia! O que é isso? — perguntei abismada.

— É uma espécie de roupagem que veste o seu espírito. Uma cópia idêntica do corpo físico que utilizava quando estava encarnada. Ele é feito de um material fluídico.

— Entendi. Se eu estou no mundo dos espíritos, como se explica nesse mundo eu ter encontrado minha escova dental, escova de cabelo, flores amarelas e o quadro de Nossa Senhora da Abadia? Somente a minha mãe é ciente de que gosto de flores amarelas, e meus familiares sabem que sou devota de Nossa Senhora da Abadia.

— Alguns desta colônia espiritual são cientes de seus gostos e sua devoção. Ao despertar, encontrou o que lhe é familiar para poder se sentir em casa.

— Me sentir em casa tendo virado um espírito? — perguntei, mais para mim do que para ela.

A moça sorriu.

Sentei na cama e, após pensar em tudo o que ela havia me dito, indaguei:

— É verdade que meu corpo físico pereceu e que em espírito eu estou viva?

— É verdade!

— Estranho! Pensei que depois de morta a minha alma iria para o Purgatório ou para o Céu.

A moça ficou em silêncio.

— Se, conforme você disse, estou na colônia espiritual, significa que após ter morrido não fui para o Céu, nem ao Purgatório. Pode me deixar sozinha?

— Por que deseja ficar sozinha?

— Para pensar em tudo o que você e aquele rapaz lindíssimo disseram ter me acontecido após a minha morte, porque é complicado passar a vida acreditando que morta eu encontraria uma coisa e, ao chegar ao Outro Lado da Vida, descobrir que encontrei outra coisa completamente diferente.

— Entendi — disse a moça, compreensiva. — Fique à vontade. Se precisar de algo, aperte o botão que está acima da cama. — Apontou para ele. — Ao apertá-lo, virei até você.

Ela se dirigiu à porta e, antes de abri-la, dei-me conta de que não sabia seu nome e pedi:

— Espere!

Ela se virou e fixou-me sorrindo meigamente.

— Você sabe o meu nome, mas eu não sei o seu. Pode me dizer o seu nome?

— Gardênia.

— É um nome bonito! O nome de uma flor — exclamei.

Ela sorriu e, pedindo licença, deixou-me sozinha.

Deitei na cama e, colocando a cabeça no travesseiro, fechei os olhos e comecei a chorar, porque saber que tinha morrido tão jovem foi doloroso demais. As lágrimas molharam o travesseiro, e, ao concluir ter chorado o bastante, passei a mão direita no rosto, limpando as últimas lágrimas. Sentei-me na cama decidida a encarar a nova realidade, pois agora eu era um espírito.

CAPÍTULO 6
PENSANDO

Sentada na cama, pensava no que havia me acontecido depois que morri e tudo parecia ser ilusão, uma fantasia que minha mente estava me pregando, porque nunca esperei após a morte continuar viva em um mundo habitado por espíritos que vivem de modo parecido com o da Terra. Mas, se fosse uma ilusão ou fantasia, eu já teria retornado ao mundo terreno, vivendo ao lado de minha família no corpo que eu possuía antes: um corpo físico que, segundo o que me disseram, agora está em uma sepultura. E, nela estando, o corpo que agora possuo realmente deve ser espiritual, e à minha frente se abriu um novo mundo, que, por mais que eu tente fingir não existir, se encontra ao meu redor para constatar sua veracidade. Toquei meu corpo e olhei através da janela, tristemente constatando tudo ser real. Desviei o olhar da janela e continuei pensando.

A morte foi muito injusta comigo. Deveria ter me deixado viver um pouco mais na Terra, em vez de ter me arrebatado tão cedo, porque eu ainda tinha muito o que viver e muitos sonhos para realizar, entre eles: ser enfermeira e ser beijada por um rapaz bonito. Maluquice continuar sonhando que um dia seria beijada, porque esse sonho eu possuía quando estava viva e, como estou morta, não deveria ocupar minha mente com pensamentos mundanos. Mas, se continuo com o mesmo sonho e estou morta, o sonho de quando estava viva permanecerá somente um sonho, pois, se viva nenhum rapaz bonito me beijou, morta é que nenhum iria me beijar.

Levantei da cama e, me ajoelhando na frente do quadro de Nossa Senhora da Abadia, indaguei à santa por que tinha morrido tão jovem. A santa nada respondeu. Fechei os olhos e, unindo minhas mãos em atitude de prece, dirigi-me a Deus:

— Querido Deus! Penso ter sido uma crueldade eu ter morrido tão jovem se ainda tinha muitos sonhos para realizar. Deus, por qual motivo eu morri com dezesseis anos?

A resposta de Deus não chegou como eu esperava. Mas de repente recordei o que Gardênia me disse: *Acalme-se, Jaqueline! Ninguém morre, porque o espírito é eterno. O que perece é o corpo físico, enquanto o espírito continua vivo, desfrutando as mesmas emoções que vivenciava quando estava encarnado. Você não morreu. Está viva!*

A moça com o nome de flor devia estar correta no que me dissera, prova disso é que eu continuava viva em espírito, tendo os mesmos sonhos de quando estava viva.

— Interessante! — exclamei, sentando na cama. — Gardênia estando correta sobre eu estar viva significa que no mundo dos espíritos poderei realizar os sonhos que não foram concretizados quando eu estava viva na Terra. É algo em que se pensar. Porém, se ficar pensando tal coisa, estarei indo contra o que aprendi com as freiras e os padres no catolicismo.

Comecei a recordar as lições aprendidas na catequese e nos sermões das missas, em que fui ensinada que tudo acabava com a morte do corpo físico, e a minha alma, caso não fosse condenada a sofrer no fogo do Purgatório, seria levada ao Céu para junto aos anjos ficar louvando a Deus sem cessar. Os padres e as freiras estavam errados em suas lições porque, assim que eu morri, me deparei com uma situação que nenhum aprendizado católico me preparou para enfrentar, pois minha alma não está no Purgatório, nem os anjos vieram até mim para me conduzir ao Céu. Quem se aproximou de mim assim que meu corpo físico pereceu foram o rapaz lindíssimo, Abimael e Gardênia, que se mostraram bondosos e prestativos ao cuidarem de mim.

Cuidar das almas é uma tarefa dos anjos, mas quem, atualmente, está cuidando de mim é Gardênia. E, se está cuidando, ela deve possuir algo em comum com os anjos. Estes possuem asas, Gardênia não as tem, por isso, mesmo sendo bondosa e prestativa, ela não deve ser um anjo. Não se tratando de um anjo e sendo missão dos anjos cuidar das almas, eles devem estar em algum lugar.

Desejando avistar um anjo, dirigi-me à janela e, olhando para o belíssimo jardim, vi flores e espíritos passeando nele, alguns conversando e outros ocupados com seus próprios pensamentos. Procurei asas em suas costas e não as vi. Fiquei decepcionada ao concluir que não tendo asas são apenas espíritos, assim como eu — com a diferença de que demonstram estar tranquilos, enquanto eu estou com muitas indagações.

Olhei atentamente por todo o jardim e nada de ver um anjo. Ausentei-me da janela e comecei a procurar os anjos à minha volta. Olhei embaixo da cama e procurei no banheiro, não os avistei. Ao sentar na cama, dei um leve tapa na face enquanto sorri e exclamei baixinho:

— Boba! O que a fez pensar que os anjos estariam em um banheiro e lhe permitiriam vê-los fazendo uso do banheiro? Acorda para a sua nova vida, Jaqueline. O que você aprendeu sobre os anjos foi ensinado pelas freiras e pelos padres, quando você ainda vivia na Terra, que eles têm asas e estão sempre junto dos homens e das mulheres, ou seja, se fazem isso, devem continuar fazendo para quem está na Terra. Você não está mais lá, permanece no mundo dos espíritos, onde virou uma alma, ou melhor, agora você é um espírito e precisa aprender a viver como um espírito, algo que não parece ser ruim, porque você continua viva, sentindo os mesmos desejos e tendo os mesmos sonhos de quando estava viva. Aceite essa sua nova situação e continuará sendo você mesma.

Comecei a andar pelo quarto e, parando na janela, contemplei o jardim com um novo olhar. Aspirei o perfume das rosas que chegavam até mim e disse baixinho:

— Se como espírito sou capaz de apreciar este belo jardim, contemplar aquele rapaz lindíssimo que me trouxe para o hospital e continuar viva, esforçar-me-ei para aprender o que me for permitido descobrir sobre o mundo dos espíritos, e, principalmente, me esforçarei para aprender a viver como espírito.

Deixei a janela e me ajoelhei próximo do quadro da santa[1]. Fechei os olhos e unindo as mãos em forma de prece, rezei:

— Querido Deus! Vós que sois misericordioso e bondoso, amparai-me nesse mundo dos espíritos, dando-me forças para conseguir iniciar uma nova vida nesse mundo, com coragem e determinação. Abençoa os que estão me auxiliando, e me abençoe para eu conseguir me tornar um bom espírito. Assim seja! Amém!

Escutei batidinhas na porta. Levantei e, ao abri-la, vi Gardênia, que, pedindo licença, sorriu meigamente e entrou. Eu fechei a porta.

---

1 Continuava pensando que, se eu rezasse na frente do quadro da santa, Nossa Senhora da Abadia e Deus me veriam e atenderiam a minha prece. Assim eu acreditava quando estava encarnada. (Nota da Autora Espiritual.)

Gardênia perguntou se já tinha pensado, conforme desejava, ou se gostaria de continuar sozinha para permanecer pensando. Respondi já ter pensado o suficiente para ter concluído que ela e o rapaz lindíssimo estavam corretos em relação ao que me informaram sobre a morte do meu corpo físico e sobre eu estar viva no mundo dos espíritos, estando convencida de em espírito continuar sendo eu mesma.

Aproximei-me dela e, após colocar a mão direita no coração, suspirei e disse:

— Gardênia, acredito estar pronta para viver como um espírito vive. Nessa vivência, conto com a sua ajuda.

Sorrindo, ela me abraçou, exclamando:

— Querida, bem-vinda ao mundo espiritual! Tenho certeza de que neste mundo você será feliz e nele aprenderá a viver como espírito.

De repente, senti uma sensação leve e agradável, uma gostosa energia, como se alguém de algum lugar estivesse me enviando algo benéfico, cuja origem eu desconhecia. Indaguei a Gardênia o que estava acontecendo.

— Neste exato momento, seus familiares encarnados estão rezando na intenção do seu espírito. Na prece, pedem para Deus cuidar de você, no local em que sua alma estiver — disse Gardênia. — A prece de seus familiares é sincera e cheia de fé, dela se originando a energia benéfica que chegou até você e lhe fez bem.

— Como isso é possível, se a minha família está na Terra e eu, no mundo dos espíritos?

— Encarnada você deve ter escutado que a oração é poderosa. Essa é uma grande verdade, cujos grande poder e energias que uma prece sincera libera enquanto é proferida são desconhecidos pela maioria dos encarnados e até de muitos desencarnados. Prece sincera é aquela que não é proferida só com os lábios, mas a que é proferida ou mentalizada com fé, com o coração e amor, pois atinge seu objetivo ao beneficiar quem solicita as bênçãos de Deus para si ou para outra pessoa — explicou Gardênia. — Seus familiares encarnados são católicos e, no catolicismo, devem ter aprendido que rezar pelas almas fará o bem a elas. Como há pouco, eles rezaram com fé e com o coração em sua intenção, a energia e o poder que a prece deles emanou chegaram até você, causando-lhe a boa sensação que sentiu, isso independente de eles estarem encarnados e você estar no mundo espiritual, porque a prece viaja em uma velocidade surpreendente. Prova disso é que na Terra os encarnados rezam solicitando as bênçãos de Deus, do Cristo, de Maria Santíssima, e o auxílio de anjos, santos e mentores espirituais. Ao rezarem, eles que estão na Terra creem que a prece chegará ao Céu e ao local onde os mentores espirituais vivem, mesmo grande sendo a distância entre eles. E, grande sendo essa distância, a prece que sempre chega a quem é dirigida viajará em uma velocidade surpreendente até alcançar seu destinatário.

— Entendi sua explicação e penso estar correta no que falou — eu disse. — Meus familiares só rezam por mim? Minha mãe não chora por eu ter morrido?

— Deve chorar, porque é comum as mães verterem lágrimas quando os filhos desencarnam. Atualmente, o choro de sua mãe não é desesperador, mas motivado por sentir saudades da filha encarnada, o que não a prejudica no mundo dos espíritos por ela ter compreendido que seu desencarne não foi um castigo de Deus, mas ocorreu no momento em que seu espírito deveria regressar à verdadeira pátria: a espiritual — explicou Gardênia. — Sua mãe só se desesperou quando soube do seu desencarne e por poucos dias, lamentando seu corpo físico ter perecido tão jovem. O lamento dela era doloroso e, enquanto ela se lamentava, nós desta colônia mantivemos você dormindo para evitar que, desperta, se desesperasse com o lamento de sua mãe e desejasse em espírito ficar próxima dela, o que seria ruim para as duas.

Fez uma pausa e continuou:

— Após alguns dias do seu desencarne, sua mãe conversou com o padre da igreja que você frequentava e ele a aconselhou, em vez de chorar lamentando seu regresso ao mundo espiritual, a rezar com fé na intenção de sua alma. Ela acatou o conselho e todos os dias tem rezado com fé e com o coração em intenção do seu espírito. As preces chegam até você, proporcionando-lhe a boa sensação que há pouco sentiu.

— Você deve entender muito sobre o que acontece no mundo dos espíritos, pois o que explica parece fazer sentido — proferi e, fechando os olhos, fiz uma rápida prece pedindo a Deus que abençoasse e protegesse meus familiares encarnados, abençoando-lhes para que pudessem ser felizes e de alguma forma um dia descobrissem que eu não tinha morrido, mas em espírito continuava viva.

Concluída a prece, fixei Gardênia, dizendo-lhe que acreditava estar disposta a iniciar minha vida como espírito, e que me esforçaria para aprender o que fosse necessário para se viver bem esse tipo de vida.

Ela falou que, com o tempo, eu descobriria que a vida espiritual, quando é bem vivida, é uma maravilha, porque desencarnada eu iria perceber estar muito mais viva do que acreditaria ser possível quando estava encarnada.

— Após ter pensado o que desejava e concluída a conversa que tivemos, sente-se que você receberá duas visitas — disse Gardênia.

Ao saber quem seria a primeira visita, não me sentei, mas fui ao banheiro, lavei o rosto e molhei o cabelo, porque molhado me deixava mais bonita, é o que eu penso. Estando mais bonita, torceria para que o visitante me notasse.

CAPÍTULO 7
VISITAS

Escutei uma batida suave na porta. E, quando ela se abriu, o rapaz lindíssimo que por duas vezes havia conversado comigo entrou e, sorrindo, veio em minha direção.

Ele pegou em minha mão direita e eu fiquei ruborizada ao imaginar o que não deveria. Rapidíssimo, puxei a mão e a coloquei no queixo, suspirando enquanto o contemplava com os olhos cheios de cobiça. Por ser lindíssimo, pensava o que não deveria pensar por jamais ter avistado um rapaz fisicamente tão bonito.

Ele olhou-me de forma bondosa e esboçou leve sorriso. Assoprou sobre mim, murmurando algo que não compreendi, e senti-me leve e em paz.

O pensamento sobre anjos retornou à minha mente. Dei dois passos e, ao olhar em suas costas, não avistei asas. Voltei a contemplá-lo e, ficando sem jeito por não ter visto as asas, forcei um sorriso.

— Jaqueline, não há necessidade de tentar avistar asas em minhas costas, nem nas de outros espíritos que vivem nesta colônia espiritual, porque elas não existem — ele comentou.

Desta vez não me surpreendi com seu comentário, porque já havia concluído que ele conseguia ler meus pensamentos, por isso, deveria saber o que tinha tentado enxergar em suas costas.

O rapaz lindíssimo se sentou na cadeira e fixando-me disse:

— Espero que já tenha se recuperado do que acreditava ser um pesadelo, que tenha aceitado sua realidade e, em nosso meio, esteja se sentindo bem.

— Depois de ter refletido sobre o que você e Gardênia me disseram desde que cheguei nessa colônia espiritual, e após ter ouvido as sábias explicações de Gardênia sobre o que aconteceu comigo após a morte do corpo físico, me conformei com minha morte ou desencarne, como vocês chamam, e estou me sentindo bem — expliquei.

— Excelente! — exclamou o rapaz. — Eu e o governador desta colônia espiritual desejamos que, no meio dos espíritos que aqui vivem, você encontre um novo lar.

— Encontrar um novo lar nesta colônia espiritual é algo a se pensar, visto que antes de desencarnar imaginava que após a morte encontraria outra coisa, não um novo lar — falei. — Mas, antes de encontrar esse novo lar, um dos dois pode me explicar de uma forma simplificada, que eu consiga compreender, o que verdadeiramente é uma colônia espiritual? Desde que desencarnei, por diversas vezes, escuto "colônia espiritual", mas não tenho ideia do que seja uma.

— Colônias espirituais são cidades onde muitos espíritos, por merecimento, vivem após o fim de seus corpos físicos. Nelas, vivem por um tempo porque muitos desses espíritos, nas colônias espirituais, reencontram o seu verdadeiro lar — explicou Gardênia.

— Interessante! Compreendi a explicação! — exclamei baixinho.

O rapaz se levantou da cadeira, aproximou-se e me disse:

— Jaqueline, você permanecerá nesta colônia espiritual até que mediante seus esforços pessoais seja detentora de nova evolução espiritual que a capacite a ser transferida para outra colônia. Ou nesta ficará até sua nova reencarnação na Terra. O que lhe acontecerá dependerá de você.

— Reencarnar? — perguntei alarmada. — Vocês dois têm cada ideia. Onde já se viu alguém reencarnar na Terra! Isso é impossível!

Os dois se entreolharam, e em seguida me olharam sorrindo meigamente.

— A reencarnação não é algo impossível, mas o que acontece com os espíritos que ainda necessitam de aprendizado em novos corpos terrenos — falou o rapaz. — Com o tempo, você descobrirá que a reencarnação é uma grande bênção que Deus concede a todos os seus filhos porque é por meio dela que se tenta acertar onde antes se errou.

— Uma grande bênção de Deus? — indaguei sem acreditar em tal bênção.

— Sim, Jaqueline. A reencarnação é uma grande bênção que Deus oferta aos seus filhos — confirmou o rapaz.

— Perdoem a minha ignorância, mas eu não acredito que a reencarnação seja uma grande bênção de Deus — falei. — Eu não acredito em reencarnação. Como católica, aprendi com as freiras e com os padres que a reencarnação é uma bobagem que os espíritas inventaram para conseguir adeptos para a religião deles.

O rapaz e Gardênia me olharam de modo peculiar, do que deduzi ter dito algo inconveniente.

— Jaqueline, a reencarnação não é uma bobagem inventada pelo espiritismo, nem por outras religiões que creem em sua existência. Ela é uma grande bênção que Deus concede aos seus filhos porque é por seu intermédio que os espíritos recebem uma nova chance para em novos corpos físicos modificarem suas condutas ao trabalhar em benefício de seu crescimento moral. Para milhares de espíritos, esse crescimento acontece na Terra porque foi quando nela estiveram encarnados que erraram para com eles mesmos e para com outras pessoas. E, se na Terra erraram, será nesse planeta que em novos corpos físicos, ao praticarem a bondade para si e para o próximo, serão capazes de acertar onde antes erraram. Isso é possível por meio da reencarnação — explicou o rapaz. — É por meio de novas reencarnações que, conforme suas possibilidades, os espíritos aprendem a servir e amar a Deus, praticar a caridade para consigo e para com os outros, e respeitar-se e também ao próximo.

— Se a reencarnação é o que você explicou, por que as freiras e os padres não me disseram que ela é isso que você me esclareceu quando mencionaram que a reencarnação era uma bobagem? — inquiri ao rapaz lindíssimo, que olhou para Gardênia e esta disse:

— As freiras e os padres devem ter lhe dito que a reencarnação era uma bobagem porque talvez não tivessem conhecimentos sobre o que realmente é a reencarnação e, de modo semelhante a muitas pessoas, acabaram falando mal do que não conheciam.

— Levando em consideração o que o rapaz esclareceu sobre a reencarnação ser uma grande bênção de Deus, isso significa que eu, o espírito Jaqueline, nem sempre fui o espírito Jaqueline?

— O espírito que habitou o corpo físico da Jaqueline em sua última estadia terrena sempre foi o mesmo espírito em evolução que habitou outros corpos físicos em vidas passadas, nas quais você não teve o nome de Jaqueline, mas outros nomes — esclareceu o rapaz, que, colocando a mão direita em um dos meus ombros, acrescentou: —

Jaqueline, nesta colônia espiritual você se reencontrará consigo mesma ao se redescobrir.

— Redescobrir-me? Como isso será possível? Estou tão confusa sobre esse assunto de reencarnação que nem sei o que agora devo pensar — mencionei.

— Se o assunto a deixa confusa, o melhor a fazer é não pensar nele — disse o rapaz.

— Não pensar seria uma tolice, justo agora que o assunto começa a despertar o meu interesse, porque quero saber quem eu fui nas vidas passadas — falei.

— O seu espírito, em outras vidas passadas, habitou diferentes corpos físicos que não se chamaram Jaqueline. No momento, é isso que deve saber e arquivar em sua mente — proferiu Gardênia. — Terá conhecimento de suas vidas passadas quando esse conhecimento chegar até você, e não será hoje. Talvez chegue sem que esteja pensando no assunto.

— Gardênia está correta em sua fala — disse o rapaz. — Nesta colônia, você ficará aos cuidados dela, que vai ajudá-la enquanto nela estiver residindo. Será sua instrutora e com ela aprenderá muitas coisas sobre como viver desencarnada. Outras, aprenderá comigo e com outros espíritos. Assim que Gardênia perceber que você está preparada para um novo passo em sua jornada espiritual, ela lhe dirá ou me deixará ciente desse detalhe.

— Por que você não pode ser meu instrutor? — perguntei, desejando que ele ficasse me instruindo, assim ficaria mais tempo em sua companhia e, por ser lindíssimo, poderia convencê-lo a me dar meu primeiro beijo.

O rapaz e Gardênia sorriram, e fiquei ruborizada ao dar-me conta de que ele e até ela teriam lido meu pensamento e descoberto que aos dezesseis anos eu ainda não tinha sido beijada.

— Jaqueline, sou o seu orientador e estará sempre se encontrando comigo. Mas não posso ser seu instrutor porque atualmente executo uma missão que me impede de ficar instruindo-a. Gardênia possui muitos conhecimentos espirituais que a capacitam a ser sua instrutora — falou o rapaz lindíssimo, que, cravando o olhar no meu, continuou: — Foi agradável guiá-la em suas últimas existências terrenas. Na última, aprendeu algumas lições de que seu espírito necessitava.

— O fato de ser meu orientador explica a impressão que tenho de, ao olhar para você, sentir que já o conhecia?

— Explica por que está certa em sua impressão. Eu e você somos velhos conhecidos. Já passamos um bom tempo na companhia um do outro como desencarnados, encarnados, e com você encarnada e eu desencarnado. Um dia, se for permitido por Deus e autorizado pelos espíritos superiores, veremos o tempo em que estivemos juntos e as lições que você aprendeu em suas vidas passadas — ele disse. — Agora, preciso partir. Estou sendo requisitado em outro local. Gardênia tomará conta de você.

Antes que ele partisse, fechei os olhos e desejei ardentemente que me beijasse. E, ao abrir os olhos, o rapaz esboçou um sorrisinho, delicadamente segurou minha mão direita, assoprou em mim e voltei a experimentar uma sensação de paz e leveza. Soltou minha mão e exclamou:

— Um dia você receberá seu primeiro beijo de um rapaz que muito deseja beijá-la. — Afastou-se e eu fiquei ruborizada e envergonhada. Fui até a janela e olhei através dela para evitar demonstrar que tinha ficado decepcionada com o que ele havia dito, enquanto pensava quem seria o rapaz que muito queria me beijar, torcendo para ser tão lindíssimo como esse que dizia ser meu orientador.

Senti uma mão pousar em meu ombro direito e ao virar-me deparei com Gardênia, que nada mencionou, e eu olhei para o chão.

O rapaz nos convidou para fazermos uma prece. Ele rezou agradecendo a Deus por eu estar bem e Lhe pedindo que continuasse olhando por mim e me abençoasse. Após a prece, desejou-me sorte em meu novo lar e, se dirigindo à porta, abriu-a e se ausentou.

Lamentei que tivesse partido. Fisicamente era lindo, e a paz que transmitia era tão benéfica que me deixava leve, fazendo-me esquecer de tudo, menos de ele me beijar.

Sem eu nada proferir, Gardênia disse que o rapaz transmitia a paz que me fazia sentir leveza porque ele tinha uma evolução espiritual superior à dela e à minha. Sua fala me fez ter certeza de que, assim como o rapaz lindíssimo, ela também lia pensamentos. Fixando-a, inquiri de qual evolução espiritual o rapaz era detentor, e ela respondeu que um dia eu mesma descobriria.

— Está preparada para receber a outra visita ou deseja realizar algo antes de eu permitir a entrada do novo visitante? — questionou a instrutora.

— Pode permitir a entrada do novo visitante — respondi curiosa em saber quem, fora o rapaz lindíssimo, haveria de me visitar depois de morta. Se viria ver-me é porque, mesmo estando morta, eu deveria significar algo para o visitante.

Dirigindo-se à porta, Gardênia a abriu e Abimael entrou cumprimentando-a. Veio até mim, abraçou-me carinhosamente e correspondi ao abraço, ficando feliz em vê-lo.

— Você está bem? — perguntou o garoto indígena.

— Estou — respondi. — Obrigada por me visitar e se preocupar com meu bem-estar. Estou feliz com sua visita! — exclamei.

Ele se sentou na cadeira e eu me sentei na cama. De pé, Gardênia nos observava.

— Você aprecia escutar músicas? — o garoto inquiriu, e respondi afirmativamente.

Abimael ficou em pé e começou a cantar.

A canção tocou-me a alma, pois tive a sensação de conhecê-la de algum lugar, embora não recordasse de onde a teria escutado antes. A letra da música falava da natureza, de uma aldeia indígena e do amor de uma índia por um índio que a havia abandonado. Algumas partes da letra da música eram alegres, outras tristes.

Contemplando o garoto enquanto cantava, constatei que Abimael estava cantando com a alma e o coração ao deixar transparecer a emoção que vivenciava. Nas estrofes alegres, seu rosto adquiria uma expressão sublime; nas estrofes tristes, sua face ficava melancólica e os olhos se enchiam de lágrimas. Eu estava impressionada com o cantor porque nunca tinha presenciado alguém cantar com tanta emoção e sentimento.

Ao concluir a canção, olhou-me com meiguice e perguntou se eu tinha gostado da música.

— Amei a música! Ela é linda! Você tem uma belíssima voz e canta maravilhosamente bem.

Ele sorriu com a boca fechada.

Gardênia falou que Abimael fazia parte do coral da colônia.

O garoto indígena, dizendo que sua visita era rápida, falou que necessitava partir e que em outra oportunidade me faria nova visita e cantaria outra canção.

— Precisa partir tão rápido? — perguntei.

— Preciso, pois aproveitei o recreio da escola para vir visitá-la. Tenho de retornar rápido porque em poucos minutos outra aula se iniciará.

— Onde você mora? — questionei, pensando em lhe retribuir a visita.

— No educandário — ele respondeu. — Preciso ir. A professora não gosta que os alunos cheguem atrasados e na colônia espiritual os alunos não faltam às aulas.

Ele me abraçou se despedindo e, num impulso, eu beijei sua fronte. Beijá-lo e por ele ser abraçada era como se estivesse fazendo isso com alguém de minha família, pois sem saber o motivo eu sentia um grande carinho por ele.

Ele se despediu de Gardênia e rapidamente se ausentou. Logo que partiu, indaguei a Gardênia por que ele morava em um educandário.

— Jaqueline, o educandário é a residência que abriga as crianças e os adolescentes que vivem na Colônia Bom Jardim, onde são educados e aprendem a viver como desencarnados — disse Gardênia. — Abimael desencarnou aos doze anos e nessa idade necessitou conviver com adolescentes da mesma faixa etária ou próxima dela para com eles fazer amizade, que muito auxilia na adaptação ao mundo espiritual. Os que residem no educandário nele encontram o que necessitam para viver como desencarnados, e alguns, em pouco tempo, não desejam muitas coisas que usufruíam quando estavam encarnados. — Olhou-me dentro dos olhos e acrescentou: — Assim que for possível, visitaremos o educandário e você testemunhará como as crianças e adolescentes nele vivem e são educados.

— Se aqui existe um local específico para acolher e educar crianças e adolescentes desencarnados, isso revela que nesta colônia espiritual vocês que a habitam pensam em tudo — falei.

— Temos de pensar porque precisamos nos preocupar com o bem-estar de todos, oferecendo-lhes o que lhes será benéfico quando desencarnam, para como espíritos entenderem que continuam vivos, desfrutando o que lhes fará bem. E, como cada espírito tem suas particularidades, para todos serem bem atendidos no que lhe será benéfico, os instrutores são orientados a praticar a caridade e ser tolerantes para com todos, esforçando-se em fazer pelos que estão sob seus cuidados o que fariam pelo Cristo — esclareceu Gardênia. — A lei que nesta colônia espiritual impera é a lei da caridade, que ao ser colocada em prática sublima o amor, pois quando se é caridoso o amor nasce naturalmente e tudo segue em paz e harmonia.

Fiquei pensando no que ela mencionou e concluí que necessitava colocar em prática a lei que impera na colônia.

Gardênia falou que daríamos uma volta pelo jardim após eu ir ao banheiro, tomar um banho e usar a roupa que encontraria no banheiro. Ausentou-se e, ao ficar sozinha, dirigi-me ao banheiro e avistei um vestido branco com estampas de várias margaridas, igualzinho ao que eu possuía quando vivia em Anápolis. A diferença é que o vestido do banheiro está novinho e o que eu usava na Terra estava gasto de tanto uso, pois ele era o meu preferido.

Tomei banho, que para mim foi algo natural. Coloquei o vestido e penteei o cabelo. Saí do banheiro e, me sentando na cama, disse a mim mesma que estar desencarnada não era diferente de se estar encarnada, pois continuo fazendo o que fazia quando estava viva na Terra.

Escutei batidinhas na porta e, ao abri-la, avistei Gardênia, que me convidou para segui-la e eu obedeci.

CAPÍTULO 8
NEM CÉU, NEM PURGATÓRIO

Acompanhando Gardênia, enquanto caminhávamos pelo hospital, um dos espíritos que passou por nós me fez recordar de uma jovem da minha cidade que desencarnou antes de mim. Comentei esse fato com a instrutora, que me disse ser a jovem quem eu havia recordado.

Ao chegarmos ao jardim, posicionei-me onde o sol incidiria sobre meu corpo e, abrindo os braços, fiquei me aquecendo. Depois comecei a caminhar, inspirando o ar e constatando ser puríssimo. Repeti o gesto e senti uma energia agradável percorrer o meu corpo.

Sentada em um dos bancos do jardim, Gardênia me observava em silêncio.

Uma borboleta que pousou em uma flor amarela despertou minha atenção. Sentei próximo da flor, observando a borboleta ao movimentar lentamente suas asinhas, dando-me conta de estar em paz comigo mesma. Olhei para diferentes partes do jardim e avistei borboletas pousadas em outras flores, sem se incomodarem com a presença dos desencarnados.

Contemplei a borboleta que tinha despertado minha atenção e desejei ardentemente que voasse e pousasse em minha mão direita. Ela começou a voar e fez o que eu desejei, assustando-me e ao mesmo tempo me deixando encantada, porque sou apaixonada por esses insetos e, na Terra, assim que deles me aproximava, logo batiam as asinhas e voavam para outro local. Ali estava sendo diferente, a borboleta permanecia em minha mão, movimentando as asinhas, sem voar. Não sabendo como proceder, olhei para Gardênia e para o inseto. A instrutora fixou a borboleta e sorriu. A borboleta voou e voltou a pousar na flor amarela.

Inspirei novamente o ar e ao me aproximar de Gardênia sentei a seu lado.

— Como se sente neste jardim? — ela perguntou.

— Ótima — respondi. — O jardim é agradável e me transmite a sensação de paz. Apreciei as flores e as borboletas, que não fogem de nós e pousam em nossas mãos quando desejamos.

— Jaqueline! — chamou Gardênia num tom que parecia ser o da minha mãe quando queria me ensinar alguma coisa. — Na colônia espiritual, as borboletas não fogem de nós porque não lhes fazemos nenhum mal. Aqui todos vivem em paz.

— Foi por isso que, ao desejar que a borboleta pousasse em minha mão, ela o fez por não me temer?

— Ela pousou em sua mão porque com todo o seu coração você desejou isso, intuindo que ao pousar a deixaria feliz. O que realmente aconteceu.

— Isso significa que, na colônia, todos os meus desejos serão realizados? — indaguei.

— Nem sempre — disse Gardênia. — Mas, quando desejar ardentemente que algo bom lhe aconteça, sem que isso prejudique alguém, o desejo poderá se realizar. É por isso que deverá sempre desejar o bem para si e para os outros, e praticá-lo quando a oportunidade surgir. É o que todos procuram executar nesta colônia espiritual e se esforçam em praticar, o que proporciona todos vivermos em harmonia.

A instrutora pediu-me que voltasse a desejar intensamente que a borboleta mais uma vez pousasse em minha mão, para com essa ação deixar-me feliz. Obedeci, e o inseto aproximou-se de minha mão direita, que estava fechada, e a borboleta ficou a voar ao redor dela, pousando na palma quando abri a mão. Sorri emocionada, desejando que ficasse um bom tempo em minha mão, algo que sabia não ser possível, e, voltando a sorrir, em voz alta agradeci ter atendido ao meu desejo e me deixado feliz. A borboleta voou até próximo dos meus olhos e partiu em direção às outras borboletas.

— Gardênia, por qual motivo encontrei as borboletas nesta colônia espiritual? — perguntei.

— Porque muitos espíritos, ao chegarem às colônias espirituais e encontrarem o que os faz feliz e amaram quando estavam encarnados, se sentirão bem acolhidos na colônia e entenderão que continuam vivos.

— Foi por isso que nesta colônia espiritual, além das borboletas, também encontrei as flores amarelas e o quadro de Nossa Senhora da Abadia na enfermaria do hospital?

— Exatamente! Você encontrou o que sabíamos que lhe faria bem e a deixaria feliz porque encarnada, sem nenhum interesse obscuro, amou tais coisas com o objetivo de lhe proporcionar paz e felicidade. Isso causa benefícios ao espírito, ajudando-o a progredir — esclareceu Gardênia.

— Esse foi um aprendizado que não esquecerei. Estou gostando do aprendizado e desejo aprender ainda mais — falei.

— Com o tempo, aprenderá comigo e com os professores da escola o que lhe será benéfico.

— Escola? Aqui na colônia espiritual realmente existe uma escola? — inquiri admirada.

— Existe.

— Para que um espírito precisa de uma escola?

— Para nela estudar para aprender como viver e se comportar no mundo espiritual. Para aprender como exercer as atividades que lhe serão solicitadas, e como se preparar para futuras reencarnações na Terra — explicou a instrutora.

— Se se aprenderá como se preparar para futuras reencarnações, então é verdade que voltaremos a ter novas vidas na Terra? — perguntei, continuando incrédula a respeito desse assunto.

— Se as lições de que seu espírito necessita para evoluir moralmente, o aprendizado delas, estiver na Terra, para esse planeta o espírito retornará em um novo corpo físico.

— Embora o rapaz lindíssimo e você já tenham dito ser isso possível, eu não acredito — disse, ficando em pé enquanto contemplava o jardim. — As freiras e o padre falavam com tanta convicção que reencarnar é impossível, que acredito no que disseram.

Gardênia se levantou e, colocando uma das mãos em meu ombro direito, indagou:

— Fora o que de errado eles disseram sobre a reencarnação, o que mais os padres e as freiras lhe ensinaram sobre a vida após a morte?

— Ensinaram-me a acreditar em anjos e, por mais que os procure nesta colônia espiritual, não consigo encontrá-los. Se os anjos existem, onde eles estão? — questionei.

Ela retirou a mão do meu ombro. Sentou-se e respondeu:

— Os anjos existem do mesmo modo que eu e você existimos. A maioria vive em esferas sublimadas e poucos estão reencarnados em missões na Terra. Você não avistou nenhum anjo nesta colônia espiritual porque ainda não está preparada para vê-los ou porque nenhum deles se revelou para você como um anjo. Eles são os espíritos puros, superiores aos outros espíritos por possuírem maior evolução espiritual. Para se viver entre eles é preciso alcançar a mesma evolução espiritual de que eles são detentores.

Refleti sobre o que ela disse. Depois fiz outra pergunta:

— Se eu morri e não fui para o Céu viver junto aos anjos e santos, devo estar no Purgatório, mas você esclareceu que o meu espírito está em uma colônia espiritual. Isso quer dizer que a colônia espiritual é o Purgatório?

— Jaqueline, segundo a doutrina religiosa que professou em sua última existência física, se você estivesse vivendo no Purgatório, estaria em um fogo que não se extingue, sendo atormentada pela culpa de seus pecados, acompanhada por outros espíritos que estariam na mesma situação. É assim que você está vivendo?

— Não, pelo contrário; aqui na colônia espiritual me sinto leve e em paz. Não existe fogo, nem tormento — respondi.

— O que revela que você não está no Purgatório. Vive em uma colônia espiritual cujos habitantes querem o seu bem e a sua felicidade — concluiu a instrutora, que, ao ficar em pé, olhou-me bondosamente e sorriu. E, ao fixá-la, foi como se pela primeira vez a estivesse vendo, pois estava rodeada por uma luz violácea que, ao incidir sobre mim, me transmitiu a sensação de bem-estar. A intensidade da luz era diferente da do rapaz lindíssimo, mas me fez bem.

Voltamos a nos sentar no banco e, ao contemplar o jardim e observar espíritos transitando por ele, conversando sentados nos bancos e crianças se divertindo, inquiri:

— Se a colônia espiritual em que nos encontramos não está no Céu nem no Purgatório, onde ela se encontra?

— Localizada no espaço aéreo de três cidades goianas. As colônias espirituais, geralmente, ficam acima das cidades terrestres.

— Se estão acima das cidades terrestres, por que antes de morrer eu nunca avistei nenhuma colônia espiritual?

— Porque elas não são visíveis aos encarnados, com exceção de alguns médiuns videntes, mas, mesmo entre os videntes, raríssimos são os que conseguem enxergar uma colônia espiritual, e, quando conseguem, isso ocorre em ocasiões especiais e guardam a visão para eles ou só a compartilham com quem deverá ficar ciente da visão, não o fazendo por ostentação — explicou pacientemente.

— Interessante! — exclamei. — A colônia espiritual em que estamos tem um nome ou se chama apenas colônia espiritual?

Ficando em pé e movimentando os braços como se envolvesse toda a colônia espiritual, Gardênia respondeu:

— Esta colônia espiritual se chama Bom Jardim!

— Colônia Bom Jardim! — repeti. — É um bonito nome!

— A Colônia Bom Jardim é uma colônia espiritual entre milhares de outras colônias — falou Gardênia.

— As colônias espirituais se parecem com o quê? — questionei.

— Elas se parecem com as cidades terrenas. O que as diferencia das cidades dos encarnados é que as colônias são habitadas por espíritos e nelas encontramos o necessário ao nosso bem-estar e à evolução espiritual. No plano físico, os encarnados encontram o necessário para satisfazerem suas necessidades físicas, praticarem a caridade para consigo e os outros, e evoluírem moralmente.

— O que é plano físico?

— É a Terra. O local onde os espíritos reencarnam em novos corpos físicos. Por isso, chamamos de plano físico.

— Por que há necessidade de os espíritos reencarnarem em novos corpos físicos?

— Porque, com exceção dos anjos, que deixam as esferas sublimadas para reencarnar na Terra em missões, dificilmente os espíritos que reencarnam na Terra terão êxito em uma única existência terrena, porque nela não conseguirão aprender e praticar o que os fará evoluir moralmente para nessa única existência terrena atingirem a maior evolução espiritual: a angelical. É por isso que os espíritos reencarnam em novos corpos físicos para, mediante a prática da caridade, do amor e do perdão que executam para consigo e os outros em suas diferentes existências terrenas, aos poucos evoluírem moralmente, conforme praticarem o que lhes será benéfico e ao próximo, e o acúmulo dessas práticas e virtudes adquiridas em vida após vida um dia lhes conduzirá à evolução angelical — explicou Gardênia.

— Belíssima explicação! Você é muito sábia!

— Não sou sábia. Apenas observo como a vida funciona e sou uma estudiosa da Doutrina dos Espíritos. Quando é bem estudada, internalizamos o que ela esclarece sobre os espíritos e a vida espiritual e terrena.

— Compreendi! — exclamei, dando-me conta de que, de alguma forma, a instrutora apontava que o estudo da Doutrina dos Espíritos, futuramente, responderia a algumas de minhas indagações sobre a vida espiritual e a terrena, mas, como não havia estudado tal doutrina e ainda tinha algumas perguntas, indaguei: — Gardênia, por que existem milhares de colônias espirituais?

— Para abrigarem os milhares de espíritos que desencarnam em milhares de cidades brasileiras e possuem diferentes evoluções espirituais.

— Tendo essas diferentes evoluções espirituais, eles não poderiam viver na mesma colônia espiritual?

— Se possuem diferentes evoluções espirituais, significa que eles pensam e agem de forma diferenciada uns dos outros, não vivenciando o mesmo ideal e crendo que sua forma de pensar e viver é a mais adequada. Ao pensarem e viverem dessa forma, o que aconteceria se habitassem a mesma colônia espiritual?

— Não existiria união entre eles, porque viveriam sempre em desacordo — concluí.

— Com sabedoria respondeu a esta última pergunta — disse a instrutora, e sorriu gentilmente.

— Os espíritos que ainda não possuem a vibração angelical, é certo que, se praticarem o bem, um dia atingirão a mesma evolução dos anjos? — questionei, pensando que eu haveria de ter um longo caminho em direção a tal evolução.

— Deus, Nosso bondoso Pai, criou os espíritos simples e ignorantes, dando-lhes o livre-arbítrio para mediante seu uso praticarem o bem ou o mal. Conforme executam o bem, e este bem se torna a essência deles, aos poucos, sem se darem conta, atingem a evolução angelical e, por meio dela, vivem em paz e felizes. Como já lhe expliquei, essa evolução é obtida em diferentes reencarnações, pois o Nosso bondoso Pai, que é justo e misericordioso, sendo conhecedor da natureza de todos os seus filhos, lhes concedeu a bênção da reencarnação para, por intermédio dela, vida após vida, os espíritos se aprimorarem na prática do bem, e esse aprimoramento, aliado à caridade, ao perdão e ao amor, os auxilia a vencer as provações terrenas e conquistar no mundo espiritual o prêmio que os capacitará a viver em colônias espirituais muito evoluídas. Nelas, ao continuarem praticando a caridade, o amor, o perdão, a tolerância e outras virtudes, com o tempo serão detentores da evolução dos anjos — esclareceu Gardênia.

— E sendo anjos viverão felizes ao passarem toda a eternidade apenas louvando a Deus. Deve ser uma maravilha a vida dos anjos! — exclamei.

— Será que viver toda a eternidade somente louvando a Deus é algo maravilhoso? — Gardênia indagou seriamente, e eu não soube o que responder, porque o modo como fez a indagação me revelou não ser algo tão maravilhoso. — Permanecer toda a eternidade apenas louvando a Deus seria algo monótono. E na vida dos anjos nada existe de monotonia, porque eles são os maiores trabalhadores do mundo espiritual, cujo trabalho os faz viver em constante atividade: intercedem pelos encarnados e desencarnados, amparando-os em suas necessidades; são responsáveis por muitas colônias espirituais, administrando-as por meio do eficaz trabalho dos governadores; reencarnam em missões na Terra para, com seus exemplos, falas e ações, demonstrarem como se deve viver de forma correta e caridosa. E possuem a missão de serem anjos da guarda de encarnados e desencarnados. Uma missão delicada e grandiosa, que eu penso ser uma das mais complicadas missões que eles executam.

— Por que se tornar anjo da guarda seria assumir uma missão complicada? — quis saber.

— Porque, ao se tornar um anjo guardião, este necessita orientar, acompanhar e proteger o mesmo espírito durante várias existências terrenas, e nelas muitos dos protegidos não conseguem a evolução moral, nem a espiritual. Alguns inclusive causam dores e sofrimentos aos seus anjos guardiões quando estes reencarnam próximo deles, em uma de suas existências físicas, objetivando de forma mais direta auxiliá-los em seu crescimento — explicou Gardênia. — Os anjos guardiões ou mentores espirituais, termo mais apropriado, no plano espiritual muito se empenham para inspirar seus pupilos à prática da caridade, do amor e do perdão, bem como ao cultivo de virtudes. Alguns possuem êxito nessas inspirações, mas a maioria não, porque seus tutelados preferem praticar o que os distancia de Deus. E seus anjos guardiões continuam junto deles porque confiam em que, numa futura reencarnação, eles darão passos em direção ao crescimento moral e espiritual. Enquanto esse crescimento não acontece, mesmo sendo ignorados por muitos de seus pupilos, os anjos da guarda não desistem deles, continuam se importando com eles e tudo fazem para ajudá-los a viverem em paz e felizes na Terra, por eles intercedendo junto a Deus e ao Cristo, socorrendo-lhes em suas necessidades quando recebem a autorização dos dois para ajudar seus tutelados.

Fez uma pausa e continuou:

— Para com louvor executar a missão de anjos guardiões, estes, além de possuírem muito amor por seus pupilos, são portadores de duas grandiosas virtudes: paciência e tolerância. A primeira para esperar que em uma das reencarnações dos seus pupilos eles consigam realizar a reforma moral, sem estarem cientes de em qual existência física essa reforma acontecerá. A tolerância para observar pacientemente seus tutelados, vida após vida terrena, cometerem os mesmos erros, permanecerem com os mesmos defeitos e imperfeições, sem recriminá-los nem desistir deles. — Olhou dentro dos meus olhos. — Ser anjo da guarda é uma missão complicada, que não desejo para mim.

— Do modo como você explicou, a missão de ser anjo da guarda é complicada.

— Embora seja uma missão complicada, muitos anjos a assumem, e, quando um dos seus protegidos consegue evoluir moralmente, os anjos da guarda se sentem mais confiantes para se tornarem o mentor espiritual de outro espírito que se mantém muito distante de Deus, e por esse espírito iniciam o trabalho de um dia conduzi-lo ao caminho do bem e direcioná-lo aos braços de Deus — esclareceu Gardênia.

— Após seu esclarecimento sobre como os anjos vivem, penso que eles não passam a eternidade apenas louvando a Deus — disse. — Se os anjos não fazem isso, são os santos que vivem apenas louvando a Deus?

— De modo semelhante aos anjos, os espíritos canonizados pela Igreja Católica como santos são grandes trabalhadores, porque no mundo espiritual eles não vivem na ociosidade. Santo Agostinho, São Luís e outros santos auxiliaram Allan Kardec na codificação da Doutrina dos Espíritos e em sua difusão entre os encarnados.

— Os santos ajudaram o Espiritismo? — perguntei incrédula. — Como eles podem ter auxiliado na codificação da Doutrina dos Espíritos se o padre e as freiras disseram que o Espiritismo não é de Deus, mas pertence ao Diabo?

— Jaqueline, se o Espiritismo não pertencesse a Deus, não teria se difundido rapidamente na Terra, nem teria feito o bem a milhares de encarnados e desencarnados — falou a instrutora. — A Doutrina dos Espíritos é consoladora, amorosa e racional porque, por intermédio da mediunidade de vidência, audição, intuição, psicografia e outras, os médiuns ofertam consolo às dores dos encarnados ao colocá-los em contato com familiares e amigos que estão no mundo espiritual. Os médiuns também auxiliam os desencarnados mediante esclarecimentos sobre suas condições espirituais quando eles comparecem a reuniões de grupos mediúnicos, orientando-os a seguirem com os bons espíritos para iniciarem uma nova vida nas colônias espirituais.

Fez uma pausa e continuou:

— Santo Agostinho e São Luís foram grandes colaboradores na codificação e difusão da Doutrina dos Espíritos. Suas comunicações, por meio de médiuns, ajudaram a retirar o véu dos dogmas que outras doutrinas religiosas colocaram sobre a vida no mundo espiritual, porque o Espiritismo, sendo uma fé raciocinada, desvenda e divulga o que outras denominações religiosas simplesmente apontam ser dogmas ou mistérios.

Voltou a fazer outra pausa e depois disse:

— A Doutrina dos Espíritos recomenda aos seus adeptos praticarem a caridade, o amor e o perdão, estudarem a doutrina e se instruírem em diferentes assuntos, e recomenda a prática constante da reforma íntima. Se as recomendações forem seguidas, auxiliarão encarnados e desencarnados a viverem em paz consigo e com os outros, porque estarão se empenhando para praticarem os ensinamentos e exemplos deixados pelo Cristo. Uma doutrina que faz essas recomendações aos seus adeptos não pode pertencer ao Diabo, porque é uma doutrina que conduz o homem até Deus, o que faz o Espiritismo ser uma bênção à vida do homem e da mulher.

— Entendi. E a forma como você defendeu o Espiritismo me fez pensar que encarnada você deve ter sido adepta dessa religião.

— Defendo o Espiritismo porque ele não possui dogmas nem mistérios, nada esconde, mostra-se claramente para todos os que desejam conhecê-lo. Defendo-o porque, por se tratar de uma fé raciocinada, ele esclarece o que realmente existe após a morte do corpo físico, preparando seus adeptos para o que eles verdadeiramente encontrarão no Outro Lado da Vida — proferiu Gardênia. — A Doutrina dos Espíritos aponta com propriedade quem somos, por que reencarnamos e por que passamos por determinadas lições de vida quando estamos encarnados. Essa doutrina só pode estar de acordo com a verdade espiritual porque ela chegou até os encarnados trazida pelos próprios espíritos. E, sendo eles que vivem no mundo espiritual, o que eles trouxeram aos encarnados é verídico porque o mundo espiritual é o mundo deles. — Cravou seu olhar no meu e falou: — Em minha última existência física, recebi a grande bênção de ter sido espírita, e me sinto honrada em ter sido adepta de uma religião raciocinada.

— Você expôs o espiritismo de forma positiva, bem diferente da maneira como os padres e as freiras o expuseram nos sermões das missas e nas aulas da catequese — falei. — Ainda não concordo com você sobre o Espiritismo ser uma bênção ao homem e à mulher, nem em ser uma doutrina consoladora, mas reconheço que sobre o que acontece com os espíritos após a morte do corpo físico os espíritas estão mais corretos do que o apontado no catolicismo.

Minha instrutora falou que, futuramente, eu teria muito tempo para concordar ou não com ela sobre o que era apontado pelo Espiritismo. Deveria começar a rever meus conceitos sobre concordar ou não se começasse a analisar o que estava acontecendo comigo desde que havia desencarnado, pois era testemunha da veracidade de o Espiritismo ser uma doutrina consoladora e uma bênção para encarnados e desencarnados porque, ao chegar ao mundo dos espíritos, tinha encontrado o que me deixara em paz, ou seja, encontrado um consolo ao meu espírito, não encontrando o que como encarnada levara anos me preparando para encontrar.

— Você tem conhecimento de minha devoção católica quando eu estava encarnada?

Ela sorriu e disse que ela e outros espíritos sabiam sobre a minha devoção católica.

— Tocando nesse assunto de minha devoção católica, durante anos, enquanto estive encarnada em Anápolis, tudo fiz para ao morrer minha alma ir direto para o Céu — falei. — Desde pequena me empenhei para evitar os pecados mortais. Fiz a Primeira Eucaristia, fui crismada e consagrada a Nossa Senhora da Abadia. Era ativa no grupo de jovens da paróquia do meu bairro. Todo mês confessava os meus pecados ao padre, que os absolvia. Aos domingos participava das missas e recebia a Santa Comunhão. Fiz muitas promessas que garantiam que, quando eu morresse, minha alma iria para o Céu e seria recebida por Nossa Senhora. Rezava o terço todo dia e rezei muitas novenas. Uma vez por mês ajudava na limpeza da paróquia. Resumindo: fui uma católica praticante e, mesmo tendo seguido à risca o que o padre e as freiras me diziam que garantiria minha entrada no Céu, quando desencarnei, Nossa Senhora não veio me receber, nem recebi o prêmio por ter sido uma boa católica e boa pessoa. Por que nada do que eles garantiam me aconteceu quando eu morri?

— Porque o padre e as freiras que lhe garantiram que encontraria tais coisas não possuíam conhecimentos verídicos sobre a vida espiritual, e não receberam a bênção de, em desdobramentos conscientes, visitar o mundo espiritual para descobrirem como é a vida nesse mundo — Gardênia respondeu.

— Mas eu me preparei com muita fé para merecer o Céu após minha morte — proferi. — Pratiquei com muita fé e confiança as minhas devoções católicas, acreditando que, após o desencarne, seria recebida por Nossa Senhora da Abadia ou por anjos de asas lindíssimas que me conduziriam até Nossa Senhora ou ao Cristo. Tanto acreditava que assim aconteceria, que, dois anos antes do meu desencarne, passei a rezar dois terços por dia e multipliquei os jejuns, além de ter iniciado novas devoções católicas. Para que tudo isso serviu se ao morrer não encontrei o que esperava encontrar?

— Suas devoções católicas aliadas à sua verdadeira fé serviram para transformá-la em uma boa pessoa e contribuíram para, após o desencarne, não sofrer o que outros espíritos padecem por não terem sido bons encarnados. E a sua fé, suas devoções e suas caridades serviram para após seu desencarne você ser recebida por um espírito evoluído e ser acolhida nesta colônia espiritual.

— Podem ter servido para o que você mencionou, mas o rapaz lindíssimo, que deve ser o espírito evoluído que você falou, não tem asas e, não as possuindo, não deve ser um anjo. E, por mais que eu tente não pensar nas asas dos anjos, elas não me saem do pensamento. Por que não consigo parar de pensar que para ser anjo é necessário possuir asas?

— Porque, desde sua infância, a fizeram acreditar que anjos têm asas, e, nisso acreditando, é seu desejo avistar um anjo com asas, porque se vir um sem elas duvidará de se tratar de um anjo — explicou a instrutora. — Seus sonhos, desejos e sentimentos de quando estava encarnada fazem parte de você, e desencarnada continua sentindo o mesmo; é por isso que deles não conseguirá se livrar de uma hora para outra. — Olhou-me dentro dos olhos. — Quanto ao fato de um dia você avistar um anjo com asas, talvez isso não aconteça, porque eles não possuem asas, mas nada impede que um dia você aviste um anjo e converse com ele, ou que ascenda espiritualmente até atingir a evolução angelical, o que lhe fará passar a residir com os anjos.

— É possível um dia eu me tornar um anjo? — perguntei, não acreditando em tal coisa porque aprendi que anjos foram criados por Deus como anjos e os humanos como pecadores. Mas, se ela respondesse afirmativamente, significaria que um dia eu poderia ser um anjo com asas.

— Nada é impossível ao espírito que crê e trabalha pelo seu aperfeiçoamento, pois, se trabalha focado no bem do próximo e em seu crescimento moral, haverá de no futuro atingir a evolução angelical, que se trata do caminho evolutivo que todo espírito deverá percorrer e alcançar — ela explicou. — Na Colônia Bom Jardim, você encontrará os meios para aprender a se aperfeiçoar e evoluir mediante o que estudará na escola e em diferentes cursos, e, quando conseguir isso, aos poucos crescerá espiritualmente, até que de crescimento em crescimento chegue à evolução angelical. Mas esse não é um assunto para se preocupar no momento.

— Gardênia, você me ensina a ser um bom espírito? Pois, se para se tornar anjo é necessário antes ser um bom espírito, eu preciso aprender como ser bondosa.

— Você já é um espírito bondoso, e para ser ainda mais bondosa foque em praticar o que o Cristo nos ensinou e exemplificou. Agora vamos mudar de assunto porque aos poucos você precisa se acostumar com a vida espiritual e se envolver com o que a Colônia Bom Jardim tem para lhe oferecer.

— Entre as coisas que a colônia pode me oferecer existe a possibilidade de estudar e conhecer a Doutrina dos Espíritos? — indaguei.

— Pensei que você fosse contra o Espiritismo.

— Não sou contra, nem a favor. Mas, observando o modo como você falou tão bem do Espiritismo, fiquei curiosa sobre ele e quero estudá-lo e conhecê-lo para futuramente poder emitir minha opinião baseada no que estudei e conheci, não mais no que os outros dizem sobre esse assunto.

— É louvável o que você acabou de proferir. E me alegro com seu desejo sobre estudar e conhecer a Doutrina dos Espíritos. Nesta colônia espiritual, além de estudar e conhecer a doutrina, terá oportunidades de comprovar ser verídica a filosofia espírita.

A instrutora cruzou os braços e ficou em silêncio. Eu me levantei e caminhei um pouco pelo jardim. Toquei em uma rosa amarela e sentei próximo a ela. Enquanto a admirava, pensava em tudo o que tinha acabado de ouvir da minha instrutora.

Passados poucos minutos, Gardênia tocou meu ombro direito dizendo estar na hora de retornarmos, apontando que eu necessitava me alimentar e repousar. Voltamos para o hospital e ao entrar na enfermaria individual que me acolhia avistei sobre a mesinha uma bandeja com alimentos. Minha instrutora pediu que eu me alimentasse e repousasse um pouco. Ao acordar, faríamos um novo passeio e eu conheceria parte da colônia. Retirou-se.

Lavei as mãos na pia do banheiro, sentei e me alimentei. Fui ao banheiro e, após usá-lo, encontrei uma camisola onde antes estava o vestido. Coloquei a camisola e me dirigi à cama. Fiquei na dúvida de se um espírito deveria ou não rezar, porque, se já estava morta e não tinha ido para o Céu, para que eu deveria continuar rezando? Mas, como sempre tive o hábito de rezar antes de dormir, uni as mãos em forma de prece e comecei a rezar, agradecendo a Deus por ter me livrado do Purgatório e do Inferno, e por estar na colônia espiritual sendo auxiliada por Gardênia e pelo rapaz lindíssimo.

CAPÍTULO 9
PASSEIO

No dia seguinte, acordei bem-disposta. Utilizei o banheiro, coloquei o vestido com a estampa de margaridas e, ao sair do banheiro, encontrei o café sobre a mesinha. Após o desjejum matinal, escovei os dentes e, ao me sentar na cama, escutei batidinhas na porta e logo Gardênia entrou.

— Bom dia! Trouxe algumas margaridas-amarelas. — Ela me entregou as flores, que toquei com delicadeza, colocando-as no vaso. — Irei conduzi-la a uma rápida audiência com o governador da colônia. Depois lhe apresentarei parte desta colônia espiritual e em seguida a levarei a um local onde encontrará um amigo — disse Gardênia.

— É comum os espíritos quando aqui chegam conseguirem facilmente uma audiência com o governador? — inquiri.

— Em nossa colônia espiritual é comum porque o governador se interessa pelo bem-estar de todos os que residem e passarão a residir na colônia. Por ser uma colônia pequena, o governador sempre encontra em sua agenda um tempinho para dar atenção aos recém-chegados. Assim, todos têm a oportunidade de conhecê-lo e ele os conhecer, pois, segundo ele, o pastor deve conhecer o rebanho que dirige.

— Que bom seria se os governadores e prefeitos das cidades terrenas pensassem e agissem dessa forma. Se o fizessem, a vida dos encarnados seria bem melhor — falei.

Sem comentar o que falei, Gardênia me convidou para deixarmos o hospital e eu a segui.

Ao cruzarmos o jardim, seguimos por uma avenida e, enquanto caminhávamos, eu prestava atenção em tudo. Gardênia apontava para alguns locais e me explicava a utilidade deles.

Observei que as ruas por onde passávamos eram limpas e ninguém andava apressado por elas nem jogava nada no chão. As casas possuíam a mesma arquitetura e pareciam ser bem aconchegantes.

Os desencarnados que passavam por nós cumprimentavam Gardênia sorrindo. Ela retribuía da mesma forma.

— Gardênia, aqui deve ser um bom local para se viver, porque os espíritos vivem sorrindo. Até agora não avistei ninguém com expressão carrancuda.

— O sorriso deixa os desencarnados simpáticos, cativa e agrada os corações. Nesse sentido, todos que aqui vivem são incentivados a sorrir porque é bem mais agradável ser cumprimentado e recebido por alguém que sorri do que por alguém que vive carrancudo, pois tal expressão causa uma má impressão, dando a ideia de o outro estar de mal com ele e os demais — falou a instrutora. — Um sorriso transmite a sensação de leveza, fazendo bem a quem sorri e àquele que recebe o sorriso. Por isso, todos aqui são incentivados a sorrir, para desse modo fazer bem a eles e aos outros.

Após o que ela falou, passei a retribuir os sorrisos com maior ênfase.

Chegamos à governadoria. Uma casa muito maior do que as outras que eu havia visualizado. Existia um lago ao redor, com uma rampa que conduzia à porta de entrada. Andamos pela rampa e, ao cruzar a porta, deparei com uma sala de espera tendo uma mesa no centro e livros sobre ela. Alguns espíritos estavam sentados em cadeiras confortáveis. Eu e minha instrutora nos sentamos.

Observei os desencarnados serem atendidos conforme a ordem de chegada, sem estarem irritados por ter de esperar. Uns conversavam baixinho entre si, alguns liam livros e outros permaneciam envolvidos nos próprios pensamentos. Comparei-os a certos encarnados que dificilmente esperariam sem demonstrar alguma irritação. Fixei o olhar em uma senhora que ministrava conselhos a uma jovem, o que me fez pensar em minha mãe, imaginando o que ela diria se soubesse que após a morte continuamos fazendo as mesmas coisas. Na certa, sendo católica conservadora, não acreditaria.

Um rapaz apanhou um livro da mesa e o imitei, pegando aleatoriamente um deles cujo título era *O Livro dos Espíritos*. Ao abri-lo, Gardênia avisou que o governador iria nos receber. Devolvi o livro à mesa e uma moça nos conduziu a uma sala, dizendo ao governador que Gardênia entrava acompanhada de sua nova pupila. A moça se ausentou fechando a porta.

Um senhor levantou-se de uma confortável cadeira e cumprimentou Gardênia, abraçando-a. Em seguida, cumprimentou-me estendendo a mão direita e exclamando:

— Jaqueline, seja bem-vinda à Colônia Bom Jardim! Aqui você está em casa! Eu sou o governador desta colônia, mas isso não significa que seja melhor do que você ou do que qualquer outro espírito que aqui reside. Todos somos espíritos em aprendizagem e em evolução. — Sorriu bondosamente e abraçou-me como um pai abraça uma filha, fazendo-me sentir bem acolhida e protegida.

Ele voltou a se sentar na cadeira, e eu e Gardênia nos sentamos à sua frente.

— Jaqueline, sinta-se livre para conhecer toda a colônia. Meu desejo é que ao viver conosco consiga aprender as lições necessárias para o bom crescimento e evolução do seu espírito — disse o governador, que em seguida deu-me instruções sobre como poderia adaptar-me à vida espiritual, concluindo que deveria procurá-lo quando eu estivesse preparada para assumir uma tarefa em benefício da colônia, dos que nela vivem e em meu próprio benefício. O modo como falava me lembrou a forma como meu avô encarnado se dirigia às pessoas.

O governador falou que eu iria residir com Gardênia e com outras duas jovens que já estavam sob os cuidados da minha instrutora. Disse-me para não me preocupar muito em compreender tudo o que estava me acontecendo porque essa compreensão chegava aos poucos. Ele se levantou e concluiu:

— Sigam em paz! Que Deus a oriente, Gardênia, na instrução de sua nova pupila e que Ele auxilie Jaqueline em seu aprendizado e evolução.

— Grata! Que o bom Deus continue iluminando sua sabedoria — proferiu Gardênia.

O governador solicitou a Gardênia que retornasse à governadoria para conversarem em particular. Dirigiu-se a uma sala anexa à que estávamos e regressou com um pequeno vaso, que me entregou dizendo que, por meio dele, esperava que eu me sentisse bem acolhida. Olhei para o vaso e avistei uma muda de girassol.

— Como você aprecia flores amarelas, desejo que essa muda se torne um belíssimo pé de girassol e no futuro suas flores lhes proporcionem alegria.

Fiquei encantada, pensando em agradecer, mas, antes de o fazer, ele colocou o dedo indicador nos lábios, fazendo-me entender que o agradecimento não era necessário.

Eu e a instrutora nos despedimos e nos retiramos da governadoria. Enquanto caminhávamos, exclamei:

— Uma muda de girassol é um belo presente! Estou muito feliz por tê-lo ganhado! Como o governador sabia que gosto de flores amarelas?

— Ele é o governador da colônia. Tem conhecimento de muitas coisas sobre os habitantes deste lugar e sobre os que nele irão residir — respondeu Gardênia. — A muda de girassol é uma forma de dizer que agora você faz parte da colônia espiritual e pode circular por ela.

— Por acaso, ele é uma espécie de mandachuva da colônia?

— Aqui não usamos essa expressão. Ele é o responsável pela colônia, dirigindo-a com a sabedoria dos espíritos evoluídos, aconselhando e ajudando todos os que aqui vivem. É um boníssimo espírito, sempre presenteando os recém-chegados com o que sabe que os fará felizes.

Continuamos caminhando, e eu ficava admirada com o que ia conhecendo na colônia espiritual, pois tudo estava em harmonia e funcionava perfeitamente. Era um local que, se existisse na Terra, todos gostariam de nele residir.

Gardênia levou-me até o Jardim Central da colônia, que era muito bonito. Todas as roseiras com lindas rosas e plantas com belíssimas flores. Espíritos circulavam, admirando sua beleza, e outros estavam sentados em alguns bancos.

Paramos em frente a uma grande casa, dando-me a impressão de ser uma mansão. Um senhor abriu o portão e Gardênia cumprimentou-o sorrindo. Ele retribuiu e nos permitiu entrar. Fiquei maravilhada com o jardim, que era majestoso, com rosas de diversas cores. Tinha uma fonte e alguns bancos, onde avistei desencarnados lendo e outros escrevendo em cadernos.

A instrutora conduziu-me a uma sala e uma senhora levantou-se de uma mesa. As duas abraçaram-se amigavelmente. Fui apresentada à senhora e ela disse-me que, quando eu viesse estudar ali, muito aprenderia sobre o funcionamento da vida espiritual. Só então dei-me conta de que estávamos numa escola.

Gardênia levou-me à secretaria e duas moças, uma japonesa e uma negra, gentilmente apresentaram o local onde elas trabalhavam. A secretaria possuía móveis bem cuidados e limpos.

A japonesa retirou de um arquivo uma ficha que continha os meus dados e a leu, impressionando-me por na ficha conter o dia em que eu havia chegado à colônia espiritual, com quem eu deveria residir, quando as minhas aulas se iniciariam, que sala eu frequentaria e qual matéria começaria a estudar. Ao escutar ser literatura espírita, suspirei aliviada por não iniciar com uma disciplina chata, pois literatura era a matéria de que eu mais gostava quando encarnada. Não tinha noção do que se estudava em literatura espírita, mas, se era um tipo de literatura, deveria ser interessante.

A negra, por sinal muito simpática, pediu permissão a Gardênia para me apresentar a escola, enquanto a japonesa conversaria em particular com a instrutora. Pensei que Gardênia devia ser um espírito importante na colônia, porque estava sempre sendo requisitada para conversas particulares: primeiro o governador pedira que o procurasse e agora uma das secretárias da escola desejava conversar a sós com ela.

A secretária negra disse chamar-se Emanuela, comentando que Gardênia era um bondoso espírito, sempre disposto a auxiliar as pessoas, por isso era bem requisitada para conversas em particular. Fixando-a, concluí que ela de alguma forma tinha descoberto o que por último eu havia pensado.

Emanuela levou-me até a biblioteca, que era imensa, com um grande acervo de livros, todos muito bem organizados. E a bibliotecária disse que todos faziam empréstimos dos livros de que necessitavam e só os devolviam quando concluíam a leitura ou seus estudos. Gostei de saber que só eram devolvidos quando tivesse terminado de lê-los e lancei o olhar na direção da estante de literatura. A bibliotecária levou-me até a estante e avistei muitos livros. Li alguns títulos pensando que a biblioteca seria um dos meus lugares favoritos da escola e da colônia espiritual.

Toquei num livro e o puxei da prateleira. Emanuela perguntou se eu gostaria de emprestá-lo, apontando que eu só deveria preencher um cadastro de leitor, que poderia fazê-lo quando minhas aulas se iniciassem. Ela faria o empréstimo do livro em seu próprio cadastro e eu poderia levá-lo. A bibliotecária pegou o livro e mostrou-me o local onde as pesquisas e estudos eram realizados: em cabines que possuíam mesas, cadeiras e materiais de estudo. Nelas, espíritos de diferentes idades se concentravam em seus estudos e pesquisas.

Dirigimo-nos à mesa da bibliotecária, que fez o empréstimo do livro na ficha de cadastro de Emanuela. Avistei um livro sobre a mesa e, lendo o título, indaguei se também poderia levá-lo emprestado. Fiquei sabendo que poderia emprestar os dois, mas deixei claro que só desejava fazer o empréstimo do que estava sobre a mesa e saí da biblioteca com um exemplar de *O Livro dos Espíritos*.

Emanuela conduziu-me às salas de aula. Algumas tinham um telão, onde os alunos prestavam atenção no que os professores nele projetavam e explicavam. Parecia ser interessante estudar dessa forma.

Em outras salas de aula, alunos representavam ensaiando para uma apresentação teatral. Emanuela mencionou que alguns estudantes aprendiam o conteúdo mais rápido desse modo.

Na escola também encontrei salas de aula tradicionais. O que nelas despertou meu interesse foi uma freira ser a professora em uma das salas. Ela tinha um ar bondoso e ensinava com dedicação, o que fazia os alunos, todos crianças, estarem com os olhos fixos na professora. Emanuela falou que a freira estava contando uma historinha.

Ter encontrado uma freira na colônia espiritual fez-me recordar a conversa que tive no jardim do hospital com Gardênia, que certamente estava correta quando mencionou que a vida após a morte era bem diferente da que as freiras e os padres encarnados costumavam pregar. Eu e a freira éramos testemunhas de quanto nossos espíritos permaneciam vivos e de quanto estávamos levando uma vida normal no mundo espiritual.

Conheci a sala de aula em que estudaria. Estava vazia. Emanuela falou que a sala estava aguardando os alunos que iniciariam seus estudos comigo.

Gardênia nos encontrou na sala de aula vazia, agradecendo por Emanuela ter me apresentado à escola. A simpática negra despediu-se sorrindo, e Gardênia levou-me até o pátio da escola. Ao ler o título do livro que eu carregava, comentou:

— Seria interessante estudar o conteúdo do livro quando suas aulas se iniciarem, pois o que ele aborda é para ser estudado, não apenas lido. Assim, logo que dúvidas sobre determinado assunto surgirem, você poderá saná-las com os professores.

— O título me chamou a atenção. Agora que virei um espírito e encontrei um livro chamado *O Livro dos Espíritos*, gostaria de saber o que o livro relata sobre os espíritos. Por isso, começarei a lê-lo antes de as aulas se iniciarem.

Gardênia pediu-me que o lesse com bastante calma e, caso surgissem dúvidas, que as anotasse e as levasse aos meus futuros professores.

Chegamos ao pátio da escola, que é grandioso. Nele existiam quadras de esportes e mesinhas com cadeiras. Alguns desencarnados jogavam bola, outros conversavam, e uns não faziam nada.

Eu observava tudo com admiração porque, encarnada, nunca tinha imaginado que morta encontraria tudo isso.

Parecia que eu não tinha morrido, mas viajado para outra cidade e encontrado o que existia em minha cidade de origem, com a diferença de que na nova cidade tudo funcionava perfeitamente e todos demonstravam viver felizes e satisfeitos.

Do pátio fomos até um campo de futebol e foi com alegria que vi Abimael, o garoto indígena, jogando com outros garotos. Vendo-nos, ele pediu licença aos jogadores e lavou as mãos em uma pia, secando-as numa toalha limpíssima e dirigindo-se a um canteiro de flores que antes eu não tinha avistado. Ele se abaixou e apanhou uma mochila, depois se dirigiu até nós, cumprimentando-nos sorrindo.

Gardênia pediu o livro e o vaso com a muda de girassol para segurar, e os entreguei para ela.

— Oi, Jaqueline! Tudo bem? — Abimael perguntou, abraçando-me.

Gostei do abraço dele. Era como se estivesse abraçando alguém da família. Eu gostava daquele garoto indígena. Disse-lhe estar bem e em paz.

Começamos a caminhar e ele perguntou se eu já estava estudando.

— Em três dias as minhas aulas se iniciarão — respondi.

— Legal! Podemos conversar quando nossos horários de recreio coincidirem.

— É! Podemos! — exclamei.

Chegamos a uma sala de aula e ele disse que nela precisava entrar. Gardênia falou que qualquer dia nós duas o visitaríamos onde ele morava. Ele disse que ficaria feliz com a visita. E, ao nos despedirmos, dei-lhe um gostoso abraço, dizendo ter ficado feliz em revê-lo. Ele disse o mesmo e entrou na sala de aula.

Gardênia falou que necessitava levar-me a outro lugar e, ao deixarmos a escola, ela conduziu-me a uma praça, onde paramos em um local que me fez recordar um ponto de ônibus. A instrutora disse-me que iríamos pegar o aeróbus, e eu fiquei pensando o que seria isso.

CAPÍTULO 10
REVENDO O PASSADO

O aeróbus era um ônibus. Nele entramos e nos sentamos em cadeiras confortáveis. Coloquei o livro e o vaso no colo ao perceber que o veículo seguia suavemente pelas ruas e avenidas da colônia espiritual. Através da janela, Gardênia apontava alguns locais, explicando a utilidade deles.

Passados alguns minutos, a instrutora se levantou e eu a imitei. E, assim que o aeróbus parou, dele nos ausentamos e começamos a caminhar até uma rua estreita. No final da rua deparamo-nos com um portão de madeira. Gardênia o abriu e nós o cruzamos. Avistei um banco de madeira protegido por um telhado. Fomos até ele e nos sentamos. Nossos pés tocavam flores de plantas rasteiras, que cobriam todo o chão.

Eu coloquei o livro e a muda entre mim e Gardênia. Esta falou que estávamos em um local que facilitava a recordação de vidas passadas.

Minha instrutora levantou-se e eu a imitei. Ela segurou em minha mão direita e pediu-me que eu fechasse os olhos e os abrisse quando ela solicitasse. Assim o fiz, e Gardênia conduziu-me de olhos fechados por cerca de três minutos. Soltou a minha mão e disse que já podia abrir os olhos. Ao fazê-lo, vi um pequenino lago de água cristalina próximo de uma árvore. Dois bancos de madeira estavam ao redor do lago. De vez em quando, pássaros bebericavam a água e voavam em outras direções.

— Que lugar lindo! — exclamei, tocando a água com a ponta do dedo indicador, e, sendo bem límpida, bebi um pouco da água usando as mãos.

Sentei-me num dos bancos e, inclinando a cabeça para o alto, agradeci ao querido Deus pela oportunidade de conhecer aquele local.

De repente, a sensação de leveza e de estar em paz se apoderou de mim. Olhei para o portão e avistei o rapaz lindíssimo vindo em nossa direção. Ele abraçou Gardênia e depois me abraçou.

— Jaqueline, chegou o momento de, juntos, observarmos suas três últimas existências terrenas. Antes de a observação se iniciar, façamos uma prece — disse o rapaz, que rezou e, ao concluir a oração, indagou se eu não gostaria de ficar com as pernas cruzadas enquanto olhava para dentro do lago.

— Essa é a posição em que aprecio ficar quando estou próxima de lagos, rios e cachoeiras. Como você sabia desse detalhe? — indaguei, e ele sorriu sem nada responder.

Deixando o banco, sentei-me pertinho do lago com as pernas cruzadas. O rapaz e Gardênia se sentaram ao meu redor.

— Jaqueline, feche os olhos e procure ficar calma, tranquila e em paz — pediu o rapaz, que colocou a mão direita sobre minha fronte quando fechei os olhos e nela assoprou.

Alguns segundos se passaram e senti como se minha mente pegasse fogo. Ele falou para eu abrir os olhos e, colocando a mão direita sobre a minha, assoprou dentro do lago, e eu tive a impressão de estar olhando para um espelho.

O rapaz lindíssimo colocou a mão direita em meu ombro esquerdo e solicitou:

— Fixe com bastante atenção o lago!

Obedeci, e de repente arregalei os olhos ao ver uma moça alta, chinesa, aparentando uns trinta e cinco anos. Ela conversava com o rapaz lindíssimo. A chinesa olhou-me e me assustei ao me dar conta de que ela era eu.

O rapaz retirou a mão do meu ombro e fiquei atenta à chinesa.

— Tai Lin, está na hora de você reencarnar na Terra — falou o rapaz.

— Gostaria de ficar um pouco mais aqui — disse a chinesa.

— Eu sei que gostaria — proferiu o rapaz. — Mas algumas lições de que seu espírito necessita aprender para seu crescimento moral e espiritual se encontram na Terra. Nela reencarnando, procure se recordar do que aprendeu conosco e tente levar uma vida diferente da que vivenciou em sua última experiência carnal, na China.

— Tentarei — falou Tai Lin.

— Em sua nova vida terrena, ame sem nenhum interesse e se permita ser amada — aconselhou o rapaz. — Procure não se apegar exclusivamente ao amor de uma única pessoa e não queira receber mais do que lhe será ofertado. Ame e se doe àqueles que necessitarem de seu auxílio, recordando que o verdadeiro amor não exige nada em troca, apenas ama. Seja útil às pessoas e preocupe-se mais com elas do que com você mesma.

— Vou tentar.

— Não apenas tente, esforce-se para amar e auxiliar aqueles que forem colocados em seu caminho — aconselhou o rapaz.

— Amar a todos, sem me dedicar a um único amor, não vai ser nada fácil — ponderou Tai Lin.

— Se fosse fácil, você não teria se preparado por tanto tempo para essa nova reencarnação. Lembre-se de que foi você quem escolheu as provações pelas quais vai passar. Nos momentos de dificuldade, recorra à prece, e imediatamente o auxílio espiritual chegará até você — aconselhou o rapaz lindíssimo.

— Esforçar-me-ei ao máximo para me recordar da prece. Esta tem de passar a ser constante em minha vida. Espero que, quando reencarnar e sofrer o esquecimento da vida passada, eu não me esqueça de recorrer à prece — mencionou Tai Lin. — Prece, prece, prece! — repetiu três vezes, na esperança de não se esquecer do conselho do rapaz.

— Você reencarnará no Brasil, no estado de Goiás, numa cidade chamada Santa Rosa de Goiás. Depois se mudará para a cidade de Anápolis, no mesmo estado, e nela viverá. Chamar-se-á Jaqueline. E, como você solicitou e o pedido foi acatado pelos mentores espirituais de esferas sublimadas, ficará poucos anos encarnada — explicou o rapaz. — Recorde que está retornando à Terra para auxiliar as pessoas a serem felizes e para você mesma encontrar a felicidade. Eu estarei próximo de você, mesmo que não me veja. — Tocou o ombro direito da chinesa. — Espero que seja feliz em sua nova vida terrena, esse é o meu desejo. Em breve nos reencontraremos. — Assoprou nela. — Siga com as bênçãos de Deus. Que Ele a ilumine em sua nova jornada terrena e lhe dê as graças necessárias para bem desempenhar o que se propôs.

O rapaz abraçou Tai Lin, que, chorando, despediu-se dele.

A água do lago movimentou-se um pouco e voltou a ficar tranquila. Eu vi uma criança deitada numa cama ao lado de uma mulher: minha mãe. A criança era eu. Minha mãe tocava minha fronte dizendo ao meu pai, ao seu lado, que a febre tinha desaparecido.

Ao vê-los, emocionei-me e meus olhos marejaram de lágrimas. Contive a emoção e voltei a prestar atenção ao que se desenrolava à minha frente.

A criança agora estava com cinco anos, se balançando em um pequeno balanço que o avô tinha construído na fazenda dele. Papai movimentava o balanço enquanto mamãe conversava com minha tia e meus avós. No balanço, eu demonstrava estar feliz. Papai dele me retirou e escutei alguém dizer que eu estava ficando uma mocinha.

Mamãe cochichou em meu ouvido, depois falou a todos que eu tinha algo para falar, e eu disse que tinha aprendido a rezar e em voz alta fiz a prece da Ave-Maria inteira e do Pai-Nosso aos pedaços. Vovó me abraçou e me beijou com carinho. Retirou um terço do bolso do vestido e deu-me de presente. Agradeci e corri até mamãe. Fui abraçada por todos eles e me senti bastante amada.

Sentada na beira do pequenino lago, ao lado do rapaz e de Gardênia, eu relembrava tudo.

A menina estava com sete anos e regressava da escola pública da cidade de Anápolis. Há dois anos a família se mudara para a cidade em função de o meu pai ter encontrado um bom emprego e possuir mais opções de escolas públicas onde eu poderia estudar.

Ao chegar em casa, fui direto para o quarto. Mamãe nele entrou perguntando o que eu tinha aprendido na aula. Respondi ter aprendido a ler e escrever. Ela ficou contente, eu não, porque há um mês já sabia ler e escrever. Tinha mania de guardar os segredos só para mim.

Mamãe pediu-me que lavasse as mãos porque ia servir o almoço. Obedeci e, quando o papai chegou, beijou-me a testa e lavou as mãos.

Sentamos em volta da mesa. O papai fez uma prece agradecendo os alimentos e após rezarmos o Pai-Nosso e a Ave-Maria começamos a comer. Os dois conversavam e eu comia em silêncio, nunca me intrometendo na conversa dos adultos. Papai indagou sobre meu dia na escola, respondi ter sido igual aos outros, e mamãe contou que eu tinha aprendido a ler e escrever. Ele se levantou e, beijando-me a fronte, falou que se eu já sabia ler e escrever poderia pedir-lhe um presente.

— Não quero nenhum presente. Estou contente com tudo o que o senhor e a mamãe já me deram — falei e abaixando a cabeça voltei a ficar em silêncio.

Ao concluirmos o almoço, papai ficou conversando com a mamãe. De vez em quando, ele olhava para mim e balançava a cabeça. Mamãe, ao me olhar, sorria. Ele retornou ao serviço, eu ajudei mamãe com a louça. Ela a lavava cantando, como se estivesse feliz. Eu enxugava a louça sem nada dizer. Depois fui para meu quarto.

Era uma criança que não conversava muito, respondendo quando me perguntavam algo. Vivia feliz em um mundo que tinha criado só para mim.

À noite, após o jantar, ajoelhamo-nos na frente do oratório de mamãe e começamos a rezar o terço[1]. Todos os dias, às dezoito horas, mamãe rezava o terço pedindo a Nossa Senhora da Abadia que a abençoasse com a gravidez de um menino. Papai pedia o mesmo à santa, e eu solicitava à santa que atendesse aos dois.

A cena no lago mudou e eu me vi aos dez anos apagando as velas de um bolo de aniversário. Usava um vestido amarelo e uma fita azul-clara na cintura do vestido. A sala de casa estava lotada de garotas e meninos. Meus pais estavam ao meu redor e o meu irmão Alex, que já tinha nascido, olhava-me assoprando as velas do bolo.

Cortei o bolo e dei um pedaço para a mamãe e outro para o papai. Eles me abraçaram perguntando se eu estava feliz. Menti respondendo que sim, porque eu não gostava de festas. Sentei-me numa cadeira e fiquei observando os convidados receberem e comerem o bolo. Alex, que estava com dois anos, entregou-me um pedaço do bolo. Agradeci e comi.

---

1 Terço é uma devoção católica à mãe do Cristo. Reza-se coletiva ou individualmente. (Nota da Autora Espiritual.)

Quando a festa terminou, minha tia ajudou mamãe a limpar a casa. Eu fui para o quarto e dei atenção aos presentes que ganhei, ficando feliz que um deles era um livro de historinha. Pensando na festa, recordei que meus pais tinham se empenhado para organizá-la e rezei agradecendo a Deus por ser filha deles, pois muito os amava, apenas não falava para eles sobre esse amor, não via necessidade de falar isso. Guardava o amor no meu coração e procurava ser uma filha obediente, amando-os em silêncio e fazendo de tudo para não lhes causar nenhuma dor, nem aborrecimentos.

Deixei os outros presentes de lado e comecei a ler o livro de historinha. Depois daria atenção aos presentes e, se descobrisse que eu já os possuía, os daria para umas meninas carentes que estudavam em minha sala.

Quando li a historinha, decidi rezar o terço. Já sabia rezar sozinha e me orgulhava disso. Ao concluir a oração, peguei um santinho do Imaculado Coração de Maria e rezei a oração que o Anjo da Paz ensinou aos pastorzinhos que viram Nossa Senhora de Fátima em Portugal. Rezava com fé, pedindo que ao morrer minha alma não fosse para o Purgatório e que ela fosse recebida no Céu por Nossa Senhora da Abadia ou pelos anjos. Beijei a imagem de Nossa Senhora da Abadia que vovó tinha me dado de presente. Deitei e dormi.

Olhando para as cenas que eram transmitidas pelo lago, vi mamãe entrando no quarto com minha tia. Ela beijou-me a testa e ajeitou o lençol sobre meu corpo. Deixaram o quarto e junto com papai ficaram conversando na sala. Ele disse para minha tia:

— Eu não sei o que a Jaqueline tem. Só sei que é diferente das outras meninas, pois ela não parece gostar de nada. A única coisa que faz é ir à escola, à igreja e ficar no quarto. Não se diverte e dificilmente conversa comigo e com a mãe. Nunca sabemos o que ela pensa, nem o que deseja. É uma boa filha, mas algumas vezes chego a pensar que não se importa conosco.

Senti um aperto no coração. O rapaz e Gardênia me olharam. Voltei a prestar atenção.

— Ela é um pouco estranha — disse mamãe. — Não dá nenhum trabalho e algumas vezes pensei que tivesse algum problema de saúde, mas os médicos garantiram que ela é saudável. Eu sei que ela nos ama, apenas não o diz, guardando esse amor só para ela. Não posso me queixar dela. Jaqueline é uma boa filha e tem um bom coração, pois ao ver alguém necessitado se comove e quer ajudar.

— Por viver sempre calada, penso que ela deve sentir falta de alguma coisa e não tem coragem de falar — comentou papai. — Eu e a mãe sempre lhe dizemos que a amamos, mas ela nunca diz que nos ama. E, quando perguntamos se deseja algo, responde que não, mencionando ter o que precisa para ser feliz.

— Graças ao bom Deus que ela é assim! — exclamou minha tia, com as mãos em forma de prece. — Ser recatada é o jeito dela e devemos respeitar. Vocês devem agradecer a Deus por terem sido agraciados com uma boa filha. Conheço garotas que na idade da Jaqueline dão muito trabalho aos pais. Creio que ela os ama e deve ser em nome desse amor que se mantém recatada e não lhes dá trabalho.

— Nada temos que reclamar do comportamento dela — disse mamãe. — Ela sempre foi obediente e bondosa, mas gostaríamos que ela conversasse conosco e nos desse atenção.

— Graças a Deus que o Alex não puxou a ela — falou papai. — Para a sua idade, já é tagarela.

Os três sorriram e, ao consultar o relógio, minha tia falou que necessitava ir para sua residência e partiu.

No dia seguinte, pedi a mamãe que colocasse o que sobrara do bolo em uma vasilha e o levei para a sala de aula, dando-o para os alunos e alunas mais pobres.

A água do lago se movimentou e uma nova cena surgiu. Eu estava na igreja católica, na aula de catequese, em que a freira ensinava que todos deviam obedecer aos pais, que a obediência faria o Demônio não nos atormentar e, ao morrermos, nossa alma iria para o Céu. Depois, orientou que, quando chegássemos em casa, deveríamos pedir perdão aos pais por tudo de ruim que tínhamos causado a eles. E por uma semana era para em um caderno escrever os pecados que lembrássemos ter cometido, porque no sábado confessaríamos os pecados ao padre e no domingo faríamos a Primeira Eucaristia.

Vi-me sentada ao redor da mesa durante o jantar. Criando coragem, falei para meus pais:

— Quero pedir perdão ao papai e à mamãe por tudo de ruim que lhes fiz e por nesses onze anos não ter sido uma boa filha, não lhes proporcionando felicidades.

Papai comoveu-se e mamãe começou a chorar. Eles se levantaram, abraçaram-me e disseram-me que eu não precisava lhes pedir perdão porque sempre tinha sido uma boa filha. Meu irmão levantou-se e, abraçando-me, perguntou se eu não ia pedir perdão a ele, e todos sorrimos.

De onde estávamos, Gardênia sorriu. Eu estava com os olhos cheios de lágrimas. A cena me trouxe recordações agradáveis.

O rapaz lindíssimo pediu que eu continuasse prestando atenção às cenas, cuja nova imagem me apresentava na igreja católica. A freira controlava os bancos onde os que fariam a Primeira Eucaristia se sentariam. Eu usava um vestido branco e um laço amarelo no cabelo. A missa começou e fiquei pensando no que pediria na hora em que recebesse a Eucaristia[2] pela primeira vez. A freira falou que o Cristo atenderia ao nosso pedido por ser a primeira vez que íamos recebê-Lo em nosso coração e em nossa alma. Eu estava feliz nesse dia.

O momento de receber a Eucaristia chegou muito rápido. E, ao receber "o corpo de Cristo", caminhei até o banco,

---

2 Segundo o catolicismo, Eucaristia é o sacramento que transforma o pão e o vinho no corpo e no sangue de Cristo. (Nota da Autora Espiritual.)

ajoelhei-me e, fechando os olhos, pedi a Jesus que ajudasse meus pais a serem felizes e os auxiliasse a compreender que eu muito os amava. Aproveitando que estava conversando com Jesus, pedi que ele ajudasse as crianças muito pobres da minha sala de aula e de todo o mundo, e, se não estivesse solicitando muita coisa, pedi que Ele passasse no hospital e curasse os enfermos.

Assim que a missa terminou, eu fui consagrada à Nossa Senhora e inscrita para as aulas que me preparariam para o sacramento do Crisma.

Ao voltarmos para casa, minha tia e a vovó tinham preparado um almoço gostoso. E, com a família reunida, papai tirou algumas fotos e almoçamos.

À noite, após a oração do terço, agradeci ao papai e à mamãe:

— Obrigada, papai e mamãe, por tudo de bom que hoje fizeram para mim! Hoje foi um dia que me senti muito feliz. Eu amo os dois! — exclamei, olhando para eles.

— Querida, nós também a amamos e estamos felizes por saber que hoje foi um dia feliz em sua vida — proferiu a mamãe.

— Eu os amo muito, e, embora os ame em silêncio, esse é meu jeito de amar. Esse amor é verdadeiro e habita o fundo de meu coração. — Abracei os dois, que se emocionaram.

— Filha! Sua declaração nos deixou felizes ao saber que nos ama, pois chegamos a pensar que não amasse seus pais — falou o papai.

— Esperamos muito para escutar você mencionar que nos ama. E sua declaração nos deixou felizes e emocionados — disse mamãe, abraçando-me carinhosamente.

De onde apreciava a cena, virei o rosto para o lado, não querendo encarar o rapaz lindíssimo, nem Gardênia. Rever a cena muito me tocou. Eu tinha ciência de amar meus pais, apenas não vivia dizendo isso.

O rapaz me abraçou e pediu que eu voltasse a observar as cenas, e eu olhei para o lago. Tinha crescido um pouco e estava saindo da escola acompanhada de umas colegas da turma e de alguns garotos. Um deles, o Rafael, vivia me olhando. Eu também olhava para ele, quando sabia que não estava observando, mas nunca confessaria isso, por ter receio de que ele contasse para todos na escola.

Naquele dia, saímos mais cedo da escola e fomos para a casa do Rafael para fazermos um trabalho da disciplina de História. No trajeto, meus colegas conversavam entre eles e eu seguia em silêncio.

Terminado o trabalho, cada um foi para a sua residência. Alice, minha amiga, que residia próximo de minha casa, me acompanhava dizendo que eu deveria dar uma chance para o Rafael, comentando ter escutado ele dizer para um dos garotos que ele gostava de mim. Disse-lhe que Rafael jamais se interessaria por alguém como eu, que pouco falava e não se enturmava.

— É por você ser quietona que ele gosta de você. Foi isso que fiquei sabendo — falou Alice.

— Você sabe coisas demais, Alice — comentei.

— Sou bem informada. Sei inclusive que você é caidinha pelo Rafael.

— Caidinha por ele? Tá louca? — gritei. — De onde tirou essa ideia absurda?

— Observando-a, minha amiga.

— Observando-me?

— Isso mesmo. Dentro da sala de aula, já notei que você olha para o Rafael do mesmo modo que eu olho para o Alfredo. — Suspirou ao dizer o nome do garoto.

— Alice, deveria prestar mais atenção nas aulas em vez de ficar observando as pessoas.

— Jaqueline, deixe de enrolar e confesse logo que gosta do Rafael.

— Olhar para alguém não significa gostar desse alguém — retruquei.

— A maneira como olhamos significa que gostamos — ressaltou Alice.

— Alice, não deveria estar olhando para um garoto com cobiça. Lembre-se de que estamos nos preparando para o sacramento da Crisma.

— Não estou nem aí para a Crisma. Só frequento as aulas chatas porque a mamãe insiste. Não sou beata igual você, por isso, não ligo para as bobagens que a freira ensina, porque gosto de viver minha vida do meu jeito e não ficarei apegada a um monte de beatice de freira.

— Então viva ao seu modo e seja feliz. Eu gosto de seguir os conselhos e as orientações da freira — falei. — Quando fomos consagradas à Nossa Senhora, prometi aos pés da imagem da santa que faria de tudo para fugir dos maus pensamentos e me manter pura até o dia do casamento.

— Você prometeu isso a uma imagem? Você é boba! — expressou Alice. — Eu nada prometi, pois alguns maus pensamentos nem são tão maus assim, porque acredito que olhar para o Alfredo e nele pensar não é algo ruim, nem pecado. Penso o mesmo sobre você em relação ao Rafael.

Refleti no que minha amiga tinha falado e lhe disse:

— Talvez tenha razão e não seja mesmo um pecado, no entanto, creio que, quando nós duas olhamos para eles, desejamos alguma coisa além de olhar.

— Acabou de confessar que olha para o Rafael. E, se olha, é porque gosta dele. — Ela sorriu.

— Não confessei nada — neguei rapidamente.

— Confessou, sim.

Dei graças a Deus por termos chegado à frente da minha casa. Despedi-me dela, entrei e fui direto para o quarto pensando no que tínhamos conversado. Alice era uma boa pessoa, mas às vezes tinha umas ideias estranhas. Completaríamos quinze anos e nunca tinha beijado nenhum garoto; Alice já tinha beijado quatro. Ela costumava ter ideias avançadas para a idade dela. Por ser a única amiga que possuía, gostava muito dela.

Deixando de pensar na Alice, comecei a pensar em Rafael, que era um garoto calmo, educado, inteligente e não falava muitas bobagens como os garotos da idade dele. Fisicamente era bonito, muito bonito por sinal, mas eu pouco sabia sobre ele. Além de sua beleza física, o que mais me atrairia nele, indaguei-me. Fiquei pensando nisso e não soube o que responder, passando a imaginar se gostava ou não dele. Concluí que achá-lo bonito não significava que estava gostando dele.

Uma nova cena surgiu no lago. Eu estava na igreja. Era o dia da minha Crisma, que coincidiu com o meu aniversário de quinze anos. Ao término da celebração, algumas pessoas do grupo jovem de que eu fazia parte me acompanharam até minha residência e, assim que abri a porta, fui surpreendida com outras pessoas dentro da residência cantando os parabéns. Fiquei emocionada.

O meu pai me convidou para dançar e aceitei, dançando algo parecido com uma valsa. Eu usava um vestido amarelo e uma trança no cabelo. Quando a música chegou ao fim, outras pessoas começaram a dançar. Rafael convidou-me para dançar com ele e, enquanto o fazíamos, fiquei nervosa, dançando de qualquer jeito. Ao encostar a cabeça próximo do ombro direito dele, inspirei lentamente e invoquei Nossa Senhora da Abadia; logo recuperei a serenidade e, fixando-o, descobri que realmente gostava dele.

Quando a festa-surpresa terminou, escrevi em um diário os acontecimentos do dia. Tinha mania de escrever tudo o que me acontecia, depois lia e relia os diários. Por meio deles, descobria as críticas que os amigos e familiares me lançavam e procurava melhorar-me.

A água do lago movimentou-se e vi-me dentro do quarto lendo um romance do escritor José de Alencar. Fechei o livro, colocando um folheto de um curso de Enfermagem na página em que interrompi a leitura. Era o curso que desejava cursar, pois ser enfermeira era o meu sonho. Ausentei-me do quarto e dirigi-me ao dos meus pais. Bati na porta e escutei papai mandando entrar. Assim o fiz, e, apanhando uma bolsinha que continha materiais de primeiros socorros, sentei-me na cama e comecei a trocar o curativo do papai, que tinha se ferido em um acidente no serviço, tendo deixado uma ferida feia em sua perna esquerda. Mamãe não trocava o curativo porque tinha ânsia de vômito ao ver o ferimento. Eu nada sentia. Ao concluir o curativo, beijei a fronte do papai e retirei-me. Lavei as mãos com álcool, depois com água e sabão, e fui à cozinha ajudar mamãe a preparar o almoço.

Um pouco antes de anoitecer, ajoelhei-me em meu quarto e rezei o terço. Depois, apanhei um santinho de São Tarcísio, que ganhara de um coroinha, rezando a oração que estava atrás dele. Gostava da oração e do santo, que às vezes atendia aos meus pedidos quando recorria a ele. Fui para a igreja e confessei-me com o padre. Era a primeira sexta-feira do mês e eu estava fazendo a promessa das nove sextas-feiras do Sagrado Coração de Jesus. Essa sexta-feira era a segunda das nove. Rezava a promessa porque tinha pavor de ao morrer minha alma ir para o Inferno ou o Purgatório, e a promessa garantia minha salvação eterna.

Ao término da missa, participei da reunião do grupo jovem, que planejava uma festinha para arrecadar dinheiro a fim de ajudar o padre a pagar as contas da igreja e comprar material de construção para uma senhora que havia perdido a casa em um incêndio. Eu gostava do grupo jovem e, quando fui convidada a participar dele, fiquei muito feliz. No início éramos seis membros, mas, com o tempo, consegui levar a Alice, o Rafael e outros jovens de minha sala de aula.

Outra cena surgiu no lago. Era domingo e eu estava ajudando minha mãe a preparar o almoço. Meus avôs vieram almoçar com a gente. O almoço era para comemorar meus dezesseis anos. E, quando nos alimentávamos, vovó falou que estava na hora de me casar. Meu pai comentou que eu ainda não namorava para estar pensando em casamento. Vovó disse que eu estava perdendo tempo, pois, em minha idade, ela já tinha se casado.

Alguém bateu palmas. Fui até a porta e deparei-me com uma senhora com uma criança no colo pedindo alimentos. Num impulso, mandei-a entrar e sentar-se à mesa. Meus familiares me olharam de modo estranho, mas nada disseram na frente da mulher. Mamãe sabia que eu gostava de ajudar os pobres, e costumava visitar uma senhora de idade para conversar com ela.

Mamãe trouxe um bolo e cantaram "Parabéns". Depois, vovó ajudou mamãe com a louça.

Antes de a senhora ir embora, entrei em meu quarto e, apanhando um dinheiro que estava guardando, entreguei-o a ela, junto com umas roupas que não usava mais.

Sentei na sala com papai, vovô e meu irmão. Vovó e mamãe juntaram-se a nós e ficamos conversando. Vovô perguntou em que gostaria de me formar e Alex disse que eu queria ser enfermeira. Vovô aprovou e papai comentou que não desejava me ver enfiada em um hospital cuidando de gente doente. Mamãe disse que, se eu queria ser enfermeira, papai deveria aceitar. Falei que ser enfermeira era o que eu desejava para minha vida.

A conversa prosseguiu, até que meus avós, dizendo que me amavam, se levantaram. Meus pais disseram o mesmo, e eu sorri, sem nada proferir. Meus avós se despediram e foram para a fazenda. Eu segui para o meu quarto.

Quando estava quase anoitecendo, Rafael visitou-me trazendo um presente. Agradeci e, na companhia dos meus pais, nos sentamos na sala para dar atenção a Rafael, que falou que gostava de mim, e eu fiquei ruborizada. Ele pediu permissão ao meu pai para me namorar. Papai concedeu a permissão, e mamãe indagou se eu desejava namorar Rafael. Eu o fixei demoradamente, pensando que gostava dele, mas não tencionava namorá-lo.

— No momento, não penso em namoro. Estou focada apenas em no próximo ano ingressar no curso de Enfermagem. Ao concluí-lo, aceitarei o pedido de namoro de Rafael, se novamente o fizer — falei.

Triste, ele desejou-me sorte no futuro curso e, se despedindo, partiu.

Entrei no quarto e me joguei na cama. Até queria namorá-lo, mas tinha medo de me apaixonar loucamente e ficar pensando apenas em Rafael, desviando meu foco do curso de Enfermagem, algo que eu não queria, porque o curso de Enfermagem era mais importante.

Mamãe entrou no quarto perguntando por que eu não tinha aceitado namorar o rapaz. Respondi que gostava de minha vida do jeito que ela era, sem nada querer com namoro.

— É estranho uma jovem de sua idade não ter interesse em rapazes. Eu não a entendo, pois raramente demonstra que gosta de alguém e se importa com a pessoa. Não sei para quem você puxou — disse mamãe, batendo a porta do quarto ao sair.

Sozinha, comecei a chorar ao ficar pensando no que a mamãe tinha dito. Chorei muito e tive a sensação de alguém ter se sentado na cama, mas não avistei ninguém nela.

De onde estava, observando o lago, vi que fora o rapaz lindíssimo que tinha sentado na cama.

A cena do lago continuou me mostrando em lágrimas. Cessei o choro e, rezando, prometi a mim mesma que ia mudar: sempre que amasse alguém, faria questão de deixá-lo ciente desse amor.

Acordei no outro dia e não pensava mais em mudar. Continuei a minha vida como sempre. Estudava, lia livros de literatura no quarto, amava meus familiares em silêncio, participava da missa e das reuniões do grupo jovem, conversava o mínimo possível e raramente saía para me divertir.

Outra cena surgiu no lago. Vi a escola onde eu estudava e Alice pedindo que eu não saísse na chuva. Depois me vi correndo embaixo da chuva e buscando abrigo na árvore que ficava perto da igreja.

— O restante você não precisa relembrar — disse o rapaz, assoprando no lago, que deixou de transmitir as cenas e a água ficou se movimentando lentamente. — Jaqueline, como observou, você reencarnou com um propósito e conseguiu cumpri-lo. É claro que deixou a desejar em relação a não demonstrar seus sentimentos às pessoas que conviveram com você — acrescentou o rapaz lindíssimo.

Ele e Gardênia se levantaram e eu os imitei.

O rapaz comentou que eu deveria ter revelado meu amor para aqueles que amei, demonstrando-o; poucas tinham sido as vezes que o demonstrara.

Nada falei. Falar o quê? Ele tinha razão no que comentara.

Sentamo-nos num banco. O rapaz lindíssimo falou que como Jaqueline tive uma vida tranquila. O modo como amei as pessoas não foi inteiramente correto, mas eu tinha amado sem nenhum interesse, amado não só a minha família, mas outras pessoas também.

Concordei com ele, apontando ter sido egoísta por em silêncio ter amado os familiares e pouquíssimas pessoas.

— Meus pais tudo fizeram para demonstrar o amor deles por mim e raríssimas vezes eu lhes disse que os amava — falei. — Gostaria de ter falado muitas vezes que os amava, mas não falei. Amava-os em silêncio com todo o meu coração, e para mim isso era suficiente.

— Para você foi o suficiente; para seus familiares e os poucos que amou não foi suficiente, pois, quando se ama, é importante demonstrar o amor à pessoa amada, já que para certas pessoas significa muito saber que alguém as ama, porque isso as faz felizes. Afinal, o amor é a base de tudo, inclusive da felicidade, e, quanto mais você amar, mais feliz será — explicou o rapaz.

Ele falou que sem perceber eu havia cumprido o que me propusera antes de reencarnar. Tinha rezado com fé, dado minha atenção para mais de uma pessoa, não havia ofertado meu amor apenas para um único encarnado, nem tinha sido interesseira, pois praticava a caridade para o próximo sem nada esperar em troca. Essa caridade e demais ações auxiliaram meu crescimento, bem como ajudaram a ressarcir débitos de vidas passadas, evidenciando que a prática da caridade era essencial ao crescimento moral e espiritual, e que fora dela o espírito não encontraria a salvação.

CAPÍTULO II
OUTRAS VIDAS

O rapaz lindíssimo voltou a se sentar à margem do pequenino lago. Eu e Gardênia fizemos o mesmo, e o rapaz inquiriu se eu me sentia preparada para juntos observarmos minhas duas últimas vidas passadas. Respondi afirmativamente por estar curiosa em descobrir quem eu havia sido e como tinha me comportado.

O rapaz assoprou no lago, que voltou a se parecer com um espelho. Aos poucos as imagens foram surgindo, e eu vi uma garota chinesa dançando para a lua e pedindo ao astro que iluminasse seu corpo e lhe desse força e sabedoria. Ela ajoelhou-se e, apanhando um pouco de terra, jogou-a sobre sua cabeça e rodopiou três vezes. Depois, aproximou-se de uma bacia que continha água; esta refletia a imagem da lua. A garota tocou a água com o dedo indicador e suspirou profundamente, dizendo umas palavras esquisitas. Retirou folhas secas de árvores de uma sacola e as molhou na água.

Uma senhora chinesa aproximou-se, recriminando o que a garota fazia. Ordenou-lhe entrar na casa, dizendo que só se ausentaria dela quando o pai da garota retornasse.

— Você não manda em minha vida e não a obedecerei — disse a garota.

— Obedeça! Caso contrário, contarei ao seu pai o que presenciei, e ele não ficará contente com você — ameaçou a senhora, que, afagando-lhe os cabelos, acrescentou: — Tai Lin, está na hora de você abandonar essas loucuras de reverenciar a lua. Tem de seguir a religião de sua família e esquecer as maluquices de devotar-se à lua como se ela fosse uma deusa. O seu pai só lhe permitiu aprender com a velha curandeira da vila a arte de curar doenças com ervas. Não a autorizou a aprender as maluquices da velha referentes a idolatrar a lua.

— Lai Li, cuide de sua vida, que eu cuido da minha — gritou a garota. Entrando na casa e indo ao quarto, jogou-se em cima de uma esteira e começou a chorar, lamentando ser infeliz na vida, sem ter ninguém para amar nem desejar o seu bem. Precisava fugir da vila para fazer o que desejasse com sua vida, pois, se não fugisse por muito amar o pai, acabaria concordando com o que ele pretendia em relação ao seu futuro. Levantou-se, pegou uma sacola, nela colocando itens pessoais, e a escondeu.

Passados alguns minutos, seu pai foi ao quarto e lhe disse que se juntasse a ele para o jantar. Mal-humorada, seguiu com o pai e na sala encontrou o chinês com quem, segundo determinação de seu pai, ela se casaria. Ficou chateada em vê-lo, mas, como queria alegrar o pai, fixando-o disse-lhe, após ter pensado bastante, que concordaria em se casar com

Lon Mi. Este, que a amava, ficou feliz com o que escutou. Seu pai ficou mais feliz ainda.

— Graças ao Buda, Tai Lin criou juízo! — exclamou Lai Li. — Treze anos é a idade certa para deixar a casa do pai e constituir uma família. Você será feliz em seu casamento!

À margem do lago, levei a mão direita à boca para evitar gritar, pois de repente recordei o que a garota chinesa, ou seja, eu, realmente iria fazer, que não era se casar.

Gardênia fixou-me, e o rapaz solicitou que eu continuasse prestando atenção ao lago; quando o fiz, Tai Lin, ao concluir o jantar, pediu licença para se ausentar e encostou-se no tronco de uma árvore à frente da casa. Em silêncio, começou a chorar.

Lai Li foi ao seu encontro. Abraçou-a, acariciando seus cabelos e perguntando o motivo do choro.

— Choro porque sou infeliz — respondeu Tai Lin.

— Por qual motivo é infeliz? Você é a jovem mais bonita da vila, que tem um pai que a ama e permite que seus desejos, por mais estranhos que sejam, se realizem. Seu pai a ama intensamente e tudo faz em prol de sua felicidade, algo raro em um chinês. Tendo tudo isso, como pode ser infeliz?

— Sei que o papai me ama e eu também o amo com todo o meu coração, sendo capaz de fazer qualquer coisa para vê-lo feliz. Mas ele não me dá liberdade para fazer tudo o que eu desejo. E eu quero essa liberdade. Não a tendo, sou infeliz — disse Tai Lin.

— Para que uma mulher deseja ter muita liberdade?

— Já disse. Para fazer tudo o que eu desejar.

— Tai Lin, você é uma mulher. E nós, mulheres, não podemos ter tudo o que queremos.

— Por que não? — indagou Tai Lin.

— Porque nascemos para obedecer aos homens e servir. Devemos obedecer aos nossos pais, aprendermos a arte doméstica, casar e obedecer e servir nossos maridos. Sempre foi assim. É a vida das mulheres e não podemos fugir dela. Para mim, é uma boa vida. O que mais uma mulher desejaria?

— Lai Li, pode ser uma boa vida para você, mas para mim não é. Não nasci para servir e obedecer. Quero ser dona de minha vida para com ela fazer o que eu desejar. Quero casar com o homem que eu amar, não com alguém que seja indicado pelo meu pai. Casar e cuidar dos meus filhos como eu quiser, não seguindo tradições.

— Você sonha demais, Tai Lin. Uma mulher não pode fazer o que deseja com sua vida. Entenda isso — pediu Lai Li. — Deve ser a lua que você reverencia que tem colocado ideias tolas em sua mente, impróprias a uma mulher. Pare de reverenciar a lua e queime incenso para o Buda. Isso lhe trará juízo.

— Lai Li, se Buda se importasse com incensos, ele já teria lhe dado o esposo que a ele você solicita quando queima seus incensos.

— Se Buda ainda não me concedeu o que lhe peço é porque, embora eu já tenha passado da idade de casar, não chegou minha hora para o casamento — retrucou Lai Li. — Quanto a você, pare de desejar possuir o controle de sua vida, pois isso é impossível.

— Nada é impossível para quem está disposto a fazer algo para mudar seu destino — falou Tai Lin, sonhadora.

— No seu caso, é impossível, porque seu destino já foi decidido por seu pai. Casar-se com Lon Mi. Terá filhos e herdará tudo o que é do seu pai, que é muita coisa, por ele ser o chinês mais próspero da vila.

— Eu não quero me casar com Lon Mi. A herança do papai eu quero, mas casar-me com quem ele determinou não quero, porque não tolero Lon Mi. É o rapaz mais repugnante da vila. Se o casamento fosse com o irmão caçula dele, eu me resignaria. — Fixou Lai Li. — Se eu dissesse ao papai que não quero me casar com Lon Mi, ele ficaria triste?

— Ficaria e lhe causaria grande dor, porque cravaria uma lâmina no coração do seu velho pai — falou Lai Li. — Seu pai empenhou a palavra à família Mi, dizendo que você se casaria com Lon Mi. Se lhe disser que é contra o casamento, seu pai até poderá cancelá-lo, mas será visto por todos como um chinês sem honra.

— Sem honra, Lai Li? — perplexa indagou Tai Lin.

— Sem honra, porque a família Mi espalhará que seu pai não tem palavra e ele terá um tratamento pior que o dado a um cão sarnento. Viverá triste e infeliz, e todo dia pedirá a morte, pois, como é do seu conhecimento, um chinês prefere a morte a perder a honra.

— Lai Li, o que devo fazer? Amo o papai e não quero causar-lhe sofrimento, porém não suporto Lon Mi e com ele não quero casar. Que farei?

— Se realmente ama seu pai como diz, case-se com Lon Mi e esqueça essa história de querer fazer com sua vida o que você desejar — aconselhou Lai Li.

— Casar-me e ser infeliz pelo resto de minha vida? É isso, Lai Li, que você quer para mim?

— Eu só quero o seu bem! Prometi à sua mãe, em seu leito de morte, que cuidaria de você como se fosse minha própria filha, e tudo tenho feito para cumprir a promessa. E é visando seu bem que lhe digo que, se se casar com Lon Mi, você não será infeliz. Aos poucos se acostumará com o casamento e será uma boa esposa e uma boa mãe aos seus futuros filhos.

— Se me casar com ele serei infeliz, porque não o amo, e um casamento só é feliz quando nele existe amor — triste disse Tai Lin.

— Nós mulheres não temos o direito de amar, só o dever de obedecer. Muitas mulheres da vila casaram-se sem amor e não lamentam a vida que levam. Case-se e dê essa alegria a seu pai e a mim, que quero o seu bem e lhe tenho amor de mãe.

— Se quer mesmo meu bem, diga ao papai que não quero me casar com Lon Mi.

— Nada direi, porque uma mulher não se intromete nos assuntos dos homens.

— Se eu pedir aos espíritos dos nossos antepassados que impeçam esse casamento, será que eles me atenderão?

— Acredito que os espíritos não vão se intrometer nesse assunto — disse Lai Li.

— Então tudo o que me resta é casar com Lon Mi?

— É.

— Isso não é justo, Lai Li — falou Tai Lin, correndo ao quarto e nele chorando.

Conforme os dias passavam e o casamento de Tai Lin se aproximava, ela só vivia triste, não se alimentando direito. Lai Li chamou-lhe a atenção, mas ela não se importou, porque tinha perdido a vontade de viver. E, quando o noivo a visitava, só sentia repugnância dele, não rompendo o noivado apenas para não causar sofrimento ao seu pai.

A chinesa de treze anos não sabia o que fazer. Não queria casar-se com Lon Mi nem causar desonra ao pai. Sua única alternativa era fugir da vila. Fugindo, não se casaria e o pai não seria acusado de não ter honrado a palavra. Decidindo-se pela fuga, na véspera do casamento, após o jantar, Tai Lin beijou as mãos do pai e disse-lhe que muito o amava. Em seu quarto, pegou a sacola que havia escondido com seus itens pessoais, nela colocando algumas ervas medicinais, e, envolvendo a sacola num lençol, amarrou-o. Sentou-se na esteira e esperou o pai e Lai Li dormirem. Quando adormeceram, Tai Lin pegou o lençol e, andando na ponta dos pés, abriu a porta e fugiu correndo.

A imagem do lago mudou e apresentou Tai Lin com mais idade. Estava em um mercado vendendo peixes em uma barraca. Um chinês a ajudava com as vendas. De vez em quando, ela deixava a barraca e passava nas dos outros feirantes, perguntando se necessitavam de alguma coisa. Demonstrava amar aquelas pessoas e se importar com elas.

Ela estancou o sangue e fez um curativo na mão de uma feirante, que se cortara com uma faca, dizendo-lhe que, se futura dor a incomodasse, a procurasse. A feirante agradeceu e Tai Lin retornou à barraca de peixes. Ela gostava da vida que levava após ter fugido da casa do pai e apreciava as pessoas do vilarejo; nele tinha sido bem acolhida após a fuga. Casara-se com um chinês que a amava e que não controlava sua vida; era ela que controlava a dele, obediente às suas ordens.

Às vezes, ela pensava no pai, mas nunca lhe enviara notícias nem falara dele para o esposo. Havia mentido que era uma pessoa sozinha no mundo.

Outra cena surgiu no lago, revelando Tai Lin vendendo peixes na feira. O esposo e os dois filhos a acompanhavam. Ao término da feira, foram para uma casinha humilde, com poucos móveis. Os filhos disseram à mãe que estavam com fome, ela disse o mesmo e falou que estava cansada para cozinhar. O pai pediu aos filhos que deixassem a mãe descansar, que ele prepararia algo para comerem. Limpou alguns peixes e se ocupou em preparar a refeição.

Tai Lin fixou os filhos e o esposo, e pensou que sua vida ao lado deles era tranquila e feliz. O que a aborrecia eram os dias serem todos iguais, pois tinha se cansado da vida de feirante e não mais tolerava o povo simples do vilarejo, que era conformado com a vida que levava e nada fazia para o vilarejo prosperar. As pessoas falavam que o Deus bom e misericordioso de Jesus Cristo tinha sido bondoso com o vilarejo, abençoando o rio com muitos peixes e as hortas com alimentos saudáveis. Ela não enxergava bondade nisso, tampouco entendia o Deus bom e misericordioso de Jesus Cristo mencionado por certo homem, denominando-se sacerdote e seguidor de Jesus Cristo, o filho do Deus Altíssimo, que estivera no vilarejo antes de ela nele chegar. Tal homem fizera o povo acreditar em tal Deus, amá-Lo e aceitá-Lo.

Ela desejou encontrar-se com o sacerdote, mas, quando ele reapareceu no vilarejo, ela estava ausente, auxiliando um enfermo de outra vila com suas ervas medicinais. Queria encontrar o sacerdote para indagar-lhe que tipo de Deus bom e misericordioso de Jesus Cristo permitiria ao povo do vilarejo levar uma vida miserável, sem se importar em mudar a situação do vilarejo. Ela não entendia como as pessoas poderiam confiar em um Deus de um estranho e tudo aceitar passivamente. O esposo era uma dessas pessoas, acreditando que tudo o que acontecia era a vontade do tal Deus bom e misericordioso de Jesus Cristo. Ele tornara-se devoto de tal Deus, deixando de recorrer aos espíritos dos antepassados, algo que ela não compreendia e não aceitava.

Mudando o teor de seus pensamentos, Tai Lin começou a pensar no pai, arrependendo-se de ter fugido de casa e de não ter se casado com o chinês que o pai determinara. Se tivesse acatado o que seu pai desejava, não estaria vivendo na pobreza, nem vendendo peixes na feira do vilarejo. E, ao recordar o amor que o pai lhe nutria e os carinhos que dele recebia, sentiu um aperto no coração ao imaginar o sofrimento dele sem por tanto tempo ter notícias dela. Após todos esses anos, talvez fosse a hora de ir ao encontro do pai e pedir-lhe perdão; ela então o convidaria a conhecer os netos, pelos quais ficaria encantado, e ela daria um jeito de se mudar com a família para a vila do pai e se apoderar dos bens dele.

O esposo dela se aproximou indagando se estava bem e se queria algo. Ignorou-o. Ele uniu as mãos em forma de prece e rezou em silêncio, depois retornou ao fogão, dando atenção aos alimentos que preparava. Não entendia por que ele vivia sempre rezando. Fixando-o, via-o apenas como o pai dos seus filhos e o homem que a acolhera após sua fuga da casa do pai. Não o amava, estava com ele por necessidade e por ele ser um homem paciente e bondoso. Tal paciência e confiança grandiosa no tal Deus bom e misericordioso de Jesus Cristo a irritavam. Por diversas vezes indagou-se sobre o motivo de o esposo ser tão paciente e bondoso, e não encontrou respostas. Ele cuidava bem dos filhos e fazia tudo o que ela solicitasse. Era um bom homem e gostava dele, mas não o amava, nem aos filhos. Importava-se com eles, mas amor só nutria pelo seu velho pai. Seu esposo estava feliz e contente com a vida que levavam. Ela, não.

— Quero deixar de ser pobre. Irei até o meu pai, pedirei perdão por ter fugido e o convencerei a vir ao vilarejo passar uns dias com minha família. Depois lhe pedirei que passe seus bens para mim. Mudarei deste vilarejo para uma cidade onde meus filhos possam ter uma vida melhor — baixinho disse Tai Lin.

Ela tomou água e foi para fora da casinha respirar ar puro, pois dentro estava contaminado pelo odor dos peixes. Começou a planejar como partiria até a vila do pai, desejando encontrá-lo o mais rápido possível, pois já possuía trinta e cinco anos e tinha se cansado da vida miserável que levava no vilarejo. Era muito tempo passando privações e surpreendeu-se por ter ficado tantos anos levando tal vida. Deixaria os filhos com o esposo e iria ao encontro do seu pai.

De onde estava sentada acompanhando o desenrolar de minha vida passada, meus olhos se encheram de lágrimas. Como pude ser tão cega? Aquele chinês muito me amava e as crianças eram umas gracinhas. Afastei-me do lago e Gardênia, se aproximando, inquiriu se eu estava bem. Respondi que estava, e o rapaz convidou-me a voltar a observar as cenas transmitidas pelo lago. Obedeci. E a nova cena continuou mostrando Tai Lin fora da casinha pensando em ir ao encontro do pai.

Tai Lin avistou uma mulher correndo em sua direção e fez menção de entrar em sua casinha. A mulher gritou seu nome e ela estancou para descobrir o que a outra queria. Chorando, a mulher disse-lhe que seu filhinho de quatro anos estava doente e temia que ele morresse. Não sabia o que fazer para ajudar o filho a recuperar a saúde.

— E o que eu posso fazer pela saúde dele? — perguntou Tai Lin, desinteressada.

— Você é a única do vilarejo que sabe lidar com doenças — disse a mulher. — Por favor, acompanhe-me e salve a vida do meu filho. É o único filho que eu tenho e só posso recorrer a você.

— Hoje estou muito cansada e daqui até sua casa é uma longa caminhada. Não irei.

— Tenha piedade! Em nome do Deus bom e misericordioso de Jesus Cristo, ajude-me e cure o meu filho! — pediu a mulher.

— Se esse Deus bom e misericordioso de Jesus Cristo realmente fosse bom, não teria permitido que seu filho ficasse doente. Peça a Ele que cure seu filho — proferiu Tai Lin com desdém.

— Tai Lin, tenha piedade! Eu lhe imploro. Você também tem filhos e um dia eles poderão ficar doentes.

— Eles estão saudáveis e, se ficarem doentes, eu cuidarei deles — falou Tai Lin. — Sinto muito, mas nada posso fazer pelo seu filho. Como já disse, hoje estou muito cansada.

O esposo de Tai Lin e os filhos da porta acompanhavam tudo. Ele ia convidar a esposa para entrar e se alimentar, e, ao escutar a conversa das duas, disse:

— Tai Lin, nada a impede de ir curar o garoto doente. Se você está muito cansada como diz, eu a carregarei em meus braços até onde a criança está.

Tai Lin lançou-lhe um olhar de fúria, falando:

— Ela reside longe e você não conseguirá me carregar nem até a metade do caminho.

— Como estaremos indo em auxílio de um irmão doente, o Deus bom e misericordioso de Jesus Cristo enviará seus anjos e os espíritos de nossos antepassados para nos auxiliar, assim terei forças suficientes para carregá-la até a criança enferma — proferiu o esposo.

— Não acredito em anjos. Eles são invenção do tal sacerdote de Jesus Cristo. Quanto aos espíritos de nossos antepassados, eles são muito ocupados para perderem o tempo deles dando-lhe forças para você me carregar em seus braços. Se eles aparecessem e me pedissem para ir, mesmo assim eu não iria — falou Tai Lin. — Quem está doente é o filho dela e o problema é dela. — Apontou a mulher. Esta ajoelhou-se aos seus pés e implorou que fosse socorrer seu filho doente.

— Se for socorrê-lo, o que eu ganharei? Durante anos tenho curado os doentes do vilarejo e nada recebi em troca. Somente eles pedirem para o tal Deus bom e misericordioso de Jesus Cristo me abençoar. Como se a bênção de um Deus, no qual não acredito, matasse a minha fome e a de meus filhos. Cansada de tanto ajudar e nada receber em troca, não mais me importarei com as doenças de ninguém.

— Você pode pegar o que desejar em minha casa. Por favor, socorra meu filho!

— Você e seu esposo são mais pobres do que eu e meu marido. Nada possuem que possa me interessar — retrucou Tai Lin, e a mulher, agarrando-se em suas pernas, implorava socorro ao filho.

O filho mais velho de Tai Lin dela se aproximou e perguntou:

— Mamãe, se eu ou meu irmão estivéssemos doentes e a senhora não soubesse como nos curar, não iria atrás de alguém e imploraria para a pessoa nos socorrer como esta mulher está fazendo?

Tai Lin fixou o filho tendo a impressão de ver um rapaz lindíssimo envolto em luz dourada dizendo algo no ouvido do garoto. Levou as duas mãos aos olhos e, ao abri-los, não mais avistou o rapaz, mas a pergunta do filho a sensibilizou para com a dor da mulher e, pedindo-lhe que parasse de chorar, rapidamente entrou em sua casinha, pegou sua sacola com as ervas e olhou outra vez para o filho mais velho, tentando avistar o rapaz, mas sem êxito. Aproximando-se da mãe chorosa, seguiu rapidamente com ela em direção a seu lar.

Na residência da mulher, Tai Lin encontrou o pai do menino em total desespero. Ela se aproximou da criança e, ao tocar sua fronte, descobriu que ele estava com febre. Retirou o lençol do menino e viu seu corpo empolado e vermelho, avistando uma mancha roxa em seu pescoço, que, olhando atentamente, nela encontrou o ferrão de uma abelha, o que indicava que o menino era alérgico à picada do inseto. Ela precisava agir rápido.

Tai Lin retirou duas de suas ervas da sacola e, após triturá-las, fez um chá com elas e o deu para a criança beber, passando o restante do chá em seu corpo. Ao fazer isso, agradeceu à lua, por já ter visto a velha curandeira da vila do pai ter usado aquelas ervas para curar alguém que também fora picado por abelha. Entregou um pouco das ervas para a mãe do garoto dizendo-lhe que preparasse novo chá e fizesse o filho bebê-lo por dois dias. O garoto ficaria bem com o chá. E, se quisesse a cura mais rápida do filho, que intercedesse por ela junto ao Deus bom e misericordioso de Jesus Cristo no qual acreditava.

Os pais da criança agradeceram o socorro que ela ministrara ao filho, e a mãe, apontando os pouquíssimos móveis que possuía, falou para Tai Lin escolher um e levá-lo.

— Nada quero. Ver seu filho dormindo em paz é a minha recompensa — disse Tai Lin, e o casal beijou-lhe as mãos, sendo grato ao que ela fizera em favor do filho, falando que rezariam pedindo ao Deus bom e misericordioso de Jesus Cristo que abençoasse Tai Lin e sua família.

E, como a noite havia chegado, o pai do menino acompanhou Tai Lin até a casinha dela. No trajeto, Tai Lin decidiu que, quando fosse ao encontro do pai, procuraria a velha curandeira da vila e agradeceria o conhecimento que lhe passara sobre o uso das ervas medicinais.

Em sua casinha, o esposo e os filhos a aguardavam na porta e ficaram felizes ao saber que ela tinha curado o garoto doente. Ela entrou na casinha enquanto o pai do menino retornou ao seu lar. O esposo a convidou, e aos filhos, para sentarem-se ao redor da mesa e jantarem. Ele fez uma prece ao Deus bom e misericordioso de Jesus Cristo, agradecendo os alimentos, enquanto Tai Lin lavava as mãos e se sentava. Estava cansada e com fome, e só queria comer e dormir.

O esposo serviu arroz com peixe aos filhos e, ao servir Tai Lin, ela pegou o prato e o atirou na parede. Os filhos assustaram-se, e o pai, pedindo-lhes que se acalmassem, recolheu o prato de madeira e limpou o arroz e o peixe do chão.

— Estou farta de só comer arroz com peixe; hoje quero comer outra coisa — falou Tai Lin, e o esposo disse que só tinham como comida arroz e peixe, que eram bons alimentos.

Ela fixou o esposo pensando em dizer o que realmente pensava sobre ele ser conformado com tudo, mas, observando os filhos encarando-a, assustados com seu comportamento, nada disse. Foi ao quarto e, deitando-se na esteira, pensou ser o momento de ir ao encontro do seu pai. Antes de adormecer, decidiu que iria abandonar a vida miserável que levava junto à sua família.

Na nova semana, Tai Lin só falou o necessário com o esposo e os filhos. Na feira, não se interessava pela barraca de peixes. Em casa, comia sem vontade e não dava atenção ao esposo quando ele tentava lhe agradar, vivendo só a maldizer a existência miserável que levavam.

No último dia da semana, ao regressar da feira, não se alimentou e, quando os filhos dormiram, aproximou-se do esposo e, segurando suas mãos, pediu-lhe perdão por não ser uma boa esposa e perdão pelo que de ruim lhe proporcionara durante o tempo em que tinham vivido juntos. Falou que perdoava o que de ruim ele lhe fizera e mentiu dizendo que, embora não demonstrasse, ela o amava e desejava que ele fosse muito feliz.

Emocionado, o esposo chorou e, abraçando-a carinhosamente, beijou-lhe a fronte dizendo que o Deus bom e misericordioso de Jesus Cristo ouvira suas preces, fazendo sua esposa voltar a ser a mulher amorosa que ele conhecera quando com ela se casara. E dormiu feliz.

Na madrugada, Tai Lin beijou os filhos enquanto eles dormiam. Olhou rapidamente para o esposo e, ausentando-se da casinha, seguiu em direção à vila em que o pai residia. Caminhou por dois dias, até que um carroceiro se compadeceu dela e ofereceu-lhe uma carona.

Sentada na carroça, ela pensava nos filhos e no esposo. Sentiu um aperto no coração por tê-los abandonado e desejou regressar, abraçá-los e com eles ficar, pois o amor que pensava por eles não nutrir se tornou grandioso, clamando que deveria retornar ao lar. Balançou a cabeça na tentativa de elucidar os pensamentos e sufocar tal desejo, porque agora que os tinha abandonado só regressaria na companhia do seu pai e em posse dos bens dele, que deveriam ter triplicado e sua herança está grandiosa. Com os bens do pai daria uma vida melhor aos filhos e talvez até ajudasse os mais miseráveis do vilarejo que a tinha acolhido.

De repente, a carroça estancou e ela se assustou. O carroceiro se apavorou e o cavalo passou a relinchar desesperado. De olhos arregalados, ela descobriu estarem em frente de um precipício, e as patas dianteiras do cavalo na borda dele. Ela e o carroceiro escutaram uivos.

— Que uivos são esses? — perguntou ao carroceiro.

— São de lobos. Essa região é infestada de lobos — disse o carroceiro.

Os uivos ficaram mais altos e mais próximos, e, do nada, cinco lobos surgiram olhando para os dois e o cavalo. Tai Lin se desesperou e recordou-se do Deus bom e misericordioso de Jesus Cristo que o povo do vilarejo venerava e, mesmo sem confiar em tal Deus, pediu-Lhe que a protegesse dos lobos. Estes arreganharam os dentes e Tai Lin murmurou:

— Sabia que esse Deus bom e misericordioso de Jesus Cristo não era bom nem misericordioso.

Os lobos uivaram e se prepararam para atacá-los. O cavalo se apavorou e a carroça caiu no precipício. Tai Lin, o carroceiro e o cavalo morreram. As imagens desapareceram do lago.

O rapaz lindíssimo olhou-me e disse que Tai Lin tivera tudo para ser feliz porque a vida tinha sido bondosa com ela, pois o esposo fora um bom homem que a amava e os filhos também a amavam. O mais velho tinha orgulho dela por saber curar doenças com ervas. Tai Lin teve tudo o que necessitou para viver em paz, mas infelizmente não soube cultivar essa paz nem ser feliz, porque viveu desejando o que não poderia ter, sem se dar conta de já possuir o essencial para viver em paz e ser feliz junto aos familiares.

Sem coragem de olhar para ele e Gardênia, eu contemplei o sol e as lágrimas afloraram nos meus olhos. Depois exclamei:

— Você tem toda a razão! Como Tai Lin fui egoísta e muito interesseira, não compreendendo que o amor da minha família era o que de mais importante eu possuía. Errei bastante, sendo cega para a paz e a felicidade que estavam ao meu alcance.

O rapaz e Gardênia se entreolharam. Ela falou que ter reconhecido meus erros da existência passada significava que aos poucos eu estava crescendo espiritualmente.

O rapaz disse que Tai Lin não fora muito egoísta porque tinha ajudado pessoas do vilarejo com sua arte de cura com as ervas. Comentou que ter fugido da casa de seu pai, recusando-se a se casar contra sua vontade, contribuiu para Lai Li e outras chinesas da vila descobrirem que as mulheres não tinham nascido para obedecer aos homens e que eram capazes de lutar pelos seus sonhos.

Ele convidou-me a voltar a sentar à margem do lago, mas disse-lhe que não tinha mais curiosidade em descobrir minhas vidas passadas. Ele falou que seria interessante saber como havia me comportado na vida anterior à de Tai Lin para, no futuro, quando falasse sobre essas vidas, eu estar ciente do que estaríamos conversando.

Sabendo que como Tai Lin eu muito tinha errado, desejei não ter conhecimento de outra vida, mas, como eu precisava descobrir o que de errado havia praticado em outra vida passada para aprender com os erros, sentei-me e fixei o olhar no lago. Quando o rapaz nele assoprou, novas imagens surgiram e vi uma aldeia indígena. Uma jovem índia conversava com um garoto indígena. Ela beijou-lhe a fronte e o mandou brincar com os indiozinhos da aldeia. Ele obedeceu.

De onde estava, suspirei profundamente, levando a mão direita ao coração ao reconhecer ser a índia e o garoto indígena ser Abimael em uma das vidas passadas dele.

Entrando na oca, a jovem índia começou a cantar a mesma canção que Abimael cantou quando me visitou no hospital. A canção tinha me tocado porque de alguma forma eu recordei a letra.

A índia colocou vasilhas sujas em uma bacia de madeira, esta em sua cabeça e deixou a oca. Outras índias se juntaram a ela, dirigindo-se ao rio que ficava próximo da aldeia. Uma delas lhe perguntou:

— Irami, quando seu homem retornará para a aldeia e para você?

— Talvez volte amanhã ou depois de amanhã — respondeu Irami, contemplando o horizonte.

— Você o espera há seis anos e ele nunca retornou. Será que ainda se lembra de você?

— Lembra, porque ele sabe que eu e o nosso filho o amamos.

As índias a fixaram com dó por ela viver apegada ao retorno do índio amado. Sendo jovem e bela, poderia ter qualquer índio da aldeia, mas se recusava, na ilusão do regresso de Amoritã, e nada que dissessem a fazia esquecê-lo.

No rio, Irami cantava enquanto lavava suas vasilhas. Depois, junto às outras índias, regressou à aldeia e, em sua oca, preparou uma rápida refeição, alimentando-se e ao filho.

Passados alguns minutos, amiguinhos do filho o convidaram para caçarem filhotes de animais e a mãe pediu-lhe ter cuidado para não ser vítima dos pais dos filhotes. Beijando-o, permitiu que fosse com os amiguinhos, e as índias que a acompanharam ao rio a chamaram para socar alimentos no pilão.

— Não irei. Estou ocupada limpando as armas de Amoritã para quando ele retornar encontrá-las em condições de uso — falou Irami.

— Ele foi embora há anos! Como pode ter esperanças de que está vivo? — indagou uma das índias.

— O meu coração me diz que ele está vivo e acredito nisso.

— Irami, você precisa nos ajudar com os alimentos — disse Ipati, uma das índias. — Icaci já falou ao cacique que em nada você contribui, só fica na oca cuidando do seu filho e se lembrando de Amoritã. Ela quer seu mal por você ter se ajuntado com Amoritã antes dela. Se continuar enchendo a cabeça do cacique, ele poderá expulsá-la da aldeia. Se for expulsa, o que fará?

— Morarei próximo da aldeia enquanto aguardo Amoritã voltar para mim — falou Irami.

— Não faça essa tolice. Venha conosco e nos ajude — pediu Ipati.

— Não irei, pois corro o risco de ir e Amoritã chegar e me encontrar com as mãos sujas e cabelos horríveis, porque, enquanto estiver trabalhando, ficarei suada, suja, e o vento não deixará em paz os meus cabelos. Não quero que meu índio me encontre descabelada e suja.

— Se Amoritã voltar, irá até você do jeito que estiver. Por isso, pare com essa bobagem e venha nos ajudar. Se não vier, não sei se conseguirei trazer-lhe um pouco do alimento, porque sempre que o separo em partes iguais, Icaci diz que você não merece sua parte porque nada fez para merecê-la — proferiu Ipati.

— Nunca lhe pedi que me trouxesse alimentos. Traz porque quer — retrucou Irami. — Se a aldeia não me der mais alimentos, sairei para caçar com meu filho. Agora me deixe em paz! Vou deitar e pensar em Amoritã.

Ipati e as outras índias partiram e, enquanto trabalhava, Ipati pensava na amiga. Estimava Irami. Tinham sido criadas juntas, morando na mesma oca quando as mães delas haviam sido raptadas por índios de outra aldeia. Separaram-se quando ela se ajuntara com Amopirã e Irami com Amoritã. E sofrera junto com a amiga quando seu homem tinha ido para uma caçada e nunca mais voltara. Aconselhava Irami a se ajuntar com outro índio da aldeia, mas ela sempre recusara e nada fazia pelo bem da aldeia, apenas cuidava do filho. A amiga tinha sorte de o cacique gostar dela e aturá-la na aldeia, mas temia que Icaci fizesse o cacique se desentender com Irami e expulsá-la. Temendo tal coisa, começou a rezar pedindo que Tupã protegesse sua amiga contra a expulsão.

Uma nova cena surgiu no lago. A aldeia estava em festa após os caçadores terem matado muitos animais. Tupã mandou chuva para o cultivo dos alimentos e dois indiozinhos nasceram na aldeia. O pajé organizou uma noite de dança para homenagear Tupã, e todos deveriam dançar em honra ao que o Deus lhes tinha enviado de bom.

Ipati apareceu na oca de Irami convidando-a a se juntar aos outros para a dança.

— Não irei dançar para Tupã, que só foi bom para a aldeia, não para mim, porque não trouxe Amoritã. Se não me devolveu meu índio, por que devo dançar para Tupã? — indagou Irami.

— Todos da aldeia estão alegres e em festa, e irão dançar. Se você se juntar a nós e dançar em honra de Tupã, talvez o Deus veja sua dança e traga seu índio de volta — falou Ipati.

— Será, Ipati, que se eu dançar para Tupã, Ele trará Amoritã para mim? Já pedi tanto para Deus devolver meu homem e Tupã nunca fez isso.

— Talvez hoje Tupã a escute e atenda ao seu pedido. Veja o que eu trouxe. — Ipati abriu a mão direita. — Uma pena do pássaro vermelho que o pajé disse que Tupã aprecia. É para você. Ofereça-a a Tupã colocando-a no totem e o Deus ficará feliz e devolverá seu homem.

Irami abraçou a amiga agradecendo o presente e rapidamente colocou uns colares coloridos no pescoço, molhou o cabelo e usou tinta vermelha para pintar o rosto, perguntando para Ipati como ela estava.

— Está bonita! Tupã olhará para você. Tome a pena. — Entregou-a para ela e se juntaram aos outros no centro da aldeia.

O pajé organizou as mulheres na frente dos homens, jogou um pó branco no ar e por três vezes gritou o nome de Tupã. Ergueu os braços e ordenou que a dança se iniciasse.

Irami dançava com alegria e entusiasmo, esperançosa de que Tupã a visse e trouxesse Amoritã.

Abobimã, filho do cacique, olhava para Irami com cobiça. Era louco para se deitar com ela, mas Irami sempre o rejeitara. Aproximou-se do pajé pedindo-lhe que interrompesse a dança e foi atendido. Dirigiu-se a Irami e, em voz alta, exclamou:

— Irami, você está muito bonita! Quer se ajuntar comigo e morar em minha oca?

Irami ficou em silêncio e ele falou:

— Eu a quero muito. Se me aceitar, dar-lhe-ei muitos presentes e ensinarei seu filho a ser um grande caçador e um grande guerreiro.

Ipati pediu a Tupã que fizesse Irami aceitar Abobimã, pois queria voltar a ver sua amiga feliz, e o filho do cacique lhe daria muitas felicidades.

Irami continuou em silêncio enquanto todos aguardavam que ela se manifestasse. Quem o fez foi Icaci, que muito queria se deitar com o filho do cacique, mas ele só a rejeitava. Ela colocou-se entre os dois e disse:

— Abobimã, Irami não o quer. Ela não se ajunta com você porque quer continuar esperando o índio que a largou e foi

RELATO DE UMA CATÓLICA | **127**

embora. Escutei ela dizendo que não se deita com você porque Amoritã é mais homem que você e melhor guerreiro e caçador do que você — mentiu.

— Você disse isso, Irami? — perguntou Abobimã, demonstrando indignação.

— Eu nunca disse isso. Icaci mentiu. Você é um guerreiro valente e um bom índio — respondeu Irami.

— Eu não menti e juro por Tupã que Irami disse o que eu falei ter escutado — gritou Icaci. — Ela até falou que o único índio da aldeia que é valoroso é Amoritã, os outros são péssimos guerreiros e caçadores. — Apontou para os índios. — Vocês deixarão uma indiazinha que foi abandonada por um índio que foi embora da aldeia desvalorizar vocês?

Abobimã deu uma forte bofetada em Irami. Ela caiu e começou a chorar.

— Bata outra vez nela, Abobimã. Ela merece apanhar — atiçou Icaci. — Ela disse que você não é homem para ela.

Abobimã se preparou para dar nova bofetada em Irami, mas, ao ver o sangue escorrer pelo nariz dela em função da primeira bofetada, ajudou-a a se levantar e disse:

— Eu não queria bater em você e não me odeie. Só bati porque o que Icaci falou me deixou com raiva, porque eu sou o maior e melhor guerreiro e caçador da aldeia.

Irami limpou o nariz com a mão direita e falou:

— Abobimã, eu nunca disse nada do que Icaci me acusou. Ela mentiu.

— Ela falou o que eu disse ter escutado. Ouvi quando ela disse para Ipati — gritou Icaci.

— Icaci, você é má e mentirosa, porque Irami nunca falou nada contra os índios da aldeia. Quem fala mal deles é você, que deve apanhar, não Irami, que nunca nos fez o mal — proferiu Ipati.

O cacique, que conhecia a índole das índias de sua aldeia, aproximou-se das mulheres e esbofeteou Icaci, dizendo:

— Icaci, conheço-a e a Ipati. Ela sempre fala a verdade, você não. Vá para sua oca e nela fique até seu homem ir para ela.

Icaci fuzilou com o olhar Ipati e Irami e, pegando terra, jogou-a nos olhos de Ipati, saindo correndo para sua oca.

As índias ajudaram Ipati a retirar a terra dos olhos e Irami estancou o sangramento do nariz.

A dança recomeçou e, quando a lua surgiu, o pajé falou para os que tivessem oferendas a Tupã colocá-las no totem. Irami beijou a pena vermelha e, pedindo a Tupã que trouxesse Amoritã para ela, ofertou a pena.

Os dias se passaram e nada de Amoritã regressar.

Um dia, os caçadores mataram um grande animal e as índias se reuniram para limpá-lo no rio. Irami se recusou a ajudar na limpeza e, enquanto as índias faziam o trabalho, ela sentou-se em uma pedra e começou a cantar, olhando para onde acreditava que Amoritã surgiria. Ipati olhou para ela pensando em como faria para conseguir um pedaço do animal para a amiga sem Icaci perceber.

Irami cantava com o coração e a alma, e, de onde estava, recordei que Abimael tinha cantado do mesmo modo que Irami quando me visitara no hospital.

Um pássaro pousou perto de Irami e ela passou a cantar com mais energia. As índias passaram a observá-la cantando.

De onde estava, comecei a cantar também, acompanhando Irami em sua canção. Gardênia e o rapaz lindíssimo me olharam e continuei cantando ao voltar a olhar para a cena do lago.

Irami cessou o canto e o pássaro voou. Ela entrou no rio e começou a nadar. Voltou à pedra e passou a secar os cabelos com as mãos. Escutou o filho gritando seu nome e, abraçando-a e demonstrando estar feliz, disse que o pai tinha voltado para a aldeia. Irami correu até sua oca e ficou sem ação quando avistou Amoritã indo ao seu encontro. Abraçaram-se, beijaram-se e o filho se juntou a eles, que se abraçaram mutuamente.

Irami chorava de felicidade e, entrando em sua oca, acendeu o fogo e começou a preparar uma pequena caça que seu homem lhe entregara. Enquanto cozinhava, agradecia Tupã por ter lhe devolvido seu homem. Feliz, começou a cantar.

Após a refeição, ela, o filho e Amoritã deixaram a oca e ficaram contemplando o luar.

Os membros da aldeia se juntaram a eles, com os índios saudando Amoritã e conversando com ele, e as índias parabenizando Irami por estar com seu homem. Ela fixou Amoritã com paixão. Só se importava com ele e o filho. Os outros da aldeia nada significavam para ela.

Ipati disse-lhe:

— Tupã gostou do presente da pena do pássaro vermelho e trouxe seu homem de volta. Estou feliz por você agora estar feliz.

— Você sempre foi muito boa para mim. Se não fosse sua bondade em dar-me a pena, eu nunca teria meu homem de volta. Que Tupã a ajude sempre! — falou Irami.

As duas se abraçaram e alegres começaram a dançar. As outras índias as imitaram. Enquanto dançava, Irami não tirava os olhos do seu homem.

Coloquei as mãos no coração pensando em quanto aquela minha vida tinha sido simples e linda. Irami tinha amado e fora fiel a esse amor.

Seduzida por Irami, voltei a observar o lago e a nova cena apresentou Irami deitada ao lado de Amoritã. Este falou ter sentido sua falta e ela lhe disse ter pensado que morreria de saudades dele. Beijaram-se e, quando ele adormeceu, ela se levantou, cobriu o filho com a pele de um animal e deixou a oca.

Ela foi até uma árvore e, cavando em seu tronco, retirou algo enrolado em um pano. Seguiu até o rio e, mostrando o que tinha retirado para a lua, atirou-o dentro do rio. Beijou o reflexo da lua na água, sendo grata ao astro por trazer seu homem de volta, pois agora sua felicidade estava completa.

De repente, escutou gritos e apavorada correu para a aldeia, vendo-a ser invadida por uma tribo indígena inimiga. Correu para a oca e acordou Amoritã e o filho. Ele pegou o filho nos braços. Irami colocou utensílios em um saco e se prepararam para fugir. Ao saírem da oca, viram muitos índios da aldeia mortos e as índias amarradas. Amoritã emitiu um forte grito e lançou-se contra quem lhe pareceu ser o cacique rival, que caiu do cavalo, e Amoritã começou a enforcá-lo. Os invasores socorreram seu cacique e mataram Amoritã.

Escondida, ao presenciar a morte do seu homem, Irami saiu do esconderijo e lançou-se sobre quem matara Amoritã, esmurrando-o. Um dos invasores atirou uma flecha, que atingiu seu coração. Antes de morrer, ela tentou avistar o filho no esconderijo, mas o garoto sumira. Olhando para a lua, ela morreu, e as imagens desapareceram do lago quando nele o rapaz assoprou.

Levantando, dei alguns passos enquanto lágrimas silenciosas jorravam dos meus olhos. Ao notar que Gardênia e o rapaz lindíssimo ficavam em pé, usei as mãos para limpar as lágrimas e, fixando-os, falei:

— Concluí que a vida de Irami foi tranquila. Uma vida excelente, em que amei e fui amada. Mas só amei duas pessoas: Amoritã e o meu filho. Esse deve ter sido o meu erro, porque Irami deveria ter amado outros da aldeia e não o fez.

— Foi para amar outros que não seriam seus familiares que Irami reencarnou como Tai Lin e depois como Jaqueline. Como você observou, em ambas as vidas, amou muito pouco, e pouco demonstrou o amor.

— É verdade! — confirmei. — Mas fico feliz em ter descoberto que como Irami amei intensamente e naquela vida não prejudiquei ninguém. Como Jaqueline e Tai Lin, não amei como Irami amou. No entanto, se o amor já habitou meu coração, nada impede de ele voltar a me contaminar e, futuramente, nesta colônia espiritual ou em outro local, eu conseguir demonstrar esse amor para quem for merecedor dele e aprender como fraternalmente amar outras pessoas.

— Sua fala aponta crescimento porque quando reconhecemos nossos erros somos capazes de aprender a não mais cometê-los — proferiu Gardênia. — Se nesta colônia espiritual tenciona aprender o que será benéfico ao seu crescimento espiritual e moral, caso se dedique a esse aprendizado, conseguirá aprender o que lhe fará evoluir.

— Esforçar-me-ei na dedicação desse crescimento — disse. — Creio que ter vivido de modo solitário, escolha minha, em minha última existência terrena tenha sido em função de como Tai Lin abandonou por duas vezes sua família, portanto foi justo estar cercada por familiares e amigos e viver "distante" deles. E, embora soubesse que me amavam e eu os amasse, não demonstrei esse sentimento, sendo egoísta em guardá-lo só para mim.

— Excelente! — exclamou o rapaz. — Você compreendeu que os espíritos reencarnam para ressarcir os débitos de vidas passadas e muitos sentem na pele o que no pretérito fizeram outros experimentar. Esta é a Lei de Ação e Reação. — Olhou-me nos olhos. — As lições que seu espírito deveria aprender em sua existência como Jaqueline, sem que você percebesse, as aprendeu. Ainda precisa crescer moral e espiritualmente, e, se continuar praticando o que de bom tem executado, estará no caminho desse crescimento, porque poucos são os que reconhecem seus erros e estão dispostos a erradicá-los. — Fixando Gardênia, falou: — Deixarei você aos cuidados de sua instrutora, que está apta a bem instruí-la, porque tenho outras atividades que exigem minha atenção, mas a visitarei quando as visitas forem necessárias. Lembre-se de que nesta colônia espiritual o seu espírito encontrará o que necessita ao seu bom aprendizado e, ao reter o conhecimento, não demorará muito para ser preparada às suas futuras missões.

Ele me abraçou, assoprando em mim, e voltei a experimentar sensação de paz e leveza, pensando poder caminhar sem muito medo de cometer os mesmos erros.

O lindíssimo rapaz abraçou Gardênia, dela se despedindo, e, antes de desaparecer como costumava fazer, disse-lhe que desejava indagar-lhe algo e, fixando-me, falou que eu poderia perguntar seu nome. Não mais me surpreendi por ele ter tido contato com meus pensamentos, por já ter concluído que ele era capaz de lê-los.

— Meu nome é Demétrius! — exclamou, e tive certeza de já ter ouvido esse nome. Ele falou que sempre que eu regressava ao plano espiritual após o desencarne em uma de minhas existências terrenas o nome dele me era dito. Eu quis saber onde ele vivia.

— Na Colônia São Tarcísio, mas nem sempre estou nela — respondeu. — Costumo me dirigir a outras colônias espirituais, auxiliando no que conseguir ajudar. E passo um tempo na Terra quando sou designado mentor espiritual de um encarnado por quem no passado cultivei laços amigáveis e amor fraterno.

Demétrius fez uma prece e disse que ficaria alguns dias na colônia e que eu poderia procurá-lo caso necessitasse. Abraçou-me e, se dirigindo ao portão, partiu.

Sentei-me à margem do lago. Toquei a água e pensei no que tinha presenciado de minhas vidas passadas. Algumas dúvidas surgiram ao desejar saber a relação de uma vida com a outra.

Tocando-me o ombro direito, Gardênia comentou que precisávamos retornar, dizendo que minhas dúvidas futuramente seriam esclarecidas por Demétrius. Isso revelou que ela lia pensamentos.

Levantando-me, peguei a muda de girassol e o livro. Enquanto caminhávamos, perguntei:

— Gardênia, o filho de Irami era Abimael. O que isso significa?

— Que você conviveu com ele naquela existência terrena. Os espíritos, desde sua criação, sentem afinidades com outros, o que faz surgir laços amigáveis e o amor. Este impulsiona o espírito, que ama reencarnar próximo do ser amado para, nas lições de vida, auxiliá-lo a vencê-las.

— Isso é lindo e explica por que eu gosto dele. Por que se chama Abimael? Penso que este não seja um nome indígena.

— Foi o nome que ele recebeu em sua última existência terrena, quando reencarnou em uma aldeia indígena no estado do Mato Grosso.

— Ele desencarnou há muito tempo?

— Há dezoito meses. Visite-o e converse com ele se desejar saber algo mais a respeito.

— Todos os que desencarnam têm acesso às suas vidas passadas? — perguntei.

— Poucos têm esse privilégio porque muitos não estão preparados para descobrir como viveram no passado, por não terem levado vidas simples e tranquilas. Podem ter praticado atrocidades e esse conhecimento prejudicar o progresso espiritual deles — explicou a instrutora.

Quis saber por que tinha sido privilegiada e ela respondeu que o meu mentor espiritual de vidas passadas permitira esse acesso, por saber que o conhecimento do meu passado me faria bem, o que se mostrou verdadeiro, já que eu mesma, após observar as duas vidas passadas, tinha descoberto onde havia errado, decidida a, futuramente, não cometer os mesmos erros. Como Jaqueline, ter me isolado em um mundo que criei não foi o correto, mas foi um meio de não fazer mal a ninguém, nem para mim mesma. Embora tenha amado sem demonstrar esse amor, eu amei da minha forma, e esse amor, aliado à caridade que pratiquei, me fizeram bem, porque me auxiliaram a dar passos no crescimento.

Sem nada mais para perguntar, corri rodopiando para o sol, algo que gosto de fazer. Gardênia juntou-se a mim e rodopiou também. Ela é uma instrutora maravilhosa!

Seguimos até o ponto onde pegaríamos o aeróbus. Ao chegar, nele entramos. A instrutora disse-me que não estávamos regressando para o hospital, pois iríamos para a casa onde residiríamos.

— Você quer dizer a sua casa?

— Não é minha casa. Todas as casas são da colônia espiritual. Os moradores as usam por empréstimo, pois aqui tudo pertence a todos.

— E as minhas coisas que ficaram no hospital? — indaguei, pensando nelas.

— Onde passará a viver, encontrará tudo o que o seu espírito necessita.

— Se encontrarei o que necessito, é aqui muito melhor para se viver do que na Terra. Se as pessoas soubessem o que as espera após a morte, não a temeriam — falei.

— Muitos encarnados que levam uma vida simples e trabalham corrigindo seus erros não temem o desencarne — disse Gardênia. — Certos espíritas não o temem porque todos os dias são convidados a praticar a reforma íntima, e os que a praticam não temem a morte.

— O que é reforma íntima?

— É o conhecimento de si mesmo, pois, quando alguém se conhece, se torna capaz de lidar com seus erros e defeitos, e se esforça em erradicá-los. Espíritas que se ocupam de sua reforma íntima conseguem viver em paz consigo e com os outros porque suportam os dissabores do dia a dia sem lamentações. Tentam viver com serenidade e nada temem do desencarne por saber que ele é apenas a passagem do mundo físico para o espiritual — esclareceu a instrutora.

— Como católica, nunca escutei os padres e as freiras falarem sobre reforma íntima.

— Eles devem ter usado outro termo, convocando os católicos a se arrepender de seus pecados ao se converterem. Os que conseguem essa proeza acabam se conhecendo e se melhoram.

Olhei para Gardênia pensando que ela é sábia.

Descemos do aeróbus e fomos para o lar que me acolheria.

CAPÍTULO 12
UM LAR

A casa onde Gardênia reside é pintada de azul-claro e possui um jardim com roseiras e plantas floridas, entre elas, margaridas-amarelas. Gostei do que vi porque sou apaixonada por essa flor.

Cruzamos o portão e a instrutora empurrou uma porta de madeira. Entramos na casa e contemplei a sala, que possuía móveis semelhantes aos da Terra. Tinha poltronas e tapetes.

Duas jovens se levantaram das poltronas e deram-me as boas-vindas, abraçando-me carinhosamente. Gardênia informou que as duas também eram instruídas por ela, e as apresentou:

— Esta é a Mônica — apontou a jovem. — Esta é a Rafaela — indicou a outra. — Há um ano Rafaela está aqui e Mônica, há nove meses. Na medida do possível, as duas lhe farão companhia e a auxiliarão no que se fizer necessário.

Ambas se dirigiram ao quarto delas, e Gardênia levou-me ao que eu usaria enquanto estivesse residindo ali.

Eu gostei do quarto assim que o conheci, pois é semelhante ao que eu possuía na casa dos meus pais quando estava encarnada.

A instrutora pediu-me que deixasse o livro e o vaso no quarto. Assim o fiz, e ela passou a me apresentar a casa.

A cozinha é pequena. Possui uma mesa e quatro cadeiras, um armário e algo parecido com uma geladeira. Não avistando fogão nem pia, indaguei a Gardênia onde se encontravam e fiquei sabendo que os moradores da colônia espiritual se alimentavam no refeitório, onde eram preparados os alimentos, e louças e talheres eram lavados. As residências só possuíam poucos alimentos, que eram consumidos em emergências aos recém-chegados. Os demais alimentos eram compartilhados por todos.

Gostei de saber que os alimentos eram compartilhados, o que demonstrava que na colônia ninguém passava privações alimentares.

O banheiro é pequeno e muito higiênico. Nele, encontrei uma prateleira de madeira com meu nome e o material necessário à minha higiene.

Conheci o quarto de Mônica, que lia um livro quando entramos em seus aposentos. Ao observar um bicho de pelúcia sobre a cama, Mônica falou que ele lhe recordava momentos agradáveis de sua vida de encarnada.

— Quando desejar poderá me procurar aqui no quarto para conversar sobre o que penso estar curiosa em saber — disse Mônica, e respondi que a procuraria quando precisasse conversar com alguém.

Eu e a instrutora fomos ao quarto de Rafaela, que era bem diferente do de Mônica. Existiam diferentes mapas espalhados por todo o local. Rafaela explicou que os mapas indicavam outras colônias espirituais e onde elas se localizavam, bem como outras informações que ela considerava importantíssimas.

— Encarnada, Rafaela sonhava em ser astrônoma e, ao desencarnar, continua interessada em estudar o espaço sideral, corpos celestes e assuntos semelhantes — esclareceu Gardênia, convidando-me a conhecer seu quarto, que era menor do que os outros três e só possuía uma escrivaninha e uma cadeira.

A instrutora levou-me à sala e explicou que as poltronas eram usadas conforme o gosto das moradoras. Indicou a que eu poderia utilizar e, aos seus pés, notei um tapete com estampas de flores amarelas. Na sala também havia um sofá e uma mesinha com um vaso de flores sobre ela. Em uma das paredes existia um belíssimo quadro e em outra, uma tela. Apontando-a, Gardênia falou ser um transmissor que, além de transmitir som, apresentava imagens. Tinha a mesma função que os televisores dos encarnados, transmitindo notícias e informações da colônia, de outras colônias espirituais e da Terra.

Fiquei interessada ao saber que o transmissor revelava notícias da Terra, e a instrutora, notando o meu interesse, disse que com o tempo eu teria contato com o que desejaria saber sobre a Terra. Fui ao quintal e nele vi pássaros pousados na grama, que estava verde e bem cuidada. Gardênia disse que apreciava o canto dos pássaros, e um deles começou a cantar enquanto a instrutora o observava com enlevo. Pelo visto, deveria mesmo apreciar o canto das aves.

Nas janelas dos quartos existiam pequenos canteiros com diferentes plantas floridas, e, ao perceber margaridas-amarelas, deduzi que a janela era do quarto que eu usaria.

— Gardênia, não vejo tanque nem varal para as roupas. Onde elas são lavadas e colocadas para secar? — perguntei.

— Não precisamos de tanques nem de varais de roupas. Aqui cada um se encarrega da higiene do seu vestuário. Fazemos isso com a força do pensamento, algo que aprenderá com o tempo após estudar para saber como bem executar — esclareceu a instrutora.

Regressamos para a sala e, após dizer-me para ficar à vontade, que só me chamaria para participar da prece, Gardênia foi para seu quarto e eu para o meu. Sentei na cama e percebi que o quarto tem uma escrivaninha e uma cadeira, um pequeno guarda-roupa e um tapete aos pés da cama.

Levantando da cama, sentei na cadeira e abri as gavetas da escrivaninha, nelas encontrando papel, caneta e diários em branco. Fui ao guarda-roupa e o abri, deparando-me com roupas idênticas às que eu usava quando encarnada, não mais me surpreendendo em encontrar na colônia espiritual o que me transmitia a sensação de estar em casa, algo que Gardênia deveria ter providenciado.

Abri a janela e inspirei o ar, que é puríssimo. Olhei para as margaridas que estavam no canteiro e sorri pensando que ali eles sabiam como alegrar os espíritos.

Joguei-me na cama e senti a maciez do colchão, refletindo sobre como Deus havia sido bondoso comigo ao me presentear com uma morada na Colônia Bom Jardim após minha morte, pois encarnada nada tinha praticado de especial para garantir essa morada, e mesmo assim o Pai Celestial concedera-me a bênção de, depois de morta, viver junto a bons espíritos que haviam me acolhido bem. Somente um Pai tão bondoso e misericordioso para se compadecer desta sua filha pecadora, ofertando-me um bom local para residir após a morte, o que me deixou feliz por minha alma não ter ido para o Purgatório, nem para o Inferno.

Deixei a cama e, sentando-me na escrivaninha, peguei uma das canetas e um dos diários e comecei a escrever o que tinha acontecido comigo depois que morri e virei espírito. Encarnada tinha mania de em diários escrever tudo o que me acontecia e desencarnada faria o mesmo.

CAPÍTULO 13
A PRECE

Acordei ao sentir um toque em meu ombro direito e, ao virar-me, vi Gardênia. Devo ter cochilado na cadeira enquanto escrevia.

Gardênia disse estar no horário de participarmos da prece. Fui ao banheiro, lavei o rosto, penteei os cabelos e, junto com Gardênia e as outras duas jovens, nos ausentamos da casa, passando a caminhar por uma das avenidas da colônia espiritual.

Rafaela comentou que no Salão da Prece era possível encontrar muitos moradores da colônia espiritual, e eu indaguei se todos que viviam na Colônia Bom Jardim participavam da prece.

— Todos são convidados para estarem presentes durante as preces, que acontecem em diferentes horários para que os que estiverem trabalhando em um dos horários possam em outros participarem das orações — explicou Gardênia.

Chegamos a um edifício oval. Nele entramos e segui com as outras até poltronas azul-claro. Olhando ao redor, notei que o Salão da Prece é grandioso, nele existindo poltronas de diversas cores. A instrutora informou que as cores das poltronas indicavam o departamento de que o espírito faz parte. E Mônica falou que quinzenalmente os departamentos se revezavam em relação às preces.

Observando com mais atenção as poltronas, percebi que tinham sido posicionadas em formato de círculo, revelando assim que todos os que nelas estivessem sentados conseguiriam avistar o centro do salão.

Em poucos minutos, o Salão da Prece ficou lotado. Um grupo de meninos se dirigiu ao centro do salão, permanecendo em pé e segurando instrumentos musicais. No meio deles, avistei Abimael.

Uma senhora caminhou serenamente até os meninos e fez um gesto com a mão direita. Os meninos que seguravam as flautas levaram-nas aos lábios e concluí que a senhora era a regente do coro. Outro gesto dela fez os que seguravam harpas levarem os dedos às cordas. E um último gesto fez os outros meninos com outros instrumentos musicais começarem a tocá-los e cantarem.

De repente, o salão foi inundado por uma canção belíssima e fiquei encantada ao escutá-la. A canção deixou-me leve e em paz, tendo a sensação de total desprendimento e abandono de mim mesma. Em pensamento, agradeci a Deus pelo que estava sentindo e por ter-me presenteado com essa bênção.

Aos poucos a canção ficou baixinha, até ser concluída.

Um senhor se aproximou da regente do coro e, erguendo as mãos para o alto, rezou:

— Senhor Jesus misericordioso, nós vos agradecemos por este dia maravilhoso e por todo bom aprendizado que hoje tivemos. Obrigado, Mestre Bondoso, por nos ter abençoado com a prática do bem, ao estarmos ao vosso serviço.

A senhora continuou:

— Gratidão, queridíssimo Jesus, por nos ter mostrado que vivemos para servir, não para sermos servidos. Nós nada temos, porque tudo pertence a Deus e a Vós. E, se nos concede usufruirmos suas bênçãos, é por muito nos amar e só desejar o nosso bem. Por isso, somos gratos e estamos felizes por sermos presenteados com uma morada na Colônia Bom Jardim. — Uniu as mãos em forma de prece. — Senhor Jesus, permaneça em nosso meio e envie os espíritos evoluídos para auxiliarem nossa caminhada espiritual.

Os meninos do coral completaram:

— Jesus, filho do Bondoso Deus, tudo o que queremos é seguir os vossos ensinamentos e sermos úteis ao próximo. E, como não possuímos belas palavras para agradecer tudo de bom que nos presenteia, nossa gratidão é em forma de canto.

O coral voltou a cantar uma música de fundo enquanto baixinho a senhora e o senhor rezavam.

Senti os olhos marejados de lágrimas ao ser tocada por prece tão singela, que foi proferida por lábios e corações.

De repente, enquanto a canção e a prece continuavam, uma luz clarinha, que não sei de onde surgiu, refletiu sobre todos e senti uma paz maior do que a que experimentava, além da sensação de maior leveza.

O senhor informou que repetiria a prece pausadamente para que todos a acompanhassem, e assim aconteceu.

Ao ser concluída a prece, a regente do coral deu um comando com as mãos e o coral tocou e cantou uma nova canção. Ao se findar, os espíritos começaram a se ausentar do salão.

Na porta do Salão da Prece, Demétrius nos aguardava e, sorrindo docemente, indagou se poderia nos acompanhar.

Gardênia sorriu da mesma forma e ele passou a caminhar em nossa companhia. Refleti que o sorriso era uma forma de os espíritos se comunicarem naquela colônia espiritual.

— Jaqueline, o que você achou da prece de que acabamos de participar? — inquiriu Rafaela.

— Foi a prece mais bela de que já participei. Enquanto era proferida, experimentei a sensação de ser inundada por paz e leveza — respondi.

— O Departamento da Harmonia sempre nos surpreende com suas preces, que são belíssimas e tocam nossos corações — disse Mônica.

— A qual departamento pertencemos? — indaguei.

— Ao Departamento da Acolhida — esclareceu Gardênia.

Chegamos à nossa residência e, ao entrarmos, Demétrius se sentou no sofá e nós, nas poltronas.

— Jaqueline, amanhã no vespertino virei aqui para conversarmos — disse Demétrius, que, sorrindo meigamente, perguntou: — Agora que já tem certeza de não estar em um pesadelo, como se sente ao saber que desencarnou?

— Sinto-me mais viva do que me sentia quando estava vivendo na Terra. Ainda estou um pouco confusa porque aqui tudo é diferente do que eu esperava encontrar após a morte. Mas, embora seja diferente, estou gostando daqui. Espero logo me adaptar e aprender o que preciso para o meu crescimento espiritual — respondi.

— Desejar aprender já é um bom começo para um dia ser detentora do aprendizado que almeja, pois, quando o seu espírito anseia aprender o que lhe será benéfico e se dedica a esse aprendizado, este chega rápido — proferiu Mônica.

Ficando em pé, Gardênia avisou que estava no horário do jantar, falando que eu iria conhecer o Salão de Refeição da colônia espiritual, e todos fomos para o salão. Antes de nele chegarmos, Demétrius se despediu mencionando necessitar ir ao hospital para conversar com os desencarnados recém-chegados que estavam saudosos da vida que levavam na Terra.

CAPÍTULO 14

CONVERSANDO

Enquanto caminhávamos para o Salão de Refeição, Mônica relatou um caso interessante que aconteceu com um paciente na enfermaria do hospital em que trabalha. E, ao chegarmos ao Salão de Refeição, verifiquei ser um sobrado pintado de branco. Nele entramos e no pavimento superior avistei mesas com quatro cadeiras. No andar inferior existia uma grande mesa com diversas panelas e garrafas. Próximo às panelas e garrafas estavam uma senhora, dois rapazes e duas moças.

Os moradores da colônia espiritual formavam duas filas e apanhavam em um armário um prato e os talheres, e em outro armário um guardanapo de pano com o nome do morador nele bordado. Havia um com o meu nome.

Observei a fila andar normalmente, sem ninguém entrar na frente do outro, ou seja, respeitavam a ordem da fila, que funcionava com perfeição — algo diferente das filas da Terra.

Ao chegar perto da senhora, ela me serviu arroz, feijão, torta de verduras e legumes cozidos. Uma moça perguntou-me se eu desejava uma garrafa de suco ou de água. Optei pelo suco e um dos rapazes falou que havia suco de laranja, abacaxi e amora. Pedi o de amora e uma pequena garrafa com o suco me foi entregue. Notei que a senhora, os rapazes e as moças trabalhavam sorrindo.

Sentei-me em uma das mesas na companhia de Mônica e Rafaela. Gardênia começou a circular pelo salão.

Experimentei a comida e descobri ser saborosa. A torta de verduras era uma delícia e os legumes estavam bem cozidos, derretendo na boca.

Fixei a garrafa de suco e um copo que estava na mesa, nele colocando o suco. Antes de tomá-lo, imaginei que não deveria ter um gosto muito bom, porque encarnada nunca soubera existir suco de amora. Ao experimentá-lo, descobri ter me enganado; o suco era delicioso. Repeti.

Somente eu e Rafaela nos alimentávamos. Mônica só nos fazia companhia.

Ao concluir a refeição, Mônica indicou onde eu deveria entregar o prato e os talheres. Levantei-me e, no local, deixei o prato, talheres, garrafa e copo. Depois, fui informada de onde poderia me servir da sobremesa. Fui até o local e uma moça indagou se desejava uma fruta ou um pudim. Indaguei quais frutas possuíam e fui surpreendida ao saber que existiam as frutas que eu desejasse. Pedi um caqui e recebi um vermelhinho e maduro em um prato, com garfo e faca.

Retornei à mesa e tentei usar a faca para descascar o caqui, mas não tive êxito. Mônica falou que eu poderia descascar a fruta como desejasse; usei as pontas dos dedos da mão direita para retirar a casca da fruta e comi o caqui. No final, descobri que minhas mãos estavam grudentas, e Mônica apontou o local onde eu poderia limpá-las. Dirigi-me a uma pia próxima à entrada do Salão de Refeição e, após lavar as mãos e secá-las em uma toalha , regressei à mesa.

Passados poucos minutos, Gardênia se juntou a nós dizendo estar no horário de regressarmos.

No regresso, indaguei se o Salão de Refeição comportava todos os moradores da colônia. Gardênia respondeu que comportava os que necessitavam de alimentos, ressaltando que raramente ficaria lotado. E falou:

— Alguns espíritos que vivem nesta colônia espiritual não se alimentam como você fez porque não necessitam de alimentos.

— Não precisam de alimentos? Como fazem para se alimentar? — questionei.

— Aprenderam a se nutrir de outra forma — respondeu Gardênia.

Fingi que tinha entendido e nada mais perguntei.

Ao chegarmos em casa, nos sentamos na poltrona e Gardênia ligou o transmissor. Surgiu a imagem de uma moça informando as notícias do dia: alguns espíritos deixariam a Colônia Bom Jardim para se dedicarem a diferentes estudos em outras colônias espirituais. Doze reencarnariam. Solicitou aos enfermeiros que atuavam nas alas juvenis do hospital e não estavam em horário de trabalho que seguissem para o hospital, pois os socorristas tinham trazido para o hospital alguns jovens que eram mantidos por espíritos perversos, e todos os enfermeiros deveriam auxiliar na acolhida dos jovens.

A apresentadora, ao concluir as notícias do dia, fez uma prece solicitando que as bênçãos de Jesus jorrassem sobre todos os que viviam na Colônia Bom Jardim e em outras colônias espirituais. A imagem e o som desapareceram do transmissor.

Mônica solicitou permissão de Gardênia para auxiliar os socorristas e jovens. A permissão foi concedida; rapidamente, Mônica apanhou um livro e, se despedindo com um sorriso, seguiu para o hospital.

— Gardênia, se Mônica trabalha no hospital, por que ela lhe pediu permissão para auxiliar os jovens que foram trazidos pelos socorristas? — indaguei à instrutora.

— Assim como você, Mônica e Rafaela estão sob meus cuidados, pois sendo a instrutora das três tenho de permitir que realizem algo quando isso não consta das atividades que diariamente devem executar — explicou Gardênia. — Enquanto for instrutora das três, sou responsável por vocês até o dia em que estiverem capacitadas para caminharem sozinhas.

— Se somos três jovens e você, uma única instrutora, não seria mais produtivo se instruísse uma de cada vez? — questionei.

— Em nossa colônia espiritual, um instrutor sempre ficou responsável por três espíritos. Nessa rua, em todas as casas existem uma instrutora e três moças. Na rua abaixo, as residências possuem um instrutor e três rapazes. Em outras ruas, as casas comportam instrutor ou instrutora responsável por homens e mulheres adultos ou idosos. Sempre foi assim, desde a fundação da colônia, e esse sistema sempre se mostrou positivo — esclareceu Gardênia. — Os instrutores são responsáveis pelas instruções, mas quem realmente é responsável por vocês são seus orientadores e vocês mesmas.

— Quando Mônica e Rafaela chegaram a esta colônia espiritual, elas tinham conhecimento da vida após a morte?

— Mônica sim, Rafaela não — respondeu a instrutora. — Encarnadas, você e Rafaela não eram adeptas de religiões que pregam a vida após a morte, por isso, ao chegarem à colônia, estranharam o espírito permanecer vivo após o término do corpo físico na Terra. Ambas precisam aprender que ao estarem vivas necessitam de conhecimentos que as capacitem a bem viver na colônia e a ser úteis a si mesmas e ao próximo. Assim como você, Rafaela ao chegar à colônia não compreendia por que seu espírito não foi para onde acreditava que ele iria após o fim do corpo físico.

Recordei como após a morte do corpo físico pensava estar em um pesadelo e depois pensei estar em um hospital de encarnados.

Gardênia olhou-me com bondade e falou:

— Muitos católicos, quando o corpo físico perece, esperam que seu espírito vá para o Céu ou para o Purgatório e, ao descobrirem que não estão em nenhum desses dois lugares, creem continuar encarnados. Confundem a colônia com uma cidade terrena e pensam que não desencarnaram, mas que estão de férias ou se recuperando em algum hospital de uma doença qualquer. Nem todos são como você, que aceitou com facilidade ter desencarnado e demonstra interesse por conhecer o funcionamento da vida espiritual. A maioria dos que foram católicos dizem que os enfermeiros espirituais estão loucos e desejam retornar paras as residências terrenas.

Ela ficou em pé e, indo até a janela, abriu os braços e disse:

— Para os católicos, é complicado ao desencarnar ficar ciente de que sua alma não foi recebida por São Pedro ou outro santo. Alguns exigem que o santo porteiro do Céu lhes apareça para julgar se a alma deles vai para o Céu ou se padecerão no Purgatório. Os enfermeiros que cuidam desses espíritos possuem muita paciência para lidar com eles e aplicam passes magnéticos como tratamento para restabelecer suas energias, assim eles se acalmam e adormecem, pois dormindo os enfermeiros entram em contato com os responsáveis pela permanência deles na colônia espiritual, para que possam visitar os espíritos e esclarecerem o que realmente aconteceu com eles após o desencarne. — Ela ausentou-se da janela e voltou a se sentar na poltrona, ficando em silêncio, o que me fez pensar se estaria se recordando de algo que ocorrera no passado ligado ao que tinha acabado de mencionar.

Rafaela se manifestou dizendo:

— Quando nos deparamos com uma realidade que não condizia com o que acreditávamos que chegaria até nós depois do desencarne, costumamos agir de modo negativo ao bem-estar de nosso espírito. Ficamos desorientados e desesperados, e nessa hora valoroso é o trabalho dos enfermeiros, orientadores e instrutores.

Aproximou-se de Gardênia e, segurando-lhe as mãos, agradeceu:

— Querida, sou grata por tudo de bom que me ofertou e tem ofertado. E, em minhas preces, solicito a Deus iluminar sua sabedoria e abençoá-la com o que lhe fará bem e a deixará feliz.

Gardênia emocionou-se e sorriu de lábios fechados. Disse a Rafaela que agradecimentos não eram necessários e nos convidou a fazer uma prece.

Nós três, em círculo, demos as mãos, e Gardênia rezou uma belíssima prece, que me fez grande bem, e desejei rezar pelos meus pais e meu irmão. Verbalizei meu desejo e fiz uma prece na intenção dos três.

Após a prece, disse a Gardênia que, além de minha instrutora, ela estava sendo uma grande amiga. Depois, dando-lhe boa-noite e a Rafaela, segui para o meu quarto.

Sentei-me na cama, apoiei o queixo na mão direita e pensei em meus pais, que estavam enganados sobre o que acontecia à alma após a morte do corpo físico — eles e muitos outros seguidores de denominações religiosas que não acreditavam na vida após a morte.

Morrer e descobrir que em espírito se continua vivo é a coisa mais bela que existe. E, graças a Deus, não encontrei aquilo com que me fizeram acreditar que depararia depois de morta: nada de fogo no Purgatório, nem de beatitude monótona no Céu. Estava em uma colônia espiritual onde a vida como espírito é bem interessante. Aqui se respira, se alimenta, passeia, reza, chora, se emociona, estuda e tem a oportunidade de crescer espiritual e moralmente. Ou seja, algo muito mais belo e encantador do que padecer no Purgatório ou viver na ociosidade no Céu. Concluí que estava viva em espírito e ainda mais viva do que quando encarnada, pois sentia com mais intensidade meus sentimentos ao continuar com os mesmos sonhos que possuía antes de desencarnar. E era grata a Deus por depois de morta não ter encontrado aquilo com que as freiras tinham dito que minha alma depararia; preferia o que o meu espírito tinha encontrado a viver toda a eternidade ajoelhada louvando a Deus. Se isso tivesse acontecido, que graça teria minha vida depois de morta? Seria uma eterna monotonia.

CAPÍTULO 15

ESCLARECIMENTOS

Acordei ao escutar o canto de um pássaro. O sol entrava pela janela e incidia na muda de girassol. Arrumei a cama, usei o banheiro e vesti uma saia verde-cana e uma blusa creme.

Encontrei Gardênia na sala, que segurava um pano observando-o atentamente. Vendo-me, sorriu e, ao indagar se desejava o café da manhã, conduziu-me ao Salão de Refeição.

O refeitório estava meio deserto e perguntei à instrutora o motivo de estar tão vazio. Ela disse que os que precisavam de alimentos já tinham feito o desjejum e se dirigido a seus locais de trabalho. Servi-me de uma fatia de pão, suco e uma maçã.

Concluído o desjejum, regressamos para casa e Gardênia quis saber o que tinha feito com a muda de girassol. Ao saber que estava na escrivaninha do meu quarto, convidou-me para plantá-la e fui em busca da muda.

Seguimos até o pequeno canteiro de margaridas que fica embaixo da janela do meu quarto e começamos a trabalhar no canteiro. A muda de girassol foi plantada no centro dele.

Lavei as mãos na pia do banheiro e, ao descobrir que a instrutora não tinha feito o mesmo e estava com as mãos limpas, perguntei onde ela as tinha lavado, e ela respondeu que o tinha feito com a força do pensamento. Nada compreendi e, ao perceber que eu não havia entendido, Gardênia pediu que me sentasse na poltrona e explicou:

— Jaqueline, assim que a maioria dos espíritos após o término do corpo físico retorna ao mundo espiritual, continua apegada aos hábitos terrenos. E, conforme eles estudam e adquirem determinados conhecimentos, descobrem ser capazes de realizar tais hábitos utilizando a força da mente. No mundo dos espíritos, o pensamento se torna poder quando é direcionado para realizar determinada atividade. E, mediante a força da mente, os espíritos podem se higienizar, se alimentar e aprender com maior rapidez. Para isso ser possível, é necessário o espírito ter plena consciência de sua condição de desencarnado e ter se instruído no conhecimento de como usar a força do pensamento em seu benefício.

— O que explicou revela que você higienizou suas mãos com o pensamento? — perguntei, surpresa por isso ser possível.

— Fiz a higiene das mãos utilizando o poder mental emitido por meu pensamento focado em ter as mãos limpas, e elas ficaram higienizadas. Por isso, não necessitei usar uma pia como você fez.

— Explique-me como isso é possível e como faço para ser detentora desse poder mental.

— Você aprenderá como emitir esse poder mental e como plasmar o que lhe será útil em um dos cursos ofertados pela escola desta colônia, pois todo aprendizado requer dedicação às lições, que serão eficazes para reter o conhecimento do que estará estudando.

— Interessante! — exclamei. — Assim que for possível me matricularei no curso para aprender sobre o poder mental. — E, apontando para o pano que notei que ela observava com atenção, perguntei por que ela o fixava demoradamente.

— O pano a que se refere é um guardanapo que Mônica ganhou de presente. O bordado é lindo! Quem o fez certamente é uma excelente bordadeira. Ter o guardanapo em mãos me faz recordar minha mãe. Ela foi uma ótima bordadeira, cuja renda de seus bordados a auxiliou a criar os filhos.

Esta foi a primeira informação que soube da vida pessoal da minha instrutora.

— Se o guardanapo pertence a Mônica, por qual motivo ela não o deixa em seu quarto?

— Talvez não o fez porque, ao ganhar o presente, disse ter ficado feliz por descobrir a beleza do bordado e comentou que deixaria o guardanapo na sala, para o bordado encantar a visão de todos que o contemplassem. — Olhou para o guardanapo. — Ele é lindo!

Pensei ter sido essa uma boa ação de Mônica, além de ela não ser apegada às coisas.

— Gardênia, não querendo ser curiosa, você pode me dizer algo sobre sua mãe?

— Quando tive o privilégio de estar encarnada próximo de minha mãe, descobri que ela era um bom espírito e muito aprendi com ela — falou Gardênia.

— Onde sua mãe está?

— Na Terra. Reencarnou na esperança de auxiliar quem foi seu filho, meu irmão, em função de este estar sucumbindo aos vícios e erros que em vidas passadas o fizeram sofrer.

— Quando esteve reencarnada junto à sua mãe, em qual cidade brasileira você viveu?

— Goiânia, capital do estado de Goiás — ela respondeu.

— Sua mãe e seu irmão reencarnaram novamente em Goiânia?

— Ele sim. Ela reencarnou numa cidade próxima da capital goiana. — Olhou para a janela e ficou em silêncio, creio que pensando no tempo de encarnada junto à família dela.

Desejei indagar mais sobre a mãe de minha instrutora, mas, ao pensar na minha, inquiri:

— Gardênia, quando a minha mãe desencarnar, o espírito dela virá para esta colônia espiritual e nós duas poderemos ficar juntas?

Olhando-me com ternura, ela disse:

— Querida, sua mãe está sendo amparada pelo mentor espiritual dela e por outros bons espíritos que querem o bem dela. Quando desencarnar, será socorrida por seu mentor espiritual ou por outro bom espírito, da mesma forma que Demétrius a socorreu. Se ela virá para esta colônia ou para outra morada no mundo espiritual, isso só dependerá de como ela tem vivido como encarnada. Conseguir uma boa morada no plano espiritual não é difícil, é só praticar os ensinamentos e exemplos do Cristo: amar o próximo, perdoar e ser caridoso. Se sua mãe está vivendo dessa forma, como encarnada está construindo um bom tesouro que usufruirá em uma colônia espiritual quando ela desencarnar.

Fiquei refletindo no que ela disse e, caminhando até a janela, olhei para o sol, pensando em minha mãe, meu pai e Alex. Sentindo saudades dos meus familiares, indaguei-me se eles também sentiam saudades de mim. Ao sentir Gardênia tocar meu ombro esquerdo e ficar ao meu lado olhando para o sol, eu nada disse, e ela falou:

— Assim como você sente saudades de seus familiares, eles sentem o mesmo por você. Alex, seu irmão, costuma entrar no quarto que lhe pertenceu. Abraça o travesseiro que você usou e chora de saudades. Ao chorar, reza para que sua alma esteja em paz e bem no mundo espiritual.

Lágrimas silenciosas desceram por minha face ao saber da atitude do meu irmão. Retornei à poltrona e, levando as mãos aos olhos, deixei as lágrimas jorrarem, sem me importar com que minha instrutora estivesse me observando, pois saber que Alex sofria em função do meu desencarne dilacerou meu coração. Talvez não ter conhecimento de sua atitude teria sido melhor.

Senti Gardênia delicadamente retirar minhas mãos do rosto, dizendo que chorar me faria bem, porque aliviaria parte da saudade que sentia do meu irmão e dos meus pais.

Olhando-a dentro dos olhos, falei:

— Eu não tinha conhecimento de Alex me amar e se importar comigo. Se encarnada soubesse disso, não teria sido insensível ao não demonstrar o meu amor para ele e meus pais. Sofro ao saber que muito me amaram e pouco eu os amei. Gostaria de reparar esse erro, algo que não sei se será possível. Rezarei e torcerei para o meu irmão realizar seus sonhos, ser feliz e, com sua presença, alegrar os meus pais.

Gardênia tocou meu cabelo e disse:

— Lágrimas têm o poder de limpar o interior das pessoas ao colocarem para fora o que por dentro as incomoda. Suas lágrimas e a saudade por seus familiares revelam que você os amou, e não deve sofrer ao acreditar tê-los amado pouco. Você os amou e, tendo amado, é isso que importa.

Regressei à janela. Fixei o céu e, unindo as mãos em atitude de prece, rezei:

— Jesus querido e bondoso, hoje reconheço que fui ingrata por ter estado junto a uma família que me amou e cuidou de mim, e eu não os ter amado como esperavam receber meu amor. Tal ingratidão me impediu de reconhecer Vossas bênçãos por meio do amor e cuidado de minha família. Agradeço por Vós e por Deus terem me presenteado com uma boa família quando eu estive encarnada no estado de Goiás. E sou grata por estar cuidando de mim e me abençoando nesta colônia espiritual que me acolheu depois que eu morri. Sou um espírito imperfeito, que deseja trilhar o caminho do bem. Ajude-me a seguir esse caminho. E, bondoso e querido Jesus, abençoe o meu irmão Alex para que ele seja feliz e se transforme em um homem bondoso. Assim seja! Amém!

Deixei a janela e, sem fixar a instrutora, fui para meu quarto, onde atirei-me na cama e comecei a desejar a me tornar útil ao próximo, pensando que fazer caridade aos moradores daquela colônia espiritual e amá-los seria uma forma de compensar o amor que não havia demonstrado aos meus familiares. Só precisaria aprender a amar intensamente, sem esperar retribuição desse amor, e fugir do que me desviaria de amar.

Uma borboleta amarela entrou no quarto e volteou três vezes a minha cabeça, depois saiu pela janela, para onde me dirigi. Nela debruçada, fiquei olhando a borboleta pousar nas flores dos canteiros das janelas e depois voar para o jardim de outra casa. Fui ao banheiro e lavei o rosto. Em seguida, fui para o jardim e comecei a cantar enquanto tocava algumas flores e contornava a casa.

Ao chegar à porta, notei que Gardênia e Mônica me observavam. Sorri para as duas, e Mônica, ao me abraçar, disse que eu cantava bem.

Nós três entramos na casa.

CAPÍTULO 16
SOCORRISTAS

Na sala, eu, Gardênia e Mônica nos sentamos nas poltronas. A última comentou que os socorristas tinham trazido dezesseis espíritos que viviam no Umbral. Emocionada e suspirando, disse que um dos espíritos que tinham sido levados para o hospital era alguém que convivera com ela quando estava encarnada.

O modo como se expressou e falou do espírito demonstrou para mim e para a instrutora que ele significava muito para Mônica.

— Como foi o trabalho no hospital? — perguntou Gardênia.

— Alguns dos que foram trazidos pelos socorristas deram trabalho e, para ajudá-los a se acalmarem, receberam passes magnéticos e medicamentos, principalmente dois encarnados que era evangélicos. Uma jovem chorava copiosamente com saudades dos seus gêmeos, pois ela desencarnou no parto, sem conhecer os filhos. Contei uma história para ela referente aos cuidados espirituais que como mãe poderia ofertar aos filhos quando estudasse e aprendesse a ministrar tais cuidados. Ela se acalmou e adormeceu assim que deixei o hospital — disse Mônica.

— Como trabalhou em seu período livre, poderá descansar por alguns minutos ou horas, caso deseje — disse a instrutora para Mônica. Esta se levantou e foi para o quarto.

— Gardênia, o que é o Umbral? — indaguei.

— Umbral é o local para onde vai a maioria dos espíritos após o término do corpo físico, pois como encarnados não viveram conforme os ensinamentos e exemplos do Cristo. Muitos padecem sofrimentos de acordo com o que a consciência deles os faz padecer, outros vagam pelo Umbral. Cada espírito permanece em zonas de sofrimento até o momento em que reconhece seus erros, deles se arrepende e solicita o perdão de Deus — explicou Gardênia. — Uns ficam no Umbral por minutos, horas ou semanas, outros ainda por meses e anos. Enquanto permanecem no Umbral, geralmente são atormentados por espíritos maldosos e imperfeitos, que querem arrastá-los para o mal, torturando-os com o apontamento de seus erros, defeitos, pecados, imperfeições, crimes etc. Mas o seu grande atormentador é a própria consciência. Outros espíritos ficam sozinhos no Umbral em completo abandono, nada vendo nem escutando, envolvidos em seu sofrimento até se lembrar de Deus, reconhecer as faltas e solicitar o amparo divino. Para cada espírito o Umbral age de forma diferente, pois como expliquei tudo depende da consciência do espírito.

— Que triste, Gardênia! — exclamei. — Fiquei arrepiada com sua explicação, que me fez pensar no Umbral como o Purgatório. Ele é o Purgatório?

— Os que vivem no Umbral, ao serem socorridos, dão diferentes nomes para o local. Se for um espírito que encarnado acreditou na existência do Purgatório, assim que for auxiliado por um socorrista, dirá ter se libertado do Purgatório. Se for um que foi evangélico, falará que o tempo que deveria ter ficado dormindo no túmulo chegou ao fim. Outros dirão terem se livrado do Inferno. Um espírita dirá ter saído do Umbral porque quando encarnado foi informado da existência desse local no mundo dos espíritos — esclareceu a instrutora.

— Por que eu não fui para o Umbral? — perguntei, sendo grata a Deus por não ter ido para tal local de dor e sofrimento.

— Quando esteve encarnada nas cidades de Santa Rosa de Goiás e em Anápolis, não foi uma pessoa maldosa. Não prejudicou ninguém e se conformou com o que seus pais puderam lhe oferecer. Amou seus familiares ao seu modo. Praticou a caridade quando a oportunidade de praticá-la surgiu em seu caminho. Foi uma jovem religiosa, fiel aos ensinamentos recebidos no catolicismo. Perdoou quem lhe ocasionou alguma dor, sem guardar ressentimentos contra essas pessoas. Resumindo: sua vida foi simples e você a viveu de forma humilde e caridosa. Isso a auxiliou a, ao desencarnar, não necessitar ir para o Umbral.

— Não ter demonstrado o meu amor aos meus familiares não foi um erro que deveria ter me levado para o Umbral?

— Não ter demonstrado seu amor para os familiares é diferente de não os ter amado. Você os amou da sua maneira, e isso é o que importa, porque ao amá-los em silêncio se preocupou com os familiares e fez o que esteve ao seu alcance para vê-los bem e felizes. Amá-los em silêncio não seria motivo para, ao desencarnar, ter ido para o Umbral.

Pensei no que ela explicou e, mudando de assunto, perguntei:

— Demétrius é um socorrista?

— Ele é um espírito com uma evolução espiritual superior à nossa. É um grande trabalhador de Deus. Embora eu não tenha conhecimento de todo o trabalho que ele desempenha, sou ciente de que, quando lhe é possível, Demétrius vai ao Umbral socorrer alguns espíritos, trazendo-os para esta colônia espiritual ou os levando para outras.

— Quem são os socorristas e o que eles fazem?

— Os socorristas são grandes trabalhadores de Deus, do Cristo e da mãe de Jesus. Atuam no Umbral e em diversos locais da Terra, sempre atentos aos desencarnados que demonstram intenção de se arrependerem de seus erros para, quando esse arrependimento ocorrer e o pedido de socorro acontecer, imediatamente o socorro chegar até eles, que são conduzidos a uma colônia espiritual ou posto de socorro — respondeu Gardênia, que, fazendo uma pausa, voltou a falar: — Para se tornar um socorrista é necessário realizar um curso para obter os conhecimentos de como amparar diferentes espíritos, pois cada um que solicita o amparo divino necessita de diferentes cuidados, que precisam ser bem ministrados, e, para isso ser possível, o curso é essencial. Os socorristas passam muitas horas de um dia no Umbral e em determinados locais terrenos, como cemitério, hospitais e outros. Por serem espíritos dedicados a amparar quem irá solicitar socorro, muitos deles vivem mais no Umbral e em locais da Terra do que nas colônias espirituais, às quais se dirigem para trazerem os socorridos ou visitarem familiares e amigos. Trabalham muito: horas e horas de trabalho sem descanso, e, por serem grandes trabalhadores de Deus, possuem muitos bônus-hora[1], que costumam doar para quem socorrem, pois raramente os utilizam.

— Você conhece os socorristas?

— Todos não, conheço alguns, que são meus amigos e às vezes os visito em seus locais de trabalho, pois sou admiradora do trabalho deles.

---

1 Segundo o espírito André Luiz na obra *Nosso Lar*, bônus-hora é um tipo de recompensa que os espíritos recebem por horas de trabalho no mundo espiritual. (Nota da Autora Espiritual.)

— Antes de ser instrutora, Gardênia foi socorrista — falou Mônica, que havia retornado à sala sem que eu tivesse percebido e se sentado na poltrona de sua preferência.

Fixei Gardênia, que me pareceu estar distante, recordando-se de algo, e, ao sentir meu olhar, sorriu de lábios fechados e confirmou o que Mônica dissera sobre ela ter sido uma socorrista.

— Por alguns anos trabalhei com os socorristas, com eles aprendendo a ser caridosa, amorosa e compreensiva. Foi um trabalho que amei executar, o qual me ensinou o significado de estender as mãos ao próximo — mencionou Gardênia. — Apenas fazendo uma correção na fala de Mônica, eu não fui uma socorrista; sou uma socorrista, porque nunca deixamos de ser, e assim que a oportunidade surge realizo o trabalho que é comum a todos os socorristas.

A instrutora falou sobre outras atividades realizadas pelos socorristas, e o modo como se manifestava me revelou que ela sentia saudades do trabalho em que atuava só como socorrista, por tal trabalhado lhe ter feito grande bem e lhe proporcionado felicidades. Pensei em indagar-lhe por qual motivo tinha deixado o trabalho de socorrista para se tornar uma instrutora, mas, antes de fazer a indagação, Mônica convidou-me para acompanhá-la até seu quarto. Nós duas ficamos em pé e Gardênia nos imitou, falando que iria ao hospital.

CAPÍTULO 17
MÔNICA

Entrei no quarto de Mônica e me sentei na cadeira próxima à escrivaninha, enquanto ela se sentou na cama, abraçada ao urso de pelúcia. Sorri ao pensar que a cena me lembrava uma adolescente encarnada.

Mônica cruzou as pernas e olhou pela janela. Depois me fixou e disse:

— Espero que em nosso meio esteja se sentindo bem e fazendo desta casa o seu verdadeiro lar.

— Estou tentando ficar bem, o que nem sempre é fácil, porque a todo momento deparo com situações que me fazem pensar.

— Entendo o que disse porque, ao chegar ao mundo espiritual, senti o mesmo que você, mas me adaptei rápido, porque encarnada eu acreditava em vida após a morte — falou Mônica.

— Quando estava viva, você acreditava em reencarnação? — perguntei.

— Eu continuo viva e você também — ela disse sorrindo. — Encarnada, eu acreditava em vida após a morte e em reencarnação, mas meus pais me proibiram de falar sobre o assunto.

— Proibiram por quê?

— É uma longa história!

— É uma história triste ou alegre? — indaguei.

— Para uns pode ser triste, para outros, alegre. Para mim é a minha história e, sendo minha, não é uma história triste — respondeu Mônica.

— Pode me contar sua história?

— Está disposta a ouvi-la?

— Sim. Escutarei com grande atenção — respondi.

— Fui filha de um casal católico conservador. Ao nascer, já contava com dois irmãos, um de doze anos e outro com nove anos. O sonho da minha mãe era que um de seus filhos se tornasse padre e, conforme eu crescia, nossa residência era frequentada por padres e freiras, que me presenteavam com santinhos e me ensinavam algumas preces. Um dia, meu irmão mais novo falou que gostaria de ser padre. Minha mãe chorou de alegria e disse que a mãe do Cristo tinha escutado a prece dela ao escolher um de seus filhos para o sacerdócio. Conduziu-nos até o oratório e, de joelhos, repetimos a prece que ela proferia em agradecimento à santa. Após esse dia, minha mãe só tinha olhos para o filho que seria padre; eu e o outro filho fomos esquecidos. E em nossa residência tudo passou a funcionar para o ingresso do meu irmão mais novo no seminário de Anápolis. Quando isso aconteceu, meu irmão mais velho mudou-se para Goiânia. Depois de um ano, minha mãe convenceu meu pai a se mudar para Anápolis, porque ela queria ficar próxima do filho predileto. Nós nos mudamos e minha mãe me matriculou na catequese e depois na Crisma. As freiras disseram-lhe que eu tinha vocação para a vida religiosa e que no futuro seria uma excelente freira.

Mônica apertou o urso de pelúcia e, olhando para o teto, continuou:

— A partir desse dia, minha mãe não me deu sossego, vivia falando que eu deveria ingressar no convento, embora eu fosse contra, por não sentir vocação para a vida religiosa. Ela dizia que a vocação surgiria quando eu estivesse vivendo com as freiras, que tinham lhe garantido que eu possuía vocação. Falei que a opinião das freiras não me interessava e mamãe me esbofeteou dizendo que as freiras eram servas fiéis de Jesus Cristo e mulheres de Deus, por isso sabiam o que estavam falando, e que eu deveria acatar o que elas diziam a meu respeito. A bofetada me fez ficar em silêncio toda vez que ela tocava no assunto do meu ingresso no convento, o que fez mamãe acreditar que eu estava conformada em futuramente ser freira. Ela falou para o meu pai que, quando eu completasse dezoito anos, me enviaria para um convento, e o meu pai, que em tudo concordava com mamãe, não foi contra.

Ela fez uma pausa e voltou a falar:

— Após algumas semanas, meu irmão mais velho nos visitou e mamãe lhe contou quais eram os planos dela para o meu futuro. Ele disse que não me enxergava com vocação à vida religiosa e mamãe disse que a opinião dele não contava porque era um rapaz sem fé que, ao se mudar para Goiânia, tinha deixado de ser um bom católico. Ele me inquiriu sobre se eu queria ser freira e respondi negativamente. Mamãe apontou que eu só tinha quinze anos e nessa idade quem decidia o melhor para mim era ela, comentando que eu só iria opinar sobre o que fazer com minha vida aos vinte e um anos. Em vão, meu irmão tentou convencê-la de não me enviar para o convento, mas mamãe estava decidida de que eu seria freira. Ele me convidou para passar as férias escolares de julho na companhia dele em Goiânia, eu aceitei e, no dia seguinte, partimos para a capital de Goiás.

Mônica fez uma nova pausa e continuou:

— Em Goiânia, levei a vida que sempre quis usufruir. Ia para onde eu desejava e só fazia o que eu tinha vontade de realizar. Em um final de semana, fui apresentada ao irmão da namorada do meu irmão, que me convidou para participar de uma palestra religiosa. Meu irmão autorizou minha ida e segui o futuro cunhado dele acreditando que iria participar de uma palestra ministrada por algum padre ou freira, mas, ao chegar ao local da palestra, descobri que não estávamos em uma igreja católica e, ao indagar ao rapaz onde estávamos, ele disse que era em uma casa espírita kardecista, onde iríamos assistir a uma palestra espírita. A palavra "espírita" assustou-me e, receosa de que fossem evocar espíritos, levantei-me dizendo que iria embora. Educadamente, ele solicitou que eu voltasse a me sentar e que assistisse à palestra, deixando para fazer comentários quando ela terminasse. Assim fiz, e fiquei encantada com o conteúdo da palestra, que veio ao encontro do que eu acreditava sobre a vida não se findar com a morte.

Ela olhou para o teto e, em seguida, retomou a narrativa:

— Agradeci ao rapaz ter me convidado para assistir à palestra, apontando minha opinião sobre o assunto abordado pelo palestrante. Ele foi à livraria da casa espírita e comprou *O Evangelho segundo o Espiritismo*, uma das obras codificadas por Allan Kardec, e deu-me de presente. E, ao chegarmos à residência do meu irmão, lhe contei sobre a palestra e ele disse estar ciente do que eu tinha ido fazer na companhia do irmão de sua namorada, esclarecendo que ela e a família eram espíritas kardecistas. Indaguei se isso não o incomodava por ele ser católico; ele respondeu-me que não se sentia incomodado, porque cada um seguia a religião que nela se sentia bem. Fui para o quarto que me hospedava e comecei a ler o livro, devorando-o em poucos dias. Depois comprei outro livro da codificação espírita: *O Livro dos Espíritos*, lendo-o também rapidamente, porque o que ele abordava e o apontado no outro livro fizeram-me acreditar estar correta no que eu pensava sobre o que acontecia com a alma quando o corpo físico perecia. Retornei à casa espírita para escutar outras palestras, recebi passes ministrados pelos médiuns e participei de reuniões da mocidade espírita, que é um grupo de jovens espíritas. As férias terminaram e retornei para Anápolis decidida a não mais frequentar a igreja católica e tornar-me espírita.

Mônica suspirou longamente e prosseguiu:

— Minha mãe me recebeu com alegria e um caloroso abraço, mencionando ter sentido saudades. Estranhei, porque ela nunca tinha expressado afeição por mim, e, embora notasse a distância entre nós duas, eu a amava e a respeitava. Logo descobri o motivo da alegria de minha mãe: o meu irmão seminarista estava passando uns dias em nossa residência, após férias do seminário. A presença dele me trouxe alívio, porque, como a mamãe só se importava com ele, não me perturbou com a história de eu ser uma freira. Mas as férias dele terminaram e ela voltou a tocar no assunto de eu me tornar uma religiosa. Um dia, não mais suportando o assunto, falei que jamais seria uma freira, porque tinha deixado de ser católica e me tornado adepta de outra religião. Abismada, ela indagou de qual religião era adepta, esbofeteando-me várias vezes ao saber ser o Espiritismo, proibindo-me de falar dele na residência dela e exigindo que eu voltasse a ser uma católica fiel. Não mais me permitiu visitar meu irmão em Goiânia.

Fez outra pausa e continuou:

— Passadas algumas semanas, menti para minha mãe, falando ter errado em querer abandonar o catolicismo e estar decidida a ser uma freira, solicitando permissão para visitar o convento em Goiânia. Ela ficou feliz e me acompanhou na visita às freiras; para minha alegria, descobri que o convento ficava próximo da casa espírita. Não era bem um convento, mas um local onde as candidatas à vida religiosa passavam uma temporada com as freiras. Mamãe acertou com as freiras minha ida aos sábados para ficar na companhia delas. E nos sábados, após minha estadia com as freiras, dirigia-me à casa espírita para ouvir as palestras ou realizar outras atividades. Em uma de minhas idas à casa espírita, enquanto conversava com uma jovem, de repente comecei a tossir, e a tosse persistiu nos dias seguintes. Tomei remédios caseiros e a tosse desapareceu.

Fez outra pausa e prosseguiu:

— Nos outros sábados, voltei à rotina de ficar em companhia das freiras e ir à casa espírita. A tosse de vez em quando voltava a me atacar, mas não me incomodava com ela. Em uma de minhas idas à casa espírita, deparei com uma vizinha da mamãe e não me importei com esse detalhe, porque as duas raramente conversavam. Foi um erro não ter me importado, porque deveria ter me lembrado deste ensinamento do Cristo: "Não há coisa oculta que não acabe por se manifestar, nem secreta que não venha a ser descoberta"[1]. E, ao chegar em casa, encontrei minha mãe furiosa, pois a vizinha havia lhe contado onde tinha me avistado e mamãe telefonara para as freiras e havia descoberto o horário que eu sempre as deixava, após ficar na companhia delas, deduzindo que meu regresso a Anápolis deveria ser mais cedo. Ela gritou dizendo ter descoberto em meu quarto alguns livros espíritas e que os tinha queimado, berrando que a enganara com o falso interesse em ser freira para poder frequentar uma religião que não pertencia a Deus. Pediu-me que renegasse o Espiritismo e nunca mais colocasse os pés em uma casa espírita. Fui contra, e ela, alucinada, berrou que os mandamentos de Deus determinavam que os filhos deviam honrar o pai e a mãe, e que eu a honraria sendo uma filha obediente ao realizar o que

---

1 Lucas 8,17. (Nota da Autora Espiritual.)

ela sabia ser o melhor para o meu futuro: tornar-me freira. Papai pediu-me que obedecesse minha mãe e eu fiquei em silêncio.

Mônica olhou para a janela e, voltando a me fixar, falou:

— Mamãe passou a me acompanhar quando aos sábados, contra minha vontade, eu era obrigada a ficar na companhia das freiras, o que me impossibilitou ir à casa espírita. Em um desses sábados, enquanto estava com as freiras, a antiga tosse retornou e comecei a sentir tonturas. Em Anápolis, fui levada a um médico, que sem me examinar disse que eu tinha contraído um resfriado e receitou um xarope, que amenizou a tosse. Na véspera de uma nova visita às freiras, passei mal, mas minha mãe levou-me mesmo assim. Eu desmaiei enquanto estava com as freiras e, ao recobrar a consciência, descobri que minha mãe não tinha me levado a um hospital por não acreditar que eu estivesse doente; ela me levara para casa. Atirei-me em minha cama, e no dia seguinte não consegui levantar dela, sentia-me muito fraca. Mamãe disse que eu tinha inventado a doença para evitar ir a Goiânia ficar com as freiras; deu-me chá e comprimidos. À noite, comecei a suar bastante e desmaiei. Papai me levou ao hospital e os médicos diagnosticaram que eu estava com tuberculose em estado avançado, mencionando nada poderem fazer por minha saúde e que eu teria pouco tempo de vida. Abraçando-me, mamãe chorou pedindo perdão por não ter acreditado que eu estivesse doente e também por não ter sido uma boa mãe ao desrespeitar meu desejo de seguir outra religião. Eu a perdoei e disse que muito a amava. Papai tocou meus cabelos e, ao avistar lágrimas descendo por sua face, pedi-lhe que não chorasse, porque meu corpo físico iria perecer, mas eu continuaria viva em espírito, vivendo em colônia espiritual ao lado de bons espíritos.

Suspirou lentamente, creio que pensando no que tinha acontecido, e continuou:

— No hospital, eu enfraquecia aos poucos. Certa tarde, um padre apareceu e me ministrou a extrema-unção[2]. Mamãe segurou minha mão direita enquanto o padre rezava. Minha visão escureceu e não mais os avistei. Senti uma forte dor e desencarnei, acordando no hospital espiritual com Gardênia segurando uma de minhas mãos. Dormi algumas horas e, ao despertar, Gardênia explicou que eu tinha desencarnado e me deu as boas-vindas ao mundo espiritual. Após alguns dias, ela me trouxe para esta casa, onde passei a viver na companhia dela. Após algumas semanas do meu desencarne, estive na residência dos meus pais com Gardênia e descobri que minha mãe estava indo à casa espírita que eu frequentava quando ia para Goiânia. Aqui no Plano Espiritual, eu me matriculei nos cursos da colônia, que bem me ensinaram a viver como desencarnada. Amo a colônia e meu desejo é praticar o bem. Esta é a minha história — concluiu.

— É uma história triste! E, embora seja triste, é uma bonita história! — exclamei.

Mônica deu um sorrisinho e falou:

— Meu desejo é que nesta colônia espiritual você possa ser tão feliz quanto eu sou.

— Vou me esforçar para ser feliz. Se serei o quanto você é, só o tempo dirá — respondi.

Escutamos uma batidinha na porta. Mônica em alta voz disse que a pessoa poderia entrar, e Gardênia entrou no quarto, falando ter chegado o horário do almoço.

Mônica contou que visitaria os jovens que haviam chegado ao hospital, trazidos pelos socorristas.

Enquanto me dirigia ao Salão de Refeição, perguntei a Gardênia como Mônica se alimentava e fui informada de que ela possuía outra forma de se alimentar: absorvia os alimentos da atmosfera e da natureza. Comentei que nada tinha entendido, e minha instrutora explicou que muitos espíritos não

---

2 Sacramento católico ministrado aos enfermos antes de eles desencarnarem. (Nota da Autora Espiritual.)

precisavam dos mesmos alimentos de que eu necessitava, pois retiravam sua alimentação da atmosfera e da natureza. Faziam isso recolhendo os fluidos que delas emanavam, e estes os saciavam, garantindo-lhes as energias necessárias ao seu bem-estar. Mônica tinha aprendido a técnica da absorção e só consumia os alimentos de que eu ainda necessitava quando raramente sentia necessidade da energia deles. Ela falou que na colônia existia um curso que ensinava como se alimentar através da absorção dos fluidos da atmosfera e da natureza. Poucos eram os que no curso se matriculavam, porque cada um era livre para se matricular no curso que julgava ser eficaz à sua vida.

Falei que na colônia deveriam existir cursos para ensinar tudo o que os espíritos necessitassem aprender. Gardênia apontou que os cursos eram caminhos para auxiliar os que neles se matriculavam e os concluíam, cabendo a cada espírito colocar em prática o que aprendera nos diferentes cursos que frequentara.

Ao chegar ao Salão de Refeição, Gardênia levou-me a uma mesa onde Rafaela já estava sentada e se retirou.

Sentei e almocei pensando na história de Mônica.

Ao concluir a refeição, regressei para casa acompanhada de Rafaela. Usei o banheiro e, em seguida, sentei-me à escrivaninha. Abri a gaveta, apanhei o meu diário e a caneta, e comecei a escrever a história de Mônica.

CAPÍTULO 18
ESTUDANDO

Escrevia quando Gardênia, ao bater na porta do quarto, recebeu permissão para entrar e falou que eu tinha recebido uma visita. Ao notar o olhar que direcionou ao diário, disse estar escrevendo a história de Mônica. A instrutora indagou se eu gostava de escrever e respondi afirmativamente.

— Além da história de Mônica, poderá escrever o que tem lhe acontecido desde que chegou ao mundo espiritual — disse Gardênia, e falei que já estava fazendo isso. Ela comentou que, sem que eu percebesse, já treinava para uma de minhas futuras missões. Sem me preocupar com que missão seria, inquiri quem era a visita.

— Demétrius a aguarda na sala — falou a instrutora, e recordei que ele tinha comentado sobre a visita. Passei a mão nos cabelos e olhei-me, tentando descobrir se estava apresentável. Gardênia sorriu, falando que eu não necessitava ficar bela para conversar com Demétrius, e juntas fomos para a sala.

Meu orientador conversava com Rafaela e, ao nos ver, ficou em pé e nos cumprimentou. Falou para Gardênia que me levaria até o Jardim Central da colônia e não demoraríamos a regressar. Segui com ele para o jardim.

Sentada em um dos bancos do Jardim Central ao lado de Demétrius, me senti deslocada porque estava acostumada a conversar com Gardênia, não com ele.

— Tem gostado de sua estadia nesta colônia espiritual? — indagou o orientador.

— Estou gostando de viver nesta colônia. Grata por ter me trazido para este local.

— Quem a trouxe para esta colônia espiritual foram suas boas ações praticadas em sua última existência terrena.

— Se não tivesse praticado essas boas ações, teria ido para o Umbral? — perguntei.

— Se não as tivesse praticado, após seu desencarne teria ido para o Umbral caso estivesse em sintonia com os espíritos que vivem naquele local. Não foi porque a caridade que praticou para o próximo lhe garantiu uma morada na Colônia Bom Jardim. Ao ser caridosa, também praticou a caridade ao Mestre Jesus, que se faz presente nos que sofrem — disse Demétrius.

— Se a caridade garante uma morada no mundo espiritual, por que poucos encarnados a praticam?

— Porque muitos encarnados ainda estão aprisionados em seu egoísmo, orgulho e vaidade, só satisfazendo as próprias necessidades, esquecendo que ao seu redor alguém precisa de um gesto caridoso, preocupando-se em acumular bens ao serem incapazes de se desprender de algo em benefício de um irmão necessitado. Vivem aprisionados em seus prazeres físicos, cometendo danos a si próprios, e ao viverem desse modo não enxergam os necessitados. Estes muitas vezes só precisam de um olhar compassivo e uma palavra amiga que lhes leve conforto, não os recebendo, porque quem não exerce a caridade vive de olhos fechados para os outros, enxergando apenas as próprias necessidades e com elas se importando. É por isso que são poucos os encarnados que praticam a caridade visando o bem-estar do próximo — esclareceu Demétrius.

— Os que não são caridosos um dia conseguirão praticar a caridade? — inquiri, sendo ciente de que pouco tinha sido caridosa e teria de com maior frequência praticar a caridade.

— Sempre surgirá no caminho de alguém a ocasião de ser caridoso, porque, conforme o Mestre Jesus apontou: "Pobres sempre tereis e, quando quiserdes, podeis fazer-lhes o bem"[1]. Se por acaso deixar passar as ocasiões de ser caridoso, poderá em futura reencarnação necessitar de uma caridade e não a encontrar.

Fixei Demétrius pensando que, semelhantemente a Gardênia, ele é sábio.

— Jaqueline, como já deve estar ciente, sua matrícula foi realizada em um curso sobre o mundo espiritual. Este curso lhe será benéfico e espero sua dedicação a ele para reter os conhecimentos que a ensinarão a viver como espírito, bem como o que é importante saber sobre o mundo espiritual.

— Farei um curso sobre o mundo espiritual? — indaguei.

— Sim.

— Gostaria de me matricular em outro curso. É possível?

— No futuro, será. Mas, no momento, frequentará aquele no qual está matriculada, pois os espíritos recém-chegados à colônia sempre o cursam. É um bom curso, e as aulas de literatura prenderão sua atenção e mediante elas aprenderá mais rápido os conteúdos ministrados no curso — esclareceu Demétrius.

---

1 Marcos 14,7. (Nota da Autora Espiritual.)

— Fiquei sabendo que estudarei literatura espírita. O que se estuda nessa literatura?

— Os autores espíritas e os livros que eles escreveram — respondeu Demétrius, esforçando-se para não sorrir.

— O que os autores espíritas escreveram? — quis saber.

— Irá descobrir nas aulas de literatura espírita.

— Sou obrigada a frequentar esse curso? — perguntei.

— Aqui e em outras colônias espirituais nenhum espírito é obrigado a fazer nada. Seus orientadores e instrutores o direcionam ao que lhe será benéfico, ficando a critério do espírito aceitar ou não os direcionamentos. Nesse sentido, você é livre para frequentar ou não o curso sobre o mundo espiritual. Se não quiser cursá-lo, é só mencionar isso. Se o cursar, se instruirá sobre o mundo espiritual e os seus habitantes.

— Por qual motivo necessito ser instruída sobre esse mundo? Quando viva, ou melhor, encarnada, eu nem imaginava que tal mundo existisse.

— Você o imaginava crendo que ele tivesse outro nome. Prova disso é que rezou promessas católicas na esperança de ser bem acolhida no mundo espiritual e, se rezou...

— Eu rezei essas promessas para quando morresse minha alma poder viver no Céu, junto de Deus, do Cristo e de Nossa Senhora da Abadia — falei interrompendo-o. — Não fiz as promessas para viver no mundo espiritual na companhia de espíritos, algo que eu jamais faria, porque tenho pavor de almas, e, se tenho, nunca rezaria para viver no meio delas.

— Seu espírito não está no Céu junto de Deus, do Mestre Jesus nem da mãe de Jesus. Ele está no mundo espiritual, vivendo na Colônia Bom Jardim, sendo bem cuidado por bondosos espíritos, não por almas, que querem o seu bem — disse Demétrius. — O curso sobre o mundo espiritual lhe ensinará que viver como espírito é diferente de viver como encarnado. Esse curso lhe dará boas instruções sobre como continuar praticando a caridade, bem como a instruirá a respeito de como ter êxito em suas futuras missões. Estudando as obras codificadas por Allan Kardec, terá contato com a Doutrina dos Espíritos, o que contribuirá para compreender o funcionamento do mundo espiritual.

O que ele disse foi suficiente para eu me convencer de que deveria frequentar o curso e, olhando para algumas flores, falei que me dedicaria ao curso tal como tinha me dedicado aos estudos quando estava encarnada.

— Assim que concluir o curso sobre o mundo espiritual, juntos veremos a possibilidade de você se matricular nos cursos que deseja frequentar — ele disse, esboçando um sorriso ao pousar sua mão na minha mão direita; rapidamente, puxei a mão, abaixando a cabeça. Por fisicamente ele ser lindo, receava pensar o que não deveria se a mão dele continuasse pousada na minha.

Demétrius deu algumas dicas a respeito da vida no mundo espiritual e nos levantamos, seguindo para onde eu resido. Ao chegarmos, ele desejou-me sorte no curso e, despedindo-se de mim e de Gardênia, partiu.

No dia em que o curso se iniciou, Gardênia conduziu-me até a escola e recebi da secretária Emanuela um material escolar que seria usado durante o curso. Minha instrutora levou-me até a sala de aula e, após trocar rápidas palavras com o professor, partiu.

Sentei-me numa carteira confortável e, ao observar a sala, descobri sermos dez alunos: seis do sexo feminino e quatro do sexo masculino.

O professor, um homem alto e moreno, aparentando 36 anos, apresentou-se dizendo se chamar Marcos e iniciou a aula perguntando se todos estávamos conscientes do nosso desencarne.

Beatriz, uma loira de uns dezessete anos, falou que a senhora que a instruía lhe explicara que ela tinha desencarnado, mas não queria estar morta e, não querendo, não desejava estar consciente do desencarne, porque o que mais almejava era concluir com rapidez o curso e reencarnar na

Terra, pois gostava da vida que tinha e a queria de volta, ou uma vida semelhante àquela.

O professor nada mencionou sobre o comentário de Beatriz e, ao apertar um botão em sua mesa, surgiram em uma tela que substituía o quadro-negro imagens de cinco livros: *O Livro dos Espíritos, O Livro dos Médiuns, O Evangelho segundo o Espiritismo, O Céu e o Inferno e A Gênese*. O título do penúltimo despertou meu interesse em lê-lo.

— Estes são os cinco livros que Kardec codificou e que fundamentam a Doutrina dos Espíritos — disse o professor, indagando se quando encarnados tínhamos lido e estudado os livros. Uma senhora de uns sessenta anos e Juliano, um rapaz que aparentava ter uns dezenove anos, falaram que haviam estudado os livros.

O professor nos entregou um exemplar de *O Evangelho segundo o Espiritismo*, solicitando que fosse aberto na Introdução, e começou a explicá-la. De início, sua explicação não prendeu minha atenção, mas, conforme ele foi aprofundando o que explicava, dei-me conta de ser interessante o que estava abordando na aula e comecei a escrever o que considerei que deveria ser anotado.

Marcos nos conduziu à biblioteca e recebemos nossas carteirinhas de associados. Descobri que na minha já constava o nome do livro que havia emprestado e o que o professor nos entregara durante a aula. Ele nos indicou quais páginas deveríamos ler em casa, e era para anotar as dúvidas, que ele as elucidaria na próxima aula. Ao deixar a biblioteca, segui para casa.

Após dois meses, constatei que somente eu e Juliano éramos os mais dedicados aos estudos do curso. Este, por ser integral, ocupava o meu tempo diurno. À noite, em casa, dedicava-me à leitura das obras que eram estudadas no curso. Gardênia e até Juliano esclareciam algumas de minhas dúvidas, as mais complexas sendo elucidadas pelo professor Marcos. Acabei gostando de estudar sobre o mundo espiritual e as obras da codificação espírita, pois ajudavam em minha adaptação no mundo dos espíritos, bem como a começar a entender a Doutrina dos Espíritos.

No curso, estudamos sobre a mediunidade e fiquei encantada em saber que os médiuns encarnados, por meio de suas diferentes faculdades mediúnicas, amparavam e auxiliavam os desencarnados e os encarnados. Alguns desses médiuns realizavam trabalhos voluntários em obras sociais.

Quando começamos a ler e estudar os romances espíritas, me apaixonei pelo curso. Ao concluir a leitura de *Nosso Lar* e *Renúncia*[2], compreendi o que o espírito André Luiz vivenciou após seu desencarne e pensei que necessitava seguir os exemplos de Alcione.

O romance *Desapego*[3] narrou a mais bela história que eu já li. Lágrimas marejaram meus olhos ao ter contato com os belíssimos exemplos de desapego do anjo Lugiel, que reencarnado demonstrou que amar e ser desapegado são dois caminhos para conquistar o crescimento moral e espiritual. A forma como ele viveu revela para os que ainda não atingiram a evolução angelical que se imitarmos os seus exemplos conseguiremos ser melhores para nós mesmos e para os outros.

No curso, só estudamos cinco romances de diferentes autores espirituais. O professor Marcos, ao notar o meu interesse e de Juliano nos romances, informou que existia uma colônia espiritual de estudos focada na literatura. Nela se ministravam cursos sobre o assunto. Indaguei o nome da colônia e o escrevi em meu caderno para futuramente conhecê-la ou nela frequentar um curso.

Estudamos as obras da codificação espírita, que, por trazerem assuntos filosóficos, o estudo era complicado e chato, mas importante para se entender a Doutrina dos Espíritos. Encarnada, nunca gostei de estudar filosofia e, desencarnada,

---

2 Psicografados por Francisco Cândido Xavier, *Nosso Lar* foi ditado por André Luiz e *Renúncia*, por Emmanuel.
3 *Desapego* foi ditado pelo espírito Demétrius e psicografado por Roberto Diógenes.

descobri também não gostar, mesmo assim me dediquei ao estudo porque desejava concluir o curso.

Minha instrutora costumava aparecer na escola para averiguar como eu estava me saindo no curso. E este seguiu seu ritmo. De tão focada nos estudos, nem me dei conta dos seis meses que se passaram e de o curso ter chegado ao fim.

Durante a formatura, os alunos receberam diplomas e livros do professor Marcos. Eu e Juliano ganhamos exemplares do romance *Desapego*, com a recomendação de bem cuidarmos do livro, porque raríssimos eram os exemplares no mundo espiritual. Nossos exemplares haviam sido doados por Demétrius, o autor espiritual.

Após a formatura, tive uma semana de férias, que usufruí na biblioteca lendo os livros de meu interesse. Uma tarde, quando estava na biblioteca, Gardênia e Demétrius foram ao meu encontro e me convidaram para caminhar com os dois no jardim da escola. Assim fizemos, e, ao nos sentarmos em um dos bancos, Demétrius indagou:

— Jaqueline, gostou do curso sobre o mundo espiritual?

— Amei o curso — respondi.

Ele esboçou um sorriso e pediu-me que falasse do que eu havia aprendido. Em poucas palavras, apontei os conhecimentos adquiridos.

— Parabéns! Seu apontamento revela que muito se dedicou ao curso, cujo conhecimento nele adquirido futuramente lhe será útil — disse Demétrius, me abraçando e recomendando que fosse dedicada também em outros cursos que frequentaria.

Fiquei emocionada ao saber que ele tinha reconhecido minha dedicação ao curso.

— Está disposta a frequentar três novos cursos?

— Três? — indaguei, pensando que seria complicado frequentar ao mesmo tempo três cursos.

— Um curso será no matutino e dois no vespertino — disse Gardênia.

— Não sei se conseguirei dedicar-me aos estudos de três cursos — falei.

— Você é estudiosa e esforçada, o que a ajudará a se dedicar aos estudos dos três cursos. Um deles você só frequentará após ter concluído o curso anterior — proferiu Demétrius.

Não soube o que dizer, por não me considerar estudiosa nem esforçada.

— No matutino frequentará o curso de Auxiliar de Enfermagem, que durará oito meses — disse Demétrius. — No vespertino iniciará um curso que lhe ensinará a volitar, com duração de quatro meses. Ao concluí-lo, frequentará um curso de curta duração, que lhe ensinará como se comportar quando estiver em contato com os encarnados. O que aprenderá nos três cursos lhe será útil em suas futuras missões. Deseja cursá-los ou tenciona frequentar cursos que sejam do seu interesse?

— Se um deles só frequentarei após ter concluído o outro, cursarei os três que você apontou serem úteis ao meu futuro. Quando iniciarei os dois primeiros cursos? — indaguei.

— Após realizarmos sua matrícula neles — respondeu Gardênia, que, ao lado de Demétrius, me conduziu até a secretaria da escola. Assim, fui matriculada nos três cursos.

Seguimos para onde eu moro, e Demétrius fez uma prece solicitando ao Cristo que me abençoasse durante minha permanência nos cursos para eu bem assimilar o que neles estudaria. Após se despedir, ele partiu.

Falei para minha instrutora que acreditava que meu orientador rezava demais, e ela apontou que a prece é um hábito de Demétrius; que aonde ele ia sempre rezava solicitando bênçãos para os que estavam ao seu redor. Ela disse que já tinha perguntado a ele o motivo de viver rezando e dele escutara que "uma prece feita com o coração pode mudar o rumo de nossa vida"[4].

---

4 No livro *Lições para uma vida feliz*, com psicografia de Roberto Diógenes e autoria espiritual de Demétrius, este fala brilhantemente sobre a prece e outros temas edificantes. (Nota da Autora Espiritual.)

Fui para meu quarto e nele pensei que deveria rezar um pouco mais.

No dia seguinte, cedo me dirigi à escola, descobrindo que o curso de Auxiliar de Enfermagem contaria com seis alunos e quatro professores: dois ministrariam aulas teóricas, e dois, aulas práticas. Esse curso, desde o primeiro dia de aula, prendeu minha atenção, porque encarnada sonhava em ser enfermeira, e o curso no mundo espiritual seria o início para futuramente eu cursar Enfermagem. Dediquei-me muito aos estudos do curso de Auxiliar de Enfermagem.

O curso que me ensinaria a volitar no início me trouxe algumas dificuldades por ser composto somente de aulas práticas. Tais dificuldades se davam porque encarnada nunca imaginei que espíritos volitavam. Mas, conforme as aulas seguiram seu ritmo, fui me adaptando ao curso e, com o auxílio de Mônica, que em casa me ajudava a realizar os exercícios do curso, aos poucos fui adquirindo o conhecimento para volitar.

Levei três semanas para me adaptar ao ritmo dos dois cursos. À noite, no meu quarto, por duas horas revisava o que tinha estudado nos cursos. Depois me envolvia em outras atividades.

No curso de Auxiliar de Enfermagem aprendia como cuidar dos enfermos desencarnados, especialmente de crianças e adolescentes. O curso possuía a disciplina Psicologia Hospitalar, que ensinava sobre as doenças da alma, porque muitos enfermos chegavam ao hospital carregando enfermidades na alma. Estudei e aprendi a importância do passe magnético para o equilíbrio emocional dos pacientes, aprendendo a ministrá-lo. As aulas práticas do curso requeriam muita atenção em função de vários serem os detalhes que os professores repassavam aos alunos. Estes, sendo somente seis, recebiam grande atenção dos professores, que se empenhavam para os alunos aprenderem o que eles ensinavam.

Envolvida nos estudos dos dois cursos, foi com surpresa que descobri terem se findado os quatro meses do curso que me ensinou a volitar para outros locais espirituais e da colônia para a Terra. Foi um curso que, conforme falei a Demétrius, não despertou muito o meu interesse, e o orientador comentou que eu descobriria no futuro que o curso era importante para a realização de minhas missões e que não demoraria a ter conhecimento delas. Ele me recomendou que permanecesse dedicada ao curso de Auxiliar de Enfermagem e ao novo que cursaria.

Na nova semana, no vespertino, iniciei o curso que me ajudaria a saber como me comportar junto aos encarnados. A turma desse curso tinha cinco alunos e era regida pela professora Adalgisa, uma senhora que falava pausadamente e demonstrava ter experiência no assunto abordado no curso. Sua didática fazia os alunos se interessarem pelo que explicava. Com ela, os alunos aprendiam o que deviam ou não praticar quando estivessem em contato com os encarnados na Terra e, quando em desdobramento, alguns encarnados estivessem na colônia espiritual. Um dos alunos era Juliano, com quem tinha feito o curso sobre o mundo espiritual. Como ele era muito estudioso e dedicado ao que fazia, incentivou-me a me dedicar aos estudos do curso. Encarnado, ele tinha sido espírita, o que facilitava seus conhecimentos sobre o mundo espiritual – algo que aproveitei para com ele solucionar algumas dúvidas desse novo curso.

Por durar apenas dois meses, o curso passou rápido e logo me formei nele, o que foi importante, porque, além de saber como me comportar junto aos encarnados, aprendi a atravessar os objetos sólidos dos encarnados, algo que me ajudaria a não ter problemas para atravessar portas, paredes etc. Também aprendi como lidar com meu estado emocional para impedi-lo de afetar os médiuns quando tivesse contato com algum.

Concluído o curso, Gardênia e Demétrius me deram uma semana de folga no vespertino, e na nova semana nesse horário começaria o estágio do curso de Auxiliar de Enfermagem. Usaria a folga para realizar atividades que me davam prazer, entre elas, visitar Abimael no educandário, porque meus horários de recreio não coincidiam com os recreios dele, e eu estava com saudades do garoto indígena.

CAPÍTULO 19

ABIMAEL E GUILHERME

Ao chegarmos ao educandário, um edifício de três andares, eu e Gardênia fomos recebidas por Shirley e Fernando, diretores do local. Ela era uma senhora de cinquenta anos; ele, um rapaz de 28. Convidaram-me para conhecer o educandário e eu os segui.

Os três andares do edifício eram formados por seções que comportavam recém-nascidos desencarnados horas após o parto, bebês, crianças e adolescentes de diferentes idades. Escutei um chorinho de bebê onde eles estavam e avistei duas senhoras e uma moça cuidando deles. Toquei o queixinho de um deles, que sorriu, e eu achei uma gracinha.

Na seção que abrigava crianças de um a seis anos existia uma sala com brinquedos onde uma menininha montava um quebra-cabeça, uma sala de recreação com almofadas no piso e um transmissor na parede, e uma sala de aula em que uma professora ensinava as crianças a ler e escrever.

— As crianças estudam no educandário? — questionei.

— Aqui estudam as que têm até seis anos. As outras estudam na escola para aos poucos se tornarem responsáveis por seus estudos. Geralmente, seguem acompanhadas pelos adolescentes, o que ajuda a criar laços amigáveis — explicou Shirley.

Outra seção do edifício comportava crianças de sete a onze anos, e a última seção abrigava adolescentes de doze a quinze anos. Nessa seção avistei Abimael em uma sala de jogos, concentrado em uma partida de xadrez. Ao seu redor, adolescentes torciam para ele vencer a partida e, junto ao outro competidor, outros adolescentes torciam por ele. Abimael estava tão concentrado no jogo que não percebeu minha chegada com Gardênia e os diretores do educandário.

De repente, o garoto que competia com Abimael gritou entusiasmado:

— Xeque-mate! Ganhei! Ganhei! — Pulou, feliz e comemorando a vitória, e sua torcida também comemorou.

— Parabéns pela vitória, Guilherme! — felicitou Abimael. — Você é excelente no xadrez, por isso venceu a partida. — Abraçou o garoto, demonstrando ter ficado feliz com a vitória dele.

— Se hoje sou um bom jogador de xadrez, devo isso a você, Abimael, que teve paciência para me ensinar as regras do jogo e ensinou-me a jogar. Você é um grande amigo! — exclamou Guilherme, abraçando o garoto indígena.

— Em comemoração à vitória de Guilherme, vamos tomar um suco — disse Shirley, e os adolescentes viraram em nossa direção, dando-se conta de que estávamos na sala de jogos.

Abimael me cumprimentou e a Gardênia, e o abracei com carinho. Segurando minha mão direita, ele me apresentou:

— Esta é a minha amiga Jaqueline! É aquela jovem que comentei que acreditava estar em um pesadelo quando desencarnou. — Sorriu e os demais também sorriram, inclusive eu.

— Oi, Jaqueline! Bem-vinda ao educandário! — disseram todos em uníssono.

Disse oi para eles e alguns me abraçaram falando o nome deles. Todos foram educados e simpáticos comigo, e pensei que Shirley e Fernando os educavam muito bem.

Fomos até o refeitório e nos serviram suco de abacaxi.

— Em função de o Guilherme ter sido o primeiro a vencer Abimael no xadrez, as atividades da tarde estão suspensas. Quem desejar pode jogar futebol — falou Fernando, e os adolescentes comemoraram e se ausentaram do refeitório.

— Gostaria de assistir o futebol em minha companhia? — indagou Abimael, e eu concordei.

Os diretores me deixaram aos cuidados de Abimael e, junto com Gardênia, seguiram para outro local do educandário.

Eu e Abimael subimos uma escada de madeira e paramos na frente de um quarto de número dezesseis. Ele deu uma batidinha na porta e uma voz lá dentro do quarto pediu para aguardar. Após dois minutos, a porta se abriu e dois garotos usando uniformes esportivos deixaram o quarto e se dirigiram à escada. Eu e Abimael entramos no quarto e notamos que nele existiam quatro camas. Próximo a elas havia pequenos armários. Ele apontou-me sua cama, bem organizada, e seu armário, dele pegando um porta-retratos que me entregou dizendo ser de seus familiares encarnados. Após analisar a fotografia, perguntei:

— Sente saudades de sua família?

— Sinto, mas, quando se trabalha a saudade, ela não machuca, se torna agradável, porque nos faz recordar os bons momentos vividos com quem nos é especial. Todo dia rezo na intenção dos familiares de minhas vidas passadas, pedindo ao bondoso Mestre Jesus que os abençoe com o que for necessário à felicidade e ao bem deles.

O modo como se expressou me fez ter certeza de que realmente rezava pelos familiares e, sabendo que em uma de minhas vidas passadas pertenci ao seu núcleo familiar, o abracei carinhosamente e beijei sua fronte, por saber que alguém rezava em minha intenção. Falei:

— Tenho grande carinho por você. E sou grata por ter ficado comigo após meu desencarne, pois demonstrou que gostava de mim e se importava comigo. — Abracei-o novamente.

— Eu também lhe tenho carinho e gosto de você! — exclamou ele com olhos cheios de lágrimas, convidando-me para assistir ao jogo de futebol.

Acompanhei-o em direção ao campo e em uma sala de recreação vi uma jovem escutando uma música e dançando. Ela abaixou o volume da música e nos cumprimentou. Depois colocou um fone no ouvido e voltou a cantar e dançar. Segui Abimael por um corredor que ele disse conduzir à seção das garotas. Depois chegamos a um belo jardim, com rosas e plantas floridas, bancos e uma fonte. Próximo ao jardim tinha um campo de futebol, uma quadra de esportes e um parquinho para crianças.

Abimael comentou que a maioria dos garotos do educandário preferia jogar no campo de futebol da escola, que era maior do que o do educandário e sempre existiam jogadores. Sentamos em um banco próximo do campo de futebol e observamos a partida. Garotos e garotas jogavam juntos, sem discutirem com as jogadas erradas na partida. Notando que uma garota jogava muito bem, falei:

— Abimael, não entendo muito de futebol, mas para mim aquela garota — apontei ela — joga melhor que os garotos.

— É a Suzana. Ela joga melhor do que todos no educandário.

— Os garotos não ficam ressentidos por uma menina jogar melhor do que eles? — inquiri.

— Logo que ela começou a jogar, alguns garotos ficaram chateados por ela ser melhor no futebol e o entender melhor do que nós. Houve pequenos desentendimentos sobre esse assunto, mas a tia Shirley, o Fernando e o Demétrius nos fizeram perceber quanto era vantajoso jogar com ela e aprender o que ela sabe sobre futebol. Os desentendimentos desapareceram e passamos a comemorar quando ela fazia um gol, cuja comemoração era maior se ela fosse do seu time — ele falou sorrindo.

Voltei a observar o jogo e, ao notar que Guilherme demonstrava estar bem feliz enquanto jogava, indaguei:

— Você não ficou ressentido por Guilherme ter sido o primeiro a vencê-lo no xadrez?

Fixando Guilherme de uma forma que, conforme percebi, mostrava que estava feliz pela alegria do garoto, disse:

— Eu jamais me ressentiria com algo que causou felicidade a um amigo. — Apontou para Guilherme. — Há dias andava preocupado com ele, pois, desde que desencarnou, nada o fazia ficar feliz, apenas se lamentava por ter desencarnado, dizendo sentir muita saudade dos familiares encarnados. Ele foi filho único e nutre grande amor pelo pai, chamando-o constantemente. Na Terra, seu pai também o chama, algo que não é bom para Guilherme, que desencarnou há quatro meses, e, embora eu e os outros tentássemos alegrá-lo, ele só vivia triste. Todos, inclusive tia Shirley e Fernando, lhe doamos nossa atenção, carinho e amor fraterno, nos empenhando para vê-lo feliz, mas ele rejeitava tudo, sempre pedindo para ser levado até o lar dos pais encarnados. Devido ao seu estado, não foi autorizada a visita à família. Ao saber disso, passou a nos evitar, não falava com ninguém e sozinho vivia chorando.

Fez uma pausa e continuou:

— Um dia, ao encontrá-lo chorando, fiquei comovido e decidi fazer algo para ajudá-lo. Contei a Demétrius o que pretendia fazer para alegrá-lo e ele me levou até tia Shirley e Fernando, para deixá-los cientes do que eu pretendia executar para auxiliar Guilherme. Os três aprovaram o que eu praticaria em favor de Guilherme, e, no dia em que ele iniciaria as aulas, durante a caminhada para a escola, disse que não queria estudar porque estava "morto", e, estando assim, não precisava de escola; só queria ir para sua casa. Depois de falar isso, regressou correndo para o educandário. Corri atrás dele, pensando que seria a primeira vez que faltaria às aulas, mas, sendo aquele um bom motivo, não me preocupei com a falta. Ao alcançá-lo, pacientemente o escutei se lamentar da dor de estar distante dos familiares enquanto chorava.

Fez outra pausa e falou:

— Cessado o choro, disse-lhe que eu também sentia saudades dos meus familiares encarnados, mas não vivia sofrendo nem chorando, porque, quando a saudade chegava, eu praticava o que encarnado realizava junto ao meu pai, e isso me deixava feliz por saber estar executando o que me fazia sentir bem na companhia dele. Assim, relembrava tudo de bom que juntos fizemos pelo bem do outro. Guilherme perguntou o que eu gostava de fazer na companhia do meu pai e falei que era tomar banho de cachoeira e ficarmos sentados em uma pedra com os pés dentro da água, observando a natureza, enquanto o papai imitava o canto dos pássaros e falava sobre quanto Deus havia sido bondoso para todos da nossa aldeia. Contei a Guilherme que meu pai era adepto da religião dos padres, o catolicismo, e vivia falando sobre serem imensos o amor e a bondade que Deus tinha para com todos os seus filhos.

Após nova pausa, prosseguiu:

— Guilherme me falou que o que eu fazia para recordar meu pai era algo gostoso de se executar, comentando que devíamos ter sido grandes amigos. Disse-lhe que ainda éramos bons amigos, porque o fato de eu ter desencarnado não havia feito desaparecer a nossa amizade; continuávamos amigos porque o amor que nutria pelo meu pai continuava presente comigo, ele não havia desaparecido só porque eu tinha desencarnado. Contei a ele que, quando era autorizado a visitar minha família encarnada e encontrava meu pai sentado na pedra da cachoeira, me sentava ao seu lado e, após escutá-lo imitar os pássaros, regressava feliz para a colônia espiritual e o educandário, onde rezava agradecendo ao bondoso Mestre Jesus ter me abençoado com a visita aos meus familiares encarnados. — Olhou-me e continuou: — Ao chegarmos ao educandário, descobri que Guilherme tinha se interessado pelo que lhe contei. Sentamo-nos neste banco e ele me indagou sobre o que precisava fazer para Jesus ser bonzinho com ele e abençoá-lo com uma visita à sua família. Disse-lhe que necessitava parar de viver chorando e se lamentando por causa do desencarne; que devia passar a se interessar pelo que de bom o educandário lhe oferecia. Falei para executar o que mais gostava de fazer junto ao pai encarnado. Se fizesse isso, a saudade pararia de feri-lo, porque estaria se recordando de algo feliz realizado na companhia do pai.

Fixando Guilherme, continuou:

— Indaguei a Guilherme o que encarnado gostava de realizar com seu pai, e ele falou serem as idas ao clube para assistir o pai jogar xadrez com os amigos dele. Ele contou que, ao vencer as partidas, o pai dizia aos amigos que um dia Guilherme se tornaria um bom jogador de xadrez, igual a ele, e começava então a jogar uma partida com o filho, com os amigos elogiando a boa amizade entre pai e filho. Isso o fazia feliz, porque os amigos do pai não levavam os filhos ao clube nem jogavam com eles. E, durante a partida de xadrez com o pai, ele se sentia o garoto mais feliz do mundo. Convidei-o para jogarmos xadrez, o que o faria se recordar do que de bom fazia com o pai, deixando-o feliz. Ele comentou que não seria a mesma coisa, mas insisti, falando para ele fazer de conta que eu era o pai dele. Se fizesse isso, a partida o deixaria alegre e a saudade do pai seria amenizada. Ele indagou se a partida realmente o alegraria, e eu falei que, se não o alegrasse, pelo menos estaria realizando algo que lhe ofertaria boas recordações do seu pai.

Após breve pausa, prosseguiu:

— Guilherme me indagou se eu era um bom jogador de xadrez e respondi que sabia jogar. Fomos para a sala de recreação e em pensamento agradeci a Deus por ter aprendido a jogar xadrez na escola da colônia. Iniciamos a partida e, enquanto jogávamos, percebi que ele estava alegre. As semanas foram se passando e todos os dias nós dois jogávamos uma partida de xadrez, mas, como Guilherme não era um bom jogador, não conseguia me vencer. Eu lhe ensinei como bem jogar xadrez e ele venceu partidas com os outros garotos. E, determinado a me vencer, se matriculou nas aulas de xadrez da escola. Eu o incentivei a se interessar por outros jogos e atividades do educandário, e ele parou de ficar chorando e lamentando o desencarne, passando a se divertir em nossa companhia. — Apontou o garoto no campo de futebol e disse: — Faz dois meses que tenho estado ao seu lado, auxiliando-o a levar uma vida tranquila no mundo espiritual. Na próxima semana, visitarei meus familiares encarnados no estado do Mato Grosso e pedi autorização a tia Shirley e Fernando para Guilherme me acompanhar, falando que eles poderiam ir conosco. Os dois autorizaram e disseram a Guilherme na frente de todos que, se ele conseguisse me vencer no xadrez, receberia permissão para visitar seus familiares encarnados. Emocionado, Guilherme chorou de felicidade ao saber que teria uma oportunidade de visitar o pai e a mãe. Ciente de que visitar os familiares era o que ele mais desejava, permiti que hoje ele vencesse a partida de xadrez. — Voltou a apontar o garoto. — Ele está tão feliz com a visita que sua felicidade me contagia e me faz bem. Prefiro vê-lo alegre e feliz a vê-lo chorando e lamentando o desencarne.

— Ele demonstra estar muito alegre e feliz! Algo bonito de se ver! — exclamei.

— Quer ir ao jardim? — convidou Abimael. — Nele existem flores belas e rosas perfumadas.

— Quero! — falei.

Enquanto íamos para o jardim, refleti que Abimael é um garoto bondoso, que fazia o bem aos outros, objetivando vê-los felizes. Pensei que necessitava ficar mais próxima dele para aprender a praticar seus exemplos de bondade.

No jardim, toquei uma flor amarela, recordando algo bom do meu tempo de encarnada.

— O modo como tocou a flor me lembrou de minha irmã encarnada, que também aprecia as flores com um ar sonhador — comentou Abimael.

— As flores me sensibilizam! Sua irmã também ficava sensibilizada? — indaguei.

— Fica! A expressão dela é igual à que você expressou ao tocar a flor — disse ele sorrindo.

— Como foi sua vida de encarnado junto à sua família indígena?

— Foi uma vida simples. Não tenho muito sobre o que falar.

— Embora tenha sido simples, gostaria de saber um pouco sobre ela — insisti.

Sentamo-nos em um dos bancos. Ele fechou os olhos e, passado um minuto, os abriu dizendo ter rezado, pedindo ao Mestre Jesus que o ajudasse a recordar de momentos importantes de sua encarnação. Fixando-me, começou a falar:

— O meu pai e a minha mãe são da mesma tribo, mas viviam em aldeias diferentes. O local onde o papai vive é frequentado por um padre, que lhe ensinou, e a dois índios, uma linda oração, e os três aprenderam a amar e confiar em Jesus Cristo, respeitar as pessoas, cuidar da natureza, arar a terra e plantar. Papai se interessou pelas lições do padre sobre o amor e o perdão de Jesus Cristo, e, desejoso de saber mais sobre o Mestre Jesus, papai aprendeu com o padre e as pessoas que o acompanhavam a ler e escrever. E continuou acreditando nos espíritos que protegem a aldeia e a tribo.

Fez uma pausa e continuou:

— O padre presenteou o papai com uma Bíblia e, lendo-a, ele descobriu os ensinamentos e exemplos do Cristo, e tudo o que o Mestre Jesus fez por nós. O padre quis batizar papai. Na ocasião, ele conhecera a mamãe e, ao se casar com ela e levá-la para sua aldeia, tinha contado sobre o Mestre Jesus e a religião do padre. Ela não se interessou, dizendo que continuaria com a religião da aldeia, e foi contra ele se batizar. Por amá-la, papai não recebeu o batismo, mas permaneceu fiel à sua fé no Cristo. Um dia, quando mamãe estava grávida, ao escutar papai falar do padre por quem ela tinha aversão, ela rasgou a Bíblia do esposo e os dois discutiram. Durante a discussão, mamãe foi acometida pelas dores do parto e eu nasci. Papai me contou isso quando eu era um garotinho.

Olhando para o céu, voltou a narrar:

— Papai ficou feliz com o meu nascimento e, conforme eu crescia, ele me falava sobre Jesus Cristo, ensinando-me a amá-lo, a respeitar as pessoas e ser caridoso com elas. Ensinou-me a prece que aprendera com o padre e também me ensinou a ler e escrever. Mamãe me ensinava o que julgava que um garoto indígena deveria aprender, mas eu preferia os ensinamentos de papai, que era um índio calmo e bondoso. Com ele aprendi a praticar o que os outros indiozinhos não praticavam, como ver os pássaros livres e cantando ao invés de caçá-los para comê-los; não agredir fisicamente os outros pensando em se tornar um bom guerreiro etc. Eles passaram a me isolar e fiz amizade com um indiozinho que tinha costumes semelhantes aos meus. Ensinei-lhe sobre Jesus Cristo, dizendo-lhe que, se fôssemos bondosos, o Mestre Jesus nos abençoaria, ajudaria nossos pais e protegeria a aldeia.

Abimael fez uma pausa para respirar e continuou:

— Na aldeia, eu auxiliava mamãe em suas atividades domésticas e cuidava dos meus dois irmãozinhos. Também ajudava papai a arar a terra, plantar e colher os alimentos. Costumava ainda a auxiliar outros da aldeia. No meu tempo livre, passeava pela mata, fixando o azul-celeste e agradecendo a Deus, Jesus Cristo e Maria Santíssima as bênçãos que tinham enviado para a aldeia. Duas vezes por semana ia à cachoeira com papai, onde tomávamos banho, sentávamos em uma pedra e ele imitava o canto dos pássaros, depois falava sobre Jesus Cristo e Deus com tanta fé, que eu me emocionava. Ele explicava que Deus é mais bondoso que os espíritos que protegiam a aldeia. Falava o nome dos espíritos e onde eles viviam, esclarecendo que um dia viveríamos com eles no mundo deles.

O garoto indígena fez nova pausa antes de prosseguir:

— Um dia, uns homens que disseram trabalhar numa fundação que protege os indígenas apareceram na aldeia doando cadernos, livros, remédios, roupas e outras coisas. Fiquei encantado com o trabalho deles ao saber que índios também trabalhavam na fundação. Sempre que visitavam a aldeia eu ficava com eles, desejando, quando crescesse, trabalhar na fundação. Deixei o papai ciente do meu desejo e ele o transmitiu ao padre. Este me disse, e ao meu pai, que quando regressasse à aldeia me levaria com ele para residir na casa paroquial e me matricularia em uma escola onde eu estudaria para futuramente, ao crescer, conseguir trabalhar na fundação. Todos os dias, eu subia em uma árvore na esperança de avistar o padre retornando à aldeia, mas ele não regressava. Em uma manhã em que cuidava de minha irmãzinha e de sua amiguinha, ao subir na árvore enquanto elas brincavam embaixo dela, de repente escutei o grito de minha irmãzinha; ao descer rápido da árvore, vi uma cobra preparando o bote. Pulei na frente das duas e recebi a picada da cobra venenosa, que partiu, e minha irmãzinha e sua amiguinha correram para a aldeia. Fiquei tonto e, antes de desfalecer, avistei papai correndo. Ele me beijou a testa e o escutei dizer que muito me amava; depois, desencarnei.

Abimael fixou-me e acrescentou:

— Acordei no hospital desta colônia espiritual deitado em uma cama. Demétrius, que estava em uma cadeira, olhou-me com ternura e explicou como eu tinha desencarnado, falando que eu estava vivo no mundo espiritual. Concluí estar no mundo dos espíritos em que o papai acreditava e sobre o qual me falava. Quando tive contato com minha vida passada, descobri que nela eu tinha maltratado cobras, usando-as em espetáculos públicos, considerando justo o modo como desencarnei. E todos os dias em minhas preces agradeço a Deus a bênção de ter reencarnado como indígena junto ao meu pai, e sou grato pela vida simples e feliz que tive na aldeia do estado do Mato Grosso.

— Sua vida simples foi bonita! — exclamei.

— Ela foi repleta de coisas belas e encantadoras — ele disse.

— Você pensa em reencarnar? — perguntei.

— Futuramente, sim. Mas só depois de aprender, como desencarnado, como ser uma pessoa bondosa em minha próxima existência física. Quero reencarnar como indígena para ajudar os índios a terem seus direitos e cultura respeitados pelas outras pessoas.

Pensei que bondoso ele já era e, se reencarnasse com a bondade que lhe era peculiar, certamente seria muito caridoso para com os indígenas e outras pessoas.

Conversamos outros assuntos, até o momento em que Gardênia e os diretores do educandário vieram ao nosso encontro. Seguimos com eles, e Shirley e Fernando me apresentaram a seção que abrigava garotas e adolescentes, igual à que comportava os garotos, diferenciando-se pela cor das paredes. O quarto dos dois diretores é semelhante ao de minha instrutora na residência em que moramos.

Assim que Gardênia disse que nossa visita tinha se findado, despedi-me de todos elogiando Suzana por ser uma boa jogadora de futebol e parabenizando Guilherme por ter vencido Abimael no xadrez. Os dois agradeceram o elogio e os parabéns.

Agradeci também a Shirley e Fernando por terem me permitido desfrutar algumas horas na companhia de Abimael.

Demonstrando carinho, abracei o bondoso garoto indígena, cuja amizade apreciava, beijando-lhe a testa. Ele retribuiu o beijo dizendo ter apreciado a minha visita. Parti com Gardênia, feliz por ter estado na companhia de um espírito cujos atos e fala tinham me despertado o desejo de futuramente praticar a bondade.

CAPÍTULO 20
ENFERMEIRA

Entusiasmada, iniciei o estágio do curso de Auxiliar de Enfermagem por estar feliz em colocar em prática o que aprendi na teoria do curso.

Junto a Lucélia, uma companheira de curso, estagiamos na enfermaria hospitalar que acolhe bebês desencarnados alguns dias após o nascimento. Muitos deles eram dóceis; outros choravam e necessitavam de cuidados especiais da enfermeira responsável por eles. Estes recebiam cuidados hospitalares e, depois de alguns dias, iam para o educandário.

As semanas seguiram seu curso e, ao concluir o estágio, a enfermeira que me orientou, e a Lucélia, nos aprovou no estágio. Ao me formar no curso, recebi um diploma, e os formandos foram parabenizados por terem concluído o curso com êxito.

Gardênia e Demétrius compareceram à formatura e, ao chegarmos aonde eu residia, pensei que ele me diria para frequentar outro curso escolhido por ele. No entanto, o orientador me fixou e falou:

— Jaqueline, estamos felizes por ter se formado no curso de Auxiliar de Enfermagem. No momento, não solicitarei que frequente um novo curso. Já conversei com o governador da colônia a seu respeito e, após uma semana que terá livre, Gardênia a conduzirá até o governador; espero que fique feliz com o que dele escutará.

Dei-me conta de que pensar era o mesmo que falar para Demétrius. E aguardei ele mencionar o que o governador me diria. Esboçando um sorriso, ele falou:

— De modo exemplar, concluiu os três cursos que lhe foram indicados e com louvor concluiu o estágio do curso de Auxiliar de Enfermagem, demonstrando ser estudiosa, responsável e capaz de realizar duas atividades sem reclamações, revelando que futuramente será fiel às missões que a aguardam.

— Você e Gardênia falam dessas futuras missões sem me dizerem do que se trata. Que missões serão? — indaguei.

— No momento certo ficará ciente sobre elas, que a ajudarão a estender suas mãos aos encarnados e desencarnados, o que lhe proporcionará grande bem. Seja paciente e na hora certa saberá do que se trata. Lembre-se de que "a paciência é conquistada pela prece. Ela coloca o encarnado e o desencarnado em contato com os benfeitores espirituais e os incentiva a seguir os passos do Mestre Jesus, deixando-os livres para viver com intensidade e capazes de trabalhar em benefício de seu semelhante com o sorriso nos lábios e a caridade no coração"[1].

---

1 Esta passagem sobre paciência está presente em *Lições para uma vida feliz*, de autoria de Demétrius e psicografia de Roberto Diógenes. Na obra, Demétrius aponta belos ensinamentos sobre diferentes temas. (Nota da Autora Espiritual.)

— Esforçar-me-ei para recordar seu belo apontamento sobre a paciência. Saber que minhas futuras missões ajudarão o próximo e me farão bem por enquanto já é suficiente — disse.

O orientador me convidou, e a Gardênia, para rezarmos agradecendo minha formatura. Fizemos a prece e, após se despedir, ele partiu.

— Gardênia, será que futuramente serei capaz de bem executar as missões que me serão designadas? Sendo inexperiente no mundo espiritual, as missões não deveriam ser atribuídas a quem há muito tempo vive no mundo dos espíritos ou a quem encarnado foi espírita? — perguntei.

— No momento, não deve se preocupar com o êxito de suas futuras missões. Estas haverão de chegar até você e penso que se sairá bem nelas, pois, mediante seu empenho nos cursos em que se formou, conforme Demétrius apontou, demonstrou ser responsável e dedicada ao que executa — disse Gardênia. — Se as missões serão suas, somente você será capaz de executá-las, porque Deus as colocará em seu caminho. Ele não as fará chegar a outro espírito, independente de há muito tempo ele estar no mundo espiritual ou quando encarnado ter sido espírita. — Olhou-me dentro dos olhos. — Quando esteve encarnado, o Cristo nos ensinou que "a messe é grande e os operários são poucos. Pedi, pois, ao Senhor da messe que envie operários para sua messe"[2]. Eu acredito que você seja uma operária dessa messe e que futuramente se sairá bem em suas missões. — Abraçou-me falando que Deus me abençoaria quando estivesse envolvida em minhas missões.

Refleti que ela tinha razão no que me havia dito.

— Desculpe interrompê-las — falou Mônica se aproximando de nós. — Gardênia, creio que Rafaela esteja necessitada de sua atenção e seus conselhos.

A instrutora seguiu para o quarto de Rafaela e eu fui até o canteiro embaixo da janela do meu quarto. Dei uma olhada

---

2 Passagem bíblica presente no Evangelho de Mateus 9,37-38. (Nota da Autora Espiritual.)

no pé de girassol, que crescia aos poucos. Depois fui para o quarto.

No dia seguinte, Gardênia levou-me até a governadoria. Fomos recebidas com abraços e nos sentamos à frente do governador, que me fixando disse:

— Demétrius, o seu orientador, me sugeriu colocá-la para trabalhar na ala infantil do hospital. O que pensa da sugestão?

Como não tinha informado a Demétrius que desejava atuar na ala infantil, penso que ele havia descoberto meu desejo ao perscrutar meus pensamentos.

— É uma excelente sugestão, porque amarei trabalhar com crianças enfermas — respondi.

O governador retirou um papel de uma gaveta da escrivaninha e o entregou para Gardênia, que, após lê-lo, devolveu-o dizendo estar de acordo. Ele falou:

— Jaqueline, nesta tarde iniciará o seu trabalho no hospital auxiliando a enfermeira Severina na ala infantil. Terá as manhãs livres, em função de seu turno de trabalho ser no vespertino.

— Obrigada! — agradeci emocionada, sem saber que palavras usar para expressar minha gratidão por trabalhar onde eu desejava.

Eu e a instrutora nos despedimos e regressamos para casa.

Passei a manhã ansiosa, aguardando as horas passarem para eu poder iniciar o meu trabalho. Gardênia convidou-me a fazer uma prece, e esta ajudou a amenizar minha ansiedade.

No início da tarde, segui com Gardênia e Mônica para o hospital. A segunda foi para a ala juvenil, e eu e Gardênia para a sala dos enfermeiros, onde fui apresentada para Yolanda, uma mulher morena de 47 anos; era a enfermeira-chefe que comandava todos os enfermeiros. Deu-me as boas-vindas e Gardênia deixou-me sob os cuidados dela, que me apresentou a ala infantil do hospital e me levou até a sala do dr. Lucas, diretor dessa ala hospitalar, um senhor de cabelos brancos e ar paternal que, ao me cumprimentar, falou:

— Nós que trabalhamos no hospital dele fazemos nosso segundo lar, porque trabalhamos como uma grande família, objetivando o bem dos enfermos mediante o restabelecimento da saúde deles — ele disse, mencionando como médicos e enfermeiros trabalhavam, apontando, assim, o que todos esperavam do meu trabalho.

Ao deixarmos sua sala, Yolanda apresentou-me às demais alas hospitalares e a seus trabalhadores, que me acolheram bem, e a forma como trabalhavam me fez pensar que dr. Lucas estava correto sobre no hospital todos trabalharem como se fossem uma família.

A enfermeira-chefe levou-me até a enfermeira Severina, uma mulher morena que aparentava uns cinquenta anos. Ela me recebeu alegremente e abraçou-me, desejando que juntas fizéssemos um bom trabalho para as crianças enfermas. Yolanda partiu e eu fiquei com Severina. Esta apontou um armário onde avistei meu nome escrito em uma das gavetas. Abri-a e encontrei um jaleco branco com meu nome bordado em um dos bolsos.

Vesti o jaleco pensando que parte do meu sonho de encarnada de ser enfermeira estava se realizando no mundo espiritual, onde atuaria como auxiliar de enfermagem.

Severina pediu-me que colocasse em um dos bolsos do jaleco um lenço branco que estava na gaveta do armário, e eu obedeci.

— Nós trabalhamos em duas enfermarias infantis. Na de número onze estão as crianças pequenas e na de número doze estão as crianças maiores — falou Severina, enquanto entrávamos na onze, onde avistei menininhas deitadas em camas com lençóis brancos e limpos.

Uma garotinha chamou Severina e a enfermeira tocou sua testa enquanto a menina dizia que sua perna direita estava doendo. Com calma, Severina pediu-lhe que fechasse os olhos, pois aplicaria um remédio no ferimento da perna. A garotinha obedeceu e Severina, após retirar o curativo da perna, nele aplicou um passe magnético. A menina bocejou e adormeceu. A enfermeira fez novo curativo.

Outra garotinha tossiu e, ao me aproximar dela, notei uma baba esquisita jorrar de sua boca. Usei o lenço para limpar a baba e sorri para ela, que me pediu água. Severina indicou-me onde estava a água e, servindo-a em um copo, levei-a até os lábios da garotinha, que a bebeu e perguntou se eu era um anjo.

— Não sou um anjo. Sou auxiliar da Severina. Estamos aqui para ajudá-la — respondi.

— Vai cuidar de mim? — perguntou fixando-me.

— Eu e Severina cuidaremos de você.

— Isso será bom, porque eu tinha pensado que ninguém gostasse de mim e agora vejo que o Papai do Céu mandou outras mamães para cuidarem de mim.

Beijei sua testa. Ela sorriu e a baba escorreu pela boca. Limpei-a e fiz um carinho na cabecinha dela, que logo adormeceu.

— Você sabe como lidar com crianças — baixinho disse Severina. — Desde que chegou ao hospital, esta é a primeira vez que Samatha fala com alguém. Ela só chorava e babava.

— Por que ela expele essa baba esquisita? — indaguei.

— A mãe dela não a amava devido à filha ter sido concebida em uma aventura sexual. A mãe casou-se com um homem que não suportava a enteada, exigindo que a esposa se livrasse da criança. Em vidas passadas, ele e Samatha foram inimigos ferrenhos. Para não perder o esposo, a mãe colocou veneno na comida da filha e Samatha desencarnou após uma crise de vômitos — falou Severina.

— Coitadinha da Samatha! Ela é tão inocente! — exclamei.

— Ela sente falta de amor e carinho. Só recebeu atenção da mãe após o nascimento, por ela sendo ignorada quando conheceu o futuro esposo. E, ao engravidar dele, não mais deu atenção à filha, sendo muito exigente com a criança até cometer a monstruosidade de envená-la.

Benzi-me e disse:

— Nunca pensei que existissem mães capazes de envenenar os filhos.

— Existem mães de toda espécie. Algumas são bondosas e amáveis com os filhos. Outras são lobos em pele de cordeiro. É o que eu penso — falou Severina. — Depois de assassinar a filha, a mãe de Samatha se desequilibrou emocionalmente e está em um presídio feminino após a polícia ter solucionado o crime.

Fiz outro carinho na cabeça de Samatha e, sentindo pena de sua mãe encarnada, rezei na intenção dela, solicitando a Deus tocar-lhe o coração para se arrepender do assassinato e ser capaz de doar ao filho o amor que não havia doado a Samatha.

Os dias seguiram seu curso e me adaptei à rotina do trabalho hospitalar. Samatha apegou-se a mim e eu a ela, que não mais babava e sorria com frequência. Uma tarde levei-a ao jardim e, vendo-a brincar com os pássaros, que não fugiam dela, pensei quanto é gostoso ser criança. Ela tem três anos e não se incomodava com nada, indagando apenas quando retornaria para sua casa. Dr. Lucas, após diagnosticar que ela não mais necessitava de cuidados hospitalares, autorizou sua ida ao educandário. Eu a acompanhei até o local, onde ela ficaria por um tempo, até reencarnar na Terra.

Gardênia costumava aparecer na ala infantil, incentivando-me a continuar sendo gentil, carinhosa e dedicada ao trabalho com as crianças enfermas. Ela brincava com algumas delas, aplicava passes e auxiliava na ministração de medicamentos.

Trabalhando como auxiliar de enfermagem, cresceu meu desejo de cursar Enfermagem e me matriculei no curso, que no mundo espiritual durava dezoito meses, e com empenho dediquei-me aos estudos do curso. Em casa, ao abusar no tempo dos estudos, minha instrutora pedia-me que desse uma parada e eu acatava.

O curso de Enfermagem me ensinou a lidar com um maior número de enfermos e com como tratar as diferentes enfermidades em pacientes de variadas idades. As aulas teóricas e práticas me ensinaram a trabalhar com maior rapidez quando atuasse nas alas do hospital.

Nas folgas do curso e trabalho no hospital, visitava o educandário e ficava na companhia de Samatha e outras crianças. Usava os meus bônus-hora para levá-las ao Salão de Diversão da colônia, onde elas se entretinham com as diferentes diversões ofertadas no local. Um dos instrutores do educandário sempre nos acompanhava.

Conforme as semanas se passavam, consegui me adaptar ao curso de Enfermagem e ao trabalho hospitalar. Embora chegasse cansada em casa, antes de descansar dedicava algumas horas ao estudo.

Amo o trabalho no hospital como auxiliar de enfermagem porque é gratificante verificar que as crianças estavam sadias após terem chegado enfermas ao hospital depois do desencarne.

Uma tarde, um garoto de oito anos fez-me recordar o tempo que fiquei desencarnada no hospital. Ele dormiu por dois dias e, ao acordar, enquanto eu lhe aplicava um passe magnético, sonolento perguntou:

— O que a outra moça me disse é verdade?

— O que ela falou? — indaguei.

— Que eu morri durante o acidente de carro e que seria levado para um lugar muito bonito.

— Seu corpo físico pereceu, mas seu espírito vive e está habitando um local lindo, cuja beleza descobrirá quando receber alta do hospital — falei tocando seus cabelos. Após olhar-me demoradamente, pediu-me que ficasse de costas. Obedeci e, ao virar-me, notei que ele olhava toda a enfermaria, pedindo também a Severina que ficasse de costas. Quando ela o fez, ele voltou a analisar a enfermaria como se estivesse procurando algo.

— Está precisando de alguma coisa? Se estiver, eu e Severina o auxiliaremos — falei.

— Procuro os anjos, mas não vejo nenhum — disse o garoto. — Se eu morri e estou em um lugar muito bonito, só posso estar no Céu, onde moram os anjos, mas você e a outra — apontou Severina — não são anjos, porque não têm asas nas costas. Onde estão os anjos?

Sorri ao recordar que eu também havia procurado os anjos na enfermaria espiritual que me acolhera quando tinha desencarnado. Estanquei o sorriso para não constrangê-lo, e Severina disse-lhe ao tocar sua testa:

— Enquanto você dormia, os anjos o trouxeram para este hospital e partiram para ajudar outros garotos, porque os anjos são muito ocupados.

— Eles retornarão? — esperançoso perguntou o garoto.

— Sim — disse Severina.

— Se eu estiver dormindo, você me acorda? Quero muito ver um anjo.

— Se der tempo de acordá-lo antes de os anjos partirem, eu o acordarei — falou Severina. — Volte a dormir que o sono lhe fará bem. — Aplicou-lhe um passe magnético e logo ele adormeceu.

— Por que sorriu quando ele mencionou estar procurando os anjos? — perguntou Severina.

— Eu fiz o mesmo quando soube ter desencarnado. Até no banheiro e embaixo da cama procurei os anjos.

— O que eles estariam fazendo em um banheiro ou embaixo de uma cama?

Não soube o que dizer, pensando em como tinha sido ingênua ao procurar os anjos nesses locais.

— Católicos, assim que desencarnam e chegam à colônia espiritual, têm essa mania de procurar anjos e santos em todos os locais. Acho isso engraçado, porque me faz pensar que eles acreditam estar no Céu só pelo fato de terem desencarnado, esquecendo que para residir nesse local é necessário ter praticado os ensinamentos e exemplos do Cristo — mencionou Severina, e eu nada disse. Depois, retornamos ao trabalho.

As semanas se passaram e em um dia, quando as aulas do curso se findaram, encontrei Demétrius me aguardando. Ele seguiu comigo até onde resido e no trajeto deu-me notícias de minha família encarnada. Fiquei feliz em saber que ela estava bem. Sempre que me visitava, Demétrius me repassava notícias dela e lhe era grata por saber que meus familiares estavam em paz, e todos os dias rezava pedindo que Deus, Cristo e Nossa Senhora da Abadia abençoassem minha família.

Ao chegarmos, sentamos na sala e Gardênia se juntou a nós.

— Como está se saindo no curso de Enfermagem e em seu trabalho hospitalar? — perguntou Demétrius.

— Gosto do trabalho no hospital porque ele me faz bem; ao trabalhar, me importo com as crianças enfermas e, ao cuidar delas, acabo amando-as fraternalmente — respondi.

Ele e Gardênia se entreolharam e um piscou para o outro. Depois, voltaram a me fixar.

— O curso de Enfermagem é tudo o que dele esperava quando estava encarnada. O que tenho aprendido me ajuda a amparar os enfermos no hospital. O curso e o trabalho que já desempenho no hospital me fizeram concluir que minha vocação é a enfermagem — disse. — Tanto o curso quanto o trabalho têm me auxiliado em relação à reforma íntima por ter descoberto que os outros são mais importantes do que eu, e o bem-estar deles vem em primeiro lugar; por isso, me empenho para vê-los bem e felizes, porque, quando assim os vejo, eu também fico bem e feliz.

Os dois me fixaram demoradamente, e Gardênia, após secar uma lágrima com os dedos, cujo motivo de ter se derramado não entendi, exclamou:

— Jaqueline, como já havia mencionado, penso que você é uma operária da messe do Senhor!

Demétrius abraçou-me, sem nada mencionar, e, ao voltar a se sentar, indagou:

— Quando concluirá o curso de Enfermagem?

— Em nove meses — respondi, refletindo que ele já tinha conhecimento da resposta. — Ao concluí-lo, deseja que eu frequente um novo curso que você indicar?

— Fiz a pergunta porque quero saber se gostaria de visitar sua família encarnada amanhã ou quando concluir o curso.

Pega de surpresa com a possibilidade de visitar minha família, lágrimas desceram por minha face, tamanha a felicidade que senti. Com os dedos, sequei as lágrimas e falei:

— Amanhã será minha folga no curso e no trabalho hospitalar, e ficarei feliz se a visita à minha família for amanhã.

— Nesse caso, a visita será amanhã, no matutino. Gardênia nos acompanhará. Estou pensando em convidar Abimael. Gostaria que ele nos acompanhasse?

— Sim.

— Amanhã cedinho eu e Abimael estaremos aqui e de aeróbus seguiremos para a Terra — disse Demétrius, que, após fazer uma prece, despediu-se dizendo que iria ao educandário.

Conversei um pouco com Gardênia, que me aconselhou a descansar, falando que seria benéfico à visita que eu faria no dia seguinte. Acatei o que ela pediu e fui para o meu quarto.

CAPÍTULO 21
NA TERRA

Acordei cedinho. Tomei banho e coloquei o vestido branco com estampa de margaridas. Há dois anos eu tinha desencarnado e naquele dia faria a primeira visita aos meus familiares encarnados. Em outras ocasiões, Demétrius tinha me falado da possibilidade da visita sem nunca informar quando ela aconteceria.

Ele e Abimael chegaram e, antes de partirmos para a Terra, Mônica e Rafaela me abraçaram, desejando sucesso na visita. A primeira sussurrou que, se eu sentisse vontade de chorar, era para deixar as lágrimas fluírem sem me incomodar com elas.

Eu e Gardênia seguimos com Demétrius e Abimael para o ponto do aeróbus. Nele entramos e o veículo partiu tão rápido que pouco apreciei a paisagem.

Ao chegarmos ao Brasil em uma praça que não reconheci e na frente de uma casa que não era a dos meus pais, Demétrius falou que passados dois meses do meu desencarne meus pais tinham se mudado de Anápolis para Goiânia, capital do estado de Goiás.

Atravessamos uma das paredes da casa e entramos na sala. Minha mãe estava sentada lendo um livro e ao vê-la me emocionei. Ela tinha cortado o cabelo e usava um penteado novo. Dela me aproximei e a abracei, acreditando que não sentiria minha presença. Ela olhou para um porta-retratos com minha foto na estante e, ao pegá-lo, beijou a foto. Fiz um carinho em seu cabelo, e ela, apressada, foi para o quarto de casal e acordou papai, que pouco tinha mudado fisicamente. Vendo-a com o porta-retratos, ele indagou se ainda sentia muitas saudades de mim. Ela não respondeu e lágrimas jorraram de seus olhos.

Abracei-a carinhosamente, beijei sua testa e, lembrando o que Mônica tinha dito, permiti que lágrimas silenciosas descessem pela face. Fiz o mesmo com papai, que, abraçando mamãe, também tinha lágrimas em seus olhos. Assoprei neles desejando-lhes o bem, recordando o que havia aprendido em um dos cursos da colônia espiritual: quando um desencarnado assopra em um encarnado, alguns sentem algo diferente.

Mamãe disse a papai:

— Hoje é domingo e, quando formos à igreja, pedirei ao padre que reze uma missa na intenção da alma de Jaqueline. Se me recordei dela é porque sua alma deve estar precisando de orações.

— Excelente ideia, embora eu acredite que a alma dela não mais necessite de orações por já estar no Céu gozando a felicidade dos justos — falou papai.

— Também acredito que a alma de nossa filha está no Céu; mesmo assim, mandarei rezar a missa na intenção da alma dela — proferiu mamãe.

Abraçando-os sorri pensando que, se eu estivesse encarnada, também acreditaria que a alma de um dos meus familiares estaria no Céu e pediria ao padre que rezasse missas na intenção de tal alma.

Demétrius, Abimael e Gardênia me olharam e nada disseram. Em seguida, ela perguntou se eu queria ir ao quarto do meu irmão e respondi afirmativamente.

— Jaqueline, poderá ficar com seus familiares durante a manhã e poucas horas da tarde. Eu e Abimael iremos a Brasília visitar um rapaz encarnado que está de férias na cidade — disse Demétrius, partindo com Abimael.

Eu e Gardênia entramos no quarto de Alex, que estava dormindo. Beijei-lhe a testa. Ele se mexeu na cama, mas não acordou. Observando-o, rezei pedindo a Deus que abençoasse meu irmão para se tornar um homem de bem. Ele voltou a se mexer na cama e abriu os olhos. Bocejou e se levantou.

Vendo-o de pé, descobri que Alex tinha crescido e voltei a beijar sua testa. Ele arregalou os olhos, que ficaram mais arregalados ainda quando pousaram em Gardênia. De repente, abriu a porta do quarto e saiu correndo até meus pais, que tomavam café. Assustado, disse:

— Vi duas almas em meu quarto. Uma é a Jaqueline. Estou morrendo de medo! — Benzeu-se e começou a tremer. Mamãe o abraçou, pedindo-lhe que se acalmasse.

Sem nada entender, olhei para Gardênia, que sorrindo falou:

— O seu irmão é um médium vidente.

Meus pais ajudaram Alex a se sentar e mamãe perguntou:

— Tem certeza de que a alma que viu em seu quarto era a da sua irmã?

— Tenho. Ela usava o vestido com aquelas margaridas — disse Alex. — A outra alma era de uma moça bonita. Nunca mais entro sozinho no meu quarto. Não gosto de ver almas porque tenho medo de elas me levarem com elas. — Benzeu-se choramingando.

— Filho, aquela amiga da mamãe, que também vê almas, lhe explicou que as almas não lhe farão nenhum mal, por isso, não deve ter medo delas — falou mamãe.

— Ela disse isso, mas eu não quero ver gente morta. Morro de medo de uma alma me levar com ela. — Benzeu-se de novo. — Gente morta não deveria aparecer para os vivos.

Sorri ao pensar que os "mortos" estavam mais vivos do que os encarnados.

— Filho, nenhuma alma o levará com ela porque isso é impossível; você está vivo, e ela, morta — mencionou papai. — Hoje, após a missa, pedirei ao padre um pouco de água benta e a jogaremos em seu quarto, para impedir que as almas apareçam para você.

— A água benta impedirá mesmo de as almas aparecerem para mim? — inquiriu Alex.

— Se não impedir, elas ficarão um bom tempo sem aparecer para você, que se tornará um rapaz e, quando elas voltarem a aparecer, você não terá mais medo delas — falou papai.

— Querido, se Alex viu a alma da irmã, ela deveria estar aqui quando dela nos recordamos — mamãe disse a papai. — Talvez Jaqueline tenha nos visitado para pedir orações.

— Talvez tenha nos visitado, e Alex a tenha visto, mesmo eu não acreditando que um vivo seja capaz de ver um morto — falou papai, que, fixando Alex, indagou: — Filho, tem certeza de que avistou a alma de sua irmã no seu quarto?

— Certeza absoluta! Era a Jaqueline com o vestido que ela gostava de usar — afirmou Alex.

Lágrimas desceram pela face de mamãe, que perguntou ao filho:

— Sua irmã lhe pediu algo? Solicitou missas para a alma dela? Talvez ela esteja sofrendo no Purgatório e necessite de missas para se libertar dele.

— Não escutei ela pedir nada porque, assim que a vi junto da outra alma, saí correndo, porque não ia ficar de papo com almas. Elas que conversem com outras almas, não comigo — proferiu Alex, e eu e Gardênia sorrimos.

— Você notou se a alma dela parecia estar sofrendo? — indagou mamãe.

— Não notei isso, porque, como já falei, assim que a vi saí correndo.

Eu me aproximei dele e sussurrei em seu ouvido direito que não estava sofrendo no Purgatório; que vivia feliz onde eu estava.

— Seu irmão ainda não escuta os desencarnados — disse Gardênia. — Assopre nele e deseje que ele a veja.

Assim o fiz. Ele se arrepiou e, de olhos arregalados, proferiu:

— Mamãe, papai, a alma de Jaqueline está aqui na minha frente. Ela deve estar me perseguindo. Será que antes de ela morrer eu fiz alguma coisa ruim para ela? — Começou a chorar.

— Ela não o está perseguindo, apenas quer lhe dizer alguma coisa, por isso não tenha medo dela, que não lhe fará mal, porque nada de ruim fez a ela quando estava viva — falou mamãe. — Pergunte o que ela quer. Eu e seu pai estamos aqui do seu lado, por isso, não tenha medo de sua irmã.

Papai segurou a mão esquerda de Alex e, olhando para onde ele dizia que eu estava, tentou me enxergar, mas não conseguiu.

Gardênia colocou a mão direita na cabeça de Alex e fez uma prece.

Meu irmão foi se acalmando, inspirou profundamente o ar e, temeroso, me fixou e disse:

— Alma da Jaqueline, diga o que você quer. Vá embora e nunca mais me apareça. A mamãe falou que você não vai me fazer mal, e eu acredito nela. Diga o que quer e suma daqui.

Sorri meigamente para ele.

— Ela não disse nada, só sorriu. E, mesmo sorrindo, estou com medo, porque ela é uma alma.

— Ela é sua irmã! Não tenha medo dela — pediu mamãe. — Verifique se ela está cercada por fogo. Pergunte se está sofrendo no Purgatório e veio pedir missas pela alma dela. Pergunte rápido, antes de ela ir embora.

Sorri novamente para ele e lhe enviei um beijo com os dedos da mão direita.

— Ela não está rodeada por fogo, nem parece estar sofrendo. Usa aquele vestido das margaridas e sorri. Mandou-me um beijo e agora envia um para a senhora e o papai. Sorriu para os dois — proferiu Alex, dizendo o que exatamente eu fazia.

Lágrimas jorraram dos olhos de papai e mamãe.

Gardênia retirou a mão da cabeça de Alex e nele assoprou.

— Papai, mamãe, acho que a alma de Jaqueline foi embora, porque não estou mais vendo ela. Graças a Deus! — exclamou Alex. — Vai com Deus, Jaqueline, e leve a outra alma com você. Se voltar a aparecer para mim, sorria, que eu não terei mais medo de sua alma.

Eu e Gardênia sorrimos.

Mamãe e papai abraçaram Alex, e papai falou:

— Depois do que presenciei, acredito que um vivo possa ver uma alma, pois antes nunca tinha visto Alex tão corajoso ao dizer ter visto uma alma. — Abraçou-o novamente. — Hoje você deixou seu pai e sua mãe felizes por nos dar a certeza de que a alma de sua irmã está em paz no Céu, junto de Deus.

— Vamos nos organizar para irmos à missa, que pedirei ao padre para rezá-la na intenção da alma de minha filha. Mesmo estando no Céu, ela ficará feliz em receber a missa — falou mamãe.

Eles se organizaram e, quando foram para a igreja, eu e Gardênia seguimos com eles.

Na igreja avistei desencarnados na porta e outros entrando. Gardênia disse que alguns acreditavam que continuavam encarnados e seguiam o estilo de vida que possuíam. Outros que foram católicos frequentavam a missa para usufruir as boas energias que dela emanam. E outros eram socorristas que estavam atentos caso um dos desencarnados solicitasse auxílio.

Indo à secretaria da igreja, mamãe pediu que a missa fosse rezada em minha intenção. Depois se sentou entre papai e Alex. Eu e Gardênia sentamos próximo deles. Quando a missa se iniciou, eu a acompanhei, relembrando meu tempo de encarnada, quando fui uma católica fiel e praticante.

Quando a missa terminou, mamãe se ajoelhou na frente da imagem do Imaculado Coração de Maria e baixinho agradeceu à santa por ter escutado suas preces e retirado minha alma do Purgatório, levando-a para o Céu. Estava feliz por naquela manhã Alex ter avistado minha alma e dito que eu estava em paz, e ela também estava em paz por saber que eu estava no Céu junto de Nossa Senhora da Abadia, louvando a Deus.

Eu me ajoelhei na frente da imagem e solicitei à mãe de Cristo continuar abençoando meus familiares, ajudando-os a viver em paz e felizes.

Meus pais e Alex retornaram para a casa deles. Eu e Gardênia regressamos com eles e eu os observava. Fiquei alegre quando minha mãe comentou que meus avós os visitariam no início da tarde. E, quando eles chegaram, percebi que vovó aparentava estar doente, o que se confirmou quando ela mencionou ter ido a Goiânia para consultas médicas. Abracei-a e ao vovô. Ela olhou para a estante e indagou:

— Onde está a fotografia da Jaqueline que ficava na estante?

— Esqueci o porta-retratos no quarto — respondeu mamãe, indo buscá-lo enquanto ela e vovô almoçavam.

Mamãe colocou o porta-retratos na estante e contou que Alex tinha visto minha alma. Vovó perguntou a Alex como tinha sido a visão e ele explicou como tinha me visto, respondendo a todas as perguntas dela e do vovô sobre a visão.

Abimael e Demétrius retornaram e eu lhes apresentei meus familiares. Ambos disseram que já os conheciam, e Abimael me convidou para visitar a aldeia onde os familiares indígenas viviam. Aceitei o convite e Demétrius pediu-me que me despedisse de meus familiares, pois a visita a eles tinha se encerrado.

Abracei meus pais, meu irmão e meus avós, beijando-lhes a testa. Vê-los reunidos e felizes fez-me bem e me deixou feliz.

Volitamos até o estado do Mato Grosso e Abimael me apresentou a aldeia, os familiares e o amigo do seu tempo de encarnado. Conheci a cachoeira e a pedra onde ele se sentava na companhia do pai.

Após a visita à aldeia, fizemos um círculo, seguramos na mão um do outro e, volitando, regressamos para a Colônia Bom Jardim.

Em casa, agradeci a Demétrius a visita aos familiares encarnados, durante a qual tinha desfrutado bons momentos na companhia deles. Ele esboçou um sorrisinho e falou que uma vez por mês Gardênia me levaria para visitar meus familiares. Abracei-o, demonstrando ser grata pelas futuras visitas.

Demétrius e Abimael se despediram, e o primeiro seguiu para a Colônia São Tarcísio, enquanto o outro foi para o educandário.

Gardênia foi para seu quarto e Mônica chegou à sala indagando como fora a visita. Respondi que tinha sido ótima, emocionando-me por verificar que meus familiares estavam bem e continuavam me amando. Ela me abraçou dizendo que, quando o amor era verdadeiro, não morria, porque o carregávamos conosco quer estivéssemos encarnados ou desencarnados, já que era um sentimento que criava laços eternos, não rompidos, por terem se originado no coração.

Concordei com ela sobre o que mencionara referente ao verdadeiro amor, dizendo-lhe que ela é uma amiga que muito estimo. Ela comentou o mesmo sobre mim e seguiu para seu trabalho no hospital falando que eu deveria desejar ficar sozinha com as recordações de minha visita.

Quando ela partiu, recordei os bons momentos com meus familiares e agradeci a Deus ter recebido a bênção de visitá-los, sendo grata também pelo tempo em que encarnada vivi na companhia deles em Santa Rosa de Goiás e em Anápolis, no estado de Goiás.

Após a prece fui para o quintal e voltei a recordar a visita à família encarnada.

CAPÍTULO 22

PARALELO ENTRE VIDAS

Ter descoberto que meus familiares encarnados estavam bem mediante a visita que lhes fiz fez-me trabalhar no hospital com maior alegria e dedicar-me ainda mais aos estudos do curso de Enfermagem, cujo estágio ocorreu nos três últimos meses do curso. Estagiei no hospital nas Alas Juvenil e Adulta. Os enfermos dessas alas reclamavam muito e choravam. Uns recusavam tratamento espiritual, queriam voltar ao corpo físico ou visitar os familiares encarnados.

Necessitei ser muito paciente durante o estágio, aguardando o choro cessar e as reclamações terminarem, ocasião em que eu ministrava medicação espiritual, passe magnético e conversava com eles sobre ser uma bênção estarem no hospital de uma colônia espiritual, devendo, portanto, valorizar essa bênção porque a vida no mundo dos espíritos era maravilhosa. Uns prestavam atenção em minha conversa, outros ignoravam.

Emprestava alguns livros para os enfermos quando descobria que apreciavam a leitura, e lia para outros quando solicitavam isso.

Conforme os dias foram se passando, fui me acostumando ao estágio nas Alas Juvenil e Adulta. Embora apreciasse mais trabalhar na Ala Infantil, compreendia que todos os enfermos necessitavam de cuidados e atenção, por isso dedicava-me aos jovens e adultos assim como fazia com as crianças. E, como o estágio duraria poucos meses, era reconfortante saber que em pouco tempo o concluiria.

Faltando uma semana para o fim do estágio e do curso de Enfermagem, encontrei Demétrius na portaria do hospital me aguardando. Cumprimentou-me e me convidou a sentar em um dos bancos do jardim. Sentamos e ele ficou em silêncio olhando alguns pássaros.

— Estou estranhando seu silêncio. Veio informar que farei um novo curso? — indaguei.

— Está gostando do estágio nas Alas Juvenil e Adulta? — ele perguntou, sem responder minha indagação.

— Gosto do estágio porque nele aprendo a trabalhar a paciência e ser amorosa, o que nem sempre é possível, mas estou me esforçando para ser gentil e atenciosa, cuidando dos jovens e adultos com alegria e paciência, demonstrando me preocupar com eles e amando-os como creio que eles merecem ser amados — respondi. — Ao concluir o estágio, visitarei esses enfermos caso eu continue trabalhando na Ala Infantil.

— Fico feliz em saber que tem apreciado o estágio. Disseram-me que tem se saído bem nele. Parabéns!

— Ao formar-me enfermeira pretendo retomar o trabalho hospitalar na Ala Infantil porque sou apaixonada pelo trabalho que nessa ala desenvolvo. Fico feliz com a alegria das crianças quando elas deixam o hospital e vão para o educandário.

— A alegria das crianças é contagiante — disse Demétrius. — Como estão as aulas teóricas do curso?

— Interessantes! Hoje foi a última aula teórica. Nela, o dr. Lucas explicou sobre as doenças que alguns desencarnados carregam por mais de uma existência terrena. Suas explicações foram valiosas para os que trabalham com os enfermos no hospital.

— Infelizmente, alguns espíritos, ao reencarnarem, sucumbem aos vícios de vidas passadas, atraindo as enfermidades dessas vidas. Devemos rezar na intenção deles para que descubram que os vícios causaram danos a sua saúde, física e espiritual. Assim, com essa descoberta, poderão se esforçar na libertação dos vícios — falou Demétrius.

— Falando em vidas passadas, você pode esclarecer algumas dúvidas sobre as minhas vidas passadas? — indaguei.

— Quais seriam as dúvidas?

— Como elas são muitas, desejo que faça um paralelo das minhas três últimas existências físicas, pois penso que o paralelo esclarecerá as dúvidas sem que eu precise dizer quais são.

Ele fixou-me como se estivesse perscrutando minha mente e lendo minha alma. Desviei o olhar dele, cruzei as pernas, colocando as mãos nelas, e aguardei.

— Irami, a índia, teve uma vida simples, feliz e curta, em que seu espírito aprendeu o que nessa vida deveria ter aprendido: respeitar seus sentimentos. O respeito a auxiliou a não se desesperar com o abandono do índio amado, sendo fiel ao que sentia quando se recusou a se envolver com outro índio da aldeia, tornando-se assim esperançosa quanto ao retorno do ser amado. Isso foi benéfico porque seu espírito aprendeu a cultivar a esperança — disse Demétrius, que continuou: — Acreditar em Tupã originou o nascimento da fé em seu espírito, o que não tinha acontecido nas vidas anteriores à de Irami.

Essa fé fez com que a índia acreditasse nunca estar sozinha ou abandonada, mas sim sendo cuidada por um Ser espiritual capaz de escutar suas preces e atendê-las. Essa fé lhe foi importante porque tocou seu coração para receber como filho um inimigo de vidas passadas e amá-lo fraternalmente, visto que Abimael, o filho de Irami que se chamava Imariel, fora seu inimigo em uma vida passada, antes de você ser Irami. O filho também a amou fraternalmente e esse amor ressarciu seus débitos de vidas passadas e fez surgir uma grande amizade entre os dois.

— Eu e Abimael já fomos inimigos? — incrédula perguntei. — Como isso é possível se eu aprecio a companhia dele e ele demonstra apreciar a minha? Em que vida fomos inimigos?

— Se não se recorda da vida em que foram inimigos é porque seu espírito não mais necessita dessa recordação, porque para ele o que hoje importa é que os dois são amigos e se amam fraternalmente — proferiu Demétrius. — Ser abandonada pela pessoa amada foi a prova que Irami escolheu para aquela vida, e, quando a prova surgiu em seu caminho, não sucumbiu a ela, dedicando todo o seu amor e atenção ao filho, porém se esquecendo de que na aldeia existiam outras pessoas que queriam receber seu amor fraterno, atenção e auxílio nas atividades realizadas pelas indígenas. E, como você mesma apontou ao ter observado essa vida, Irami deixou a desejar no tocante a se importar com os outros e amá-los fraternalmente, com exceção de Ipati.

Fixando-me, ele continuou:

— Em Ipati, Irami encontrou uma grande amiga, que fora o filho era quem recebia um pouco de atenção e amor fraterno dela. Ipati fraternalmente amava Irami, tudo fazendo para vê-la alegre e feliz. Isso a fez conquistar a amizade e confiança de Irami, algo que lhe foi positivo, porque em vidas anteriores Irami não tinha amigos nem confiava nas pessoas. — Ele desviou o olhar. — Foi uma vida em que Irami também aprendeu a trabalhar o perdão, quando não odiou Icaci nem a prejudicou, mesmo a outra lhe fazendo o mal. Essa atitude foi essencial para Irami não mais cultivar sentimentos negativos contra Icaci, que haviam sido cultivados na vida anterior, quando foram inimigas ao disputar o amor do mesmo homem.

Demétrius tocou meu ombro direito e falou:

— Como Irami, você cresceu espiritual e moralmente ao ser capaz de se entender com os inimigos de vidas passadas, ser fiel aos seus sentimentos, trabalhar o perdão e se tornar uma mulher de fé. Ou seja, em uma vida conseguiu quitar mais de um débito de vidas passadas, o que foi uma grande vitória.

Ele retirou a mão do meu ombro e olhou dentro dos meus olhos, o que me fez abaixar a cabeça, porque não gostava da sensação de que ele podia ler minha alma com o olhar.

— O paralelo entre Irami e Tai Lin mostra que a chinesa quitou o débito da indígena em relação a fraternalmente não amar outras pessoas nem com elas se importar, porque, ao descobrir que só amava e se importava com o pai, Tai Lin fugiu do lar e no vilarejo se importou com outros chineses ao cuidar da doença deles mediante ervas medicinais. Esse cuidado foi originado por fraternalmente amar tais pessoas, mesmo que ela não se desse conta disso. Também demonstrou se importar com essas pessoas quando, com o esposo, auxiliou todos do vilarejo a fundar a feira, que ajudou a criar laços amigáveis com os que viviam na vila — disse Demétrius, e prosseguiu: — Na companhia do esposo, por alguns anos, Tai Lin viveu feliz, recorrendo à lua para engravidar quando se deu conta de que os filhos não chegavam ao lar. Ao recorrer à lua, revelou que a fé que Irami cultivava em Tupã permanecia viva em seu espírito. E, com a chegada dos filhos, infelizmente Tai Lin cometeu o mesmo erro de Irami, ao passar a se importar e amar fraternalmente somente os filhos, não mais dando atenção ao esposo, nem aos outros. O amor pelos filhos a fez cobiçar os bens materiais do pai, esquecendo-se de que a família possuía o essencial para levar uma vida simples e viverem em paz e felizes. A cobiça a deixou cega para com o amor aos filhos, ao esposo, à feira e às demais pessoas do vilarejo, fazendo-a viver somente para si mesma, reclamando da vida simples que levava e sendo impaciente e intransigente com todos. A impaciência tornou Tai Lin uma mulher nervosa e insensível à dor do outro, só sendo capaz de amparar a criança picada pela abelha porque a espiritualidade intercedeu em favor do garoto.

Fez uma pausa e continuou:

— A cobiça foi um sentimento cultivado em vidas passadas anteriores à de Irami. Nelas, foi ambiciosa e interesseira, querendo se dar bem à custa de outras pessoas e se apoderando dos bens dos outros. E, ao viver no vilarejo trabalhando na feira, Tai Lin teve tudo para quitar o débito de vidas passadas sobre a cobiça, porém infelizmente esta falou mais alto ao despertar em Tai Lin o desejo de se apoderar dos bens do pai, ao se lembrar de seu amor fraternal por ele. Esse amor foi originado em vidas passadas, quando ele foi pai e irmão de Tai Lin, sendo um sentimento puro cultivado por ambos. Ter desencarnado antes de conseguir os bens do genitor foi positivo para Tai Lin, porque não aumentou o débito de cobiçar e se apoderar do que não lhe pertencia.

Fez nova pausa e falou:

— Ao ter fugido de casa para não se sujeitar à vontade do pai, Tai Lin demonstrou para Lai Li e para as outras chinesas que não deviam se submeter ao que os homens as obrigavam a executar, e sim correr atrás de seus objetivos. Sua fuga fez a diferença na vida de Lai Li, que parou de acender incensos ao Buda e confessou ao chinês seu amor por ele, tendo os dois se casado. Sem perceber ter feito essa grande bondade a Lai Li, Tai Lin recompensou-a por todo o bem que Ipati fizera a Irami, pois Ipati reencarnou como Lai Li. — Olhou-me dentro dos olhos. — Tai Lin conseguiu quitar alguns débitos contraídos por Irami, pois como chinesa teve uma boa existência física, em que correu atrás de seus objetivos, amou fraternalmente e se importou com mais de uma pessoa, praticando a caridade e cultivando a fé. — Desviou o olhar e prosseguiu: — Ter abandonado seu pai foi a prova que ele escolheu para aquela vida. E ter abandonado o esposo com os filhos foi a prova que ele solicitou para se harmonizar com a própria consciência em relação a bem cuidar e amar os filhos, visto que em vidas passadas, por duas vezes, ele a abandonou, e aos filhos. Em uma foi seu esposo, deixando-a com os filhos quando foi viver com a amante. Em outra foi seu pai, quando você reencarnou como homem e foi filho dele. Nos dois abandonos, o ódio por ele reinou em seu coração, ódio que se transformou em amor quando Tai Lin descobriu que ele era um bom esposo e um ótimo pai. Esse ódio foi deixado para trás quando, antes de partir, Tai Lin o perdoou por todo o mal que ele lhe fizera. Isso quitou o débito que um tinha com o outro, fazendo renascer o amor que cultivavam desde suas primeiras vidas passadas.

— Entendi, pois tudo se encaixa conforme você explica — eu disse. — É verdade que eu já reencarnei no sexo masculino como filho do esposo de Tai Lin?

— É verdade. A Doutrina dos Espíritos, no capítulo 4 de *O Livro dos Espíritos*, no item "Sexos nos Espíritos", esclarece que o espírito pode reencarnar em um corpo masculino ou feminino — ele respondeu. — Algumas lições importantes ao crescimento espiritual e moral são aprendidas pelo espírito quando ele reencarna no sexo feminino; outras lições, que também são importantes, são aprendidas quando o espírito reencarna como homem. Como essas lições necessitam de aprendizado, em uma vida o espírito será homem e, em outra, será mulher.

— Compreendi — falei, aguardando que continuasse o paralelo entre minhas vidas passadas, esperançosa em descobrir algo que me ajudasse futuramente a não cometer os mesmos erros.

— Como Jaqueline, amou mais de uma pessoa. E ter fraternalmente amado seus familiares em silêncio foi positivo, porque, além de amá-los e com eles se importar, fez o mesmo para com as pessoas necessitadas que surgiram em seu caminho, a elas estendendo suas mãos quando lhes foi caridosa. O amor e a caridade quitaram o débito contraído por Irami, que não se importava com o próximo, e contraído por Tai Lin, quando deixou de se importar com as pessoas do vilarejo. O débito foi bem quitado porque, ao ser caridosa para com o próximo, também o foi para com Cristo, que esclareceu: "[...] tive fome e me destes de comer, tive sede e me destes de beber, era peregrino e me acolhestes, estava nu e me vestistes, enfermo e me visitastes, estava na prisão e viestes a mim"[1].

Demétrius fez uma pausa e continuou:

— Isolando-se em seu mundo, satisfeita com o que seus pais lhe ofereciam, Jaqueline não cobiçou bens materiais nem se apossou do que não lhe pertencia, o que fez saldar a dívida de vidas passadas sobre cobiça e posse dos bens de outras pessoas. Não ter aceitado o namoro com Rafael foi a forma que ela encontrou para ser fiel aos seus sentimentos, não amando apenas uma pessoa e só com ela se importando, o que a fez ressarcir o débito de Irami e Tai Lin, que só amaram raros entes queridos. Ser católica fervorosa a fez amar e confiar no Deus bom e misericordioso de Jesus Cristo que Tai Lin desprezava. Esse amor e confiança originaram uma grande fé em seu ser, e por intermédio dela você se tornou uma boa católica. A fé a auxiliou a ser firme no sonho de ser enfermeira, sonho que se iniciou com Tai Lin, que usava ervas medicinais para curar enfermidades. Sonho que, por ser estudiosa e dedicada aos estudos, teria se concretizado se não tivesse desencarnado. — Fixou-me demoradamente e disse:

— Você deixou a desejar no tocante a demonstrar seu amor aos familiares e outras pessoas, e a se esforçar para

---

1 Essa passagem bíblica está no Evangelho de Mateus 25,35-36. (Nota da Autora Espiritual.)

vê-los felizes e eles contribuírem com sua felicidade. Para seus familiares, era importante saber que você os amava e com eles se importava, porque, ao saberem disso, ficariam felizes, não se dando conta de que ser uma boa filha e uma boa irmã foi a forma de mostrar que os amava e se importava com eles. Mas se saiu bem em tornar a prece essencial à sua vida, pois assim que aprendeu a rezar Jaqueline orou com fé e com o coração, atraindo para si a companhia de amigos espirituais que lhe estenderam as mãos, entre eles, Abimael, cuja ciência de ter vivido com ele em vidas passadas você já tem. Também se saiu bem ao desencarnar e não chegar ao mundo espiritual revoltada com o desencarne, quitando o modo como nas vidas passadas retornou ao mundo dos espíritos revoltada com o desencarne, a vida e todos.

Tocou meu ombro direito e, ao retirar a mão, disse:

— Parabéns pelo modo como viveu sua última existência física, porque com suas ações e caridade se empenhou em seu crescimento moral e espiritual. Foi agradável estar a seu lado espiritualmente. Em minhas preces, rezo para Deus continuar abençoando-a com o que será benéfico em seu crescimento moral e espiritual. — Uniu as mãos, aproximando-as de mim, e nelas assoprou em minha direção. Fui inundada por um bem-estar tão grandioso que tive a sensação de vários espíritos estarem me abençoando.

Ficamos em pé e seguimos para onde eu residia.

— Demétrius, quem viveu com Irami e Tai Lin, e reencarnou próximo de Jaqueline? — perguntei.

— Você mesma é capaz de descobrir isso.

— Como descobrirei se não tenho ideia de quem são meus familiares reencarnados?

— Se não tem tal ideia é porque no momento essa descoberta não é importante à sua vida. Futuramente, se tal descoberta for importante, ela chegará até você. O que hoje deve saber sobre seus atuais familiares é que os ama e quer o bem deles — ele proferiu.

— Em que ano desencarnei como Irami e como Tai Lin? — inquiri.

— Em 1684, Irami desencarnou aos 21 anos. Tai Lin desencarnou com 35 anos, em 1762.

— Isso significa que fiquei uns duzentos anos no mundo espiritual antes de reencarnar como Jaqueline. Por que demorei tanto para reencarnar?

— Foi um pedido seu, que justificou apontando que necessitava estudar muito para bem se preparar para uma nova existência física a fim de nela não cometer os mesmos erros das vidas passadas. O pedido foi acatado pelos nossos superiores espirituais — explicou Demétrius.

— Você faz o paralelo de vidas passadas de todos os espíritos que você orienta quando eles chegam na colônia espiritual?

— Não, porque raros são os que solicitam um paralelo de suas vidas passadas, como você fez. E alguns deles não levaram uma vida simples e tranquila como a que você viveu como Jaqueline, e, não levando, seria inadequado presenciarem o que não lhes faria bem. Você mereceu o paralelo porque encarnada se dedicou à sua reforma íntima e praticou a caridade, e porque ter ciência de que em sua última existência física quitou alguns débitos de vidas passadas lhe dará ânimo para, como desencarnada, seguir em busca do crescimento moral e espiritual. Conseguindo-o, você evoluirá espiritualmente.

Fiquei pensando no que ele tinha dito enquanto olhava para as rosas e flores do Jardim Central. E, ao chegarmos em casa, ele me pediu que me interessasse pelo que acontecia em toda a colônia. Também desejou que eu tivesse uma excelente formatura do curso de Enfermagem, mencionando que futuramente apareceria para conversarmos. Abraçou-me e a Gardênia; depois, Rafaela e Mônica, e partiu.

Entrei no meu quarto e comecei a escrever o que o meu orientador havia apontado no paralelo das minhas três últimas existências terrenas.

CAPÍTULO 23
VIVENDO NA COLÔNIA

No dia de minha formatura do curso de Enfermagem, minha instrutora, Mônica e Rafaela, além de Severina e Abimael, compareceram para prestigiarem o momento.

Os doutores Lucas e Alfredo discursaram durante a cerimônia e presentearam os formandos com canetas e blocos de anotações. A enfermeira-chefe fez um rápido discurso sobre o trabalho dos enfermeiros espirituais.

Fui parabenizada pelos médicos, enfermeiros e amigos que compareceram à formatura.

Recordei os meus familiares encarnados, desejando que minha mãe estivesse presente para compartilhar a alegria e felicidade que eu sentia em me formar enfermeira. E de repente, ao avistar minha mãe, esfreguei os olhos pensando ser uma ilusão de ótica. Ao abri-los, ela me contemplava, sendo amparada por Demétrius. Os dois sorriram e abracei minha mãe. Emocionada, uma lágrima desceu por minha face enquanto rezava agradecendo a Deus pela bênção de minha mãe ter comparecido à formatura.

Demétrius e minha mãe me parabenizaram, e ele a conduziu para a Terra.

Após a formatura, ao chegar aonde residia, fui para o quarto e fiz nova prece agradecendo a Deus ter me presenteado com um bom orientador, que me concedera a alegria de trazer minha mãe à formatura do curso de Enfermagem. Solicitei a Cristo e Nossa Senhora da Abadia amparar Demétrius nas missões que ele realizava em benefício de encarnados e desencarnados.

Fui para o jardim e, próximo ao pé de girassol, contemplei o azul-celeste. Ao escutar o portão sendo aberto, olhei em sua direção, e Demétrius, ao cruzá-lo, abraçou-me indagando:

— Apreciou a rápida presença de sua mãe na formatura?

— Amei ela ter comparecido. E sou grata por você ter me ofertado esse belo presente. Você é muito bondoso!

— Bondosos são Deus, o Mestre Jesus e a mãe dele. Sou somente um servo dos três — disse Demétrius. — Estive em sua residência e, ao encontrar sua mãe adormecida, desprendi seu espírito do corpo físico e o trouxe ao local da formatura. Foi um presente para você e sua mãe.

— O presente foi um gesto de sua bondade, e creio ser sua humildade que o faz mencionar não ser alguém bondoso — falei.

— Não sou humilde, nem bondoso. Tenho buscado essas virtudes, mas estou longe de possuí-las — ele mencionou. — Fiquei feliz em saber que com louvor concluiu o curso de Enfermagem. Amanhã, eu e Gardênia a acompanharemos até a governadoria. — Fez uma prece, despediu-se e partiu. Eu fui para o quarto.

No dia seguinte, no matutino, eu, meu orientador e minha instrutora fomos recebidos pelo governador da colônia espiritual. Ele me parabenizou pela conclusão do curso e, retirando uma pasta da gaveta da escrivaninha, disse:

— Jaqueline, eu e Demétrius estudamos sua pasta pessoal e nela só encontramos informações positivas sobre você. — Olhou-me dentro dos olhos e prosseguiu: — Há dois dias, os doutores Alfredo e Lucas me entregaram um abaixo-assinado dos enfermos das Alas Juvenil e Adulta do hospital solicitando que você seja a enfermeira deles. Desde que me tornei governador desta colônia, foi a primeira vez que isso aconteceu, o que revela sua eficiência como enfermeira. Eu, Demétrius e Gardênia concluímos que sua atuação como enfermeira nessas duas alas fará grande bem aos enfermos. Somos cientes de que você ama o trabalho na Ala Infantil, por isso, ficará a seu critério a resposta ao abaixo-assinado. — Fixou-me, e os outros dois fizeram o mesmo.

Fechando os olhos, recordei o tempo em que tinha trabalhado na Ala Infantil; como me fizera bem, por amar lidar com crianças, delas recebendo amor fraterno e carinhos. Ser enfermeira deles foi gratificante porque, diferentemente dos jovens e adultos, não reclamavam nem choravam sem motivo, tampouco recusavam o tratamento. Isso os jovens e adultos faziam sempre, sendo necessário ter muita paciência e delicadeza no trato com eles. Preferia trabalhar na Ala Infantil, mas, como os enfermos da alma haviam requisitado meus serviços nas Alas Juvenil e Adulta, significava que no estágio tinha sido uma boa enfermeira, e, se desejavam meus serviços, só me restava ofertá-los a eles.

— Trabalharei nas Alas Juvenil e Adulta, esforçando-me para ser atenciosa, amável e gentil com os enfermos dessas duas alas hospitalares — falei.

Os três se entreolharam. Demétrius tocou meu ombro esquerdo e sorriu de uma forma que me fez compreender ter agido de modo correto ao aceitar ser enfermeira dos jovens e adultos.

— Jaqueline, nós três ficamos felizes com sua caridade em trabalhar nas alas hospitalares que requisitaram seus serviços — disse o governador. — Que Deus a abençoe quando estiver desempenhando suas atividades profissionais. Nas duas alas trabalhará no vespertino e no noturno, concluindo seu trabalho às 23 horas. Está de acordo?

— Estou e quero solicitar algo — falei.

— Qual é a solicitação? — perguntou o governador.

— Desejo me matricular no curso que me ensinará a nutrir e suprir outras necessidades mediante as energias do fluido cósmico universal.

— Por que quer frequentar esse curso? — quis saber Demétrius.

— Para viver de modo semelhante ao de muitos espíritos desta colônia, o que me fará ganhar horas por não mais necessitar dormir nem realizar outras atividades. Essas horas eu as usarei em benefício do próximo e de mim mesma ao colocar em prática o que tenho aprendido com meu orientador, instrutora e demais espíritos desta colônia espiritual.

Os três, outra vez, se entreolharam, e Demétrius disse:

— Sua resposta nos diz que está apta a frequentar o curso que deseja; ele seria o próximo que lhe indicaria frequentar. Inscreva-se no curso, que futuramente, ao aprender a retirar do fluido cósmico universal as energias para se alimentar, higienizar-se e realizar outras atividades, aos poucos você se tornará uma grande trabalhadora no mundo espiritual.

O governador pediu-me, e a Gardênia, que na próxima semana, com Mônica e Rafaela, nós o procurássemos na governadoria. Abraçou-me sussurrando estar feliz com o meu progresso na colônia espiritual. Despedimo-nos dele. Demétrius e Gardênia foram para o hospital.

Eu segui para a escola, onde me inscrevi no curso, cujas aulas seriam em três dias da semana, com duração de seis meses. Fui para casa e nela fiquei até o horário em que iniciaria meu trabalho no hospital.

Uma hora antes de iniciar meu turno de trabalho, cheguei ao hospital e fui até a Ala Infantil. Abracei as crianças e lhes dei atenção. Depois conversei com Severina, sendo-lhe grata pelo que tinha aprendido com ela durante o tempo que trabalhara em sua companhia. Prometendo visitá-la, segui para a sala dos enfermeiros, e Yolanda levou-me até a sala do dr. Alfredo, diretor do hospital, um senhor de uns setenta anos.

Ele conversava com a dra. Marguerete, diretora da Ala Juvenil, e o dr. Pedro, que dirigia a Ala Adulta. Os três me abraçaram, desejando boas-vindas ao trabalho nas duas alas, e o diretor do hospital me apontou as normas das duas alas. Os outros dois médicos me disseram quais enfermos necessitavam de mais cuidados e me entregaram seus nomes por escrito.

Eu e Yolanda seguimos para as Alas Juvenil e Adulta, e ela informou em quais enfermarias eu trabalharia. Fui deixada na Ala Juvenil, onde trabalharia no vespertino.

Humberto, um jovem enfermeiro, deu-me as boas-vindas, desejando-me sucesso no trabalho na Enfermaria Nove. Fixou os enfermos e disse:

— Irmãos e irmãs, vejam quem Deus enviou para trabalhar nesta enfermaria!

Alguns enfermos me fixaram e bateram palmas. Fiquei emocionada pela acolhida deles. Outros enfermos me ignoraram e olharam para a parede. Cumprimentei todos e me dirigi ao leito de Paula, uma jovem de dezessete anos. Sorri para ela, que segurou minha mão direita, e indaguei o motivo do choro ao notar lágrimas descerem por sua face.

— As lágrimas foram motivadas por seu retorno a esta enfermaria, pois você é uma ótima enfermeira que, ao estagiar aqui, nos compreendia e não nos entupia de remédios, nem vivia nos ministrando os tais passes magnéticos — disse

Paula. — Você é a única que neste hospital considero minha amiga e em quem confio.

Emocionada, com delicadeza puxei minha mão e dei-lhe atenção. Esclareci que durante as tardes estaria na enfermaria para auxiliá-la e aos outros. Fazendo-lhe um carinho nos cabelos, retirei-me e fui ao leito de Paulo Gaspar, um rapaz de dezenove anos que olhou para a parede e, rude, disse:

— Não deveria ter regressado para esta enfermaria; eu não gosto de você nem aprecio as tolices que você e a médica vivem me dizendo. Vá embora e não volte a me perturbar, pois acordei com o barulho das palmas, que me despertaram do meu sono eterno. — Fechou os olhos e fingiu dormir.

Paulo Gaspar era o nome que estava escrito no papel que me foi entregue pela dra. Marguerete. Encarnado, fora adepto de uma religião cuja doutrina lhe ensinara que, após o desencarne, ficaria dormindo até o dia do Julgamento Final. Quando este ocorresse, ele e os de sua religião regressariam à Terra como os eleitos de Deus, para nela viverem felizes. Há cinco meses, ele estava na enfermaria, em nada contribuindo com seu tratamento, rejeitando o que de bom os médicos e enfermeiros lhe ofertavam. Sua recuperação era lenta porque ele passava o tempo dormindo ou fingindo dormir. Os enfermeiros sussurravam que ele era um caso complicado.

Fiz uma prece na intenção de Paulo Gaspar e fui aos outros leitos dar atenção aos demais enfermos. Depois sentei próximo a Humberto e ficamos atentos aos enfermos. Foi assim que percebi o choro silencioso de Paula, sequei suas lágrimas com um lenço e a escutei mencionar que não mais suportava a saudade do namorado encarnado; que o amava loucamente por ele ser tudo na vida dela. Queria voltar para a Terra e ficar perto dele, pedindo-me que a levasse até ele.

Ela tinha desencarnado ao fazer um aborto em uma clínica clandestina — aborto exigido pelo namorado, alegando que, se ela o fizesse, estaria lhe dando uma prova de seu amor por ele.

— Não posso levá-la para a Terra — falei. — Você precisa entender que está no mundo dos espíritos e aceitar sua nova realidade, aceitar que vive no Outro Lado da Vida. Passará a se sentir bem aqui quando começar a se esforçar para aceitar essa vida. Aceitando-a, estudará para se adaptar, e os estudos, futuramente, a ajudarão a visitar seu antigo namorado, a fim de entender que ele vive em um mundo e você, em outro. Esse entendimento lhe será benéfico.

Chorando, ela disse que não queria viver em um mundo no qual estivesse longe do namorado. Em silêncio, observei-a chorar, porque sua enfermidade era da alma, e as lágrimas seriam um bálsamo à sua dor, mesmo que ela não compreendesse tal bálsamo. Ao cessar o choro, falei que ela necessitava trabalhar a saudade do namorado, começando a se interessar pelo seu bem-estar espiritual ao ler um livro, escutar músicas, tomar sol no jardim, entre outras coisas que a alegrariam. Fazendo isso, estaria se importando com ela, enquanto o namorado cuidava da vida dele na Terra. Se assim procedesse, ficaria bem no mundo espiritual e, quando visitasse o antigo namorado, se ele fosse médium vidente, a veria, ou, se estivesse próximo de um, o vidente lhe diria sobre a presença dela.

Paula indagou o que deveria fazer para começar a se importar mais com ela. Falei que poderia iniciar lendo um livro e, indo ao armário da enfermaria, peguei um livro e o entreguei a ela, desejando-lhe uma boa leitura. Afastei-me e fui até outro enfermo que requisitou meus cuidados.

Terminado meu turno na Ala Juvenil, fui ao refeitório e fiz um lanche.

Passados dez minutos, dirigi-me à Ala Adulta e entrei na Enfermaria Doze. Marta, a enfermeira, recebeu-me calorosamente. Alguns enfermos ficaram felizes em me ver. Sentei próximo a Marta, aguardando um dos enfermos requisitarem nosso atendimento. Ao observar dona Julieta, uma senhora de 58 anos — cujo nome o dr. Pedro me repassara em um papel —, remexendo-se no leito, dirigi-me a ele, e a enferma falou que não necessitava de médicos nem de enfermeiras, medicamentos ou passes. Não precisava de nada. Tudo o que lhe interessava era saber quando o seu anjo da guarda a visitaria, porque vivia chamando por ele para tirá-la do Purgatório onde estava e levá-la ao Céu, mas o anjo nunca a atendia.

— Fora a visita do seu anjo da guarda, posso auxiliá-la em algo? — perguntei.

— Vá atrás do meu anjo da guarda e diga-lhe para com urgência visitar-me. Ele deve estar muito ocupado, por isso não escuta meus pedidos, mas, se você for até ele, é certo que virá até mim e me tirará deste lugar horrível — proferiu dona Julieta.

— Não tenho como ir até onde seu anjo da guarda se encontra porque não sei onde ele vive. Mas creio que um dia ele virá até a senhora. Porém, enquanto ele não a visita, a senhora deve aceitar nossos cuidados, medicamentos e tudo o que o hospital tem a lhe ofertar em benefício do seu espírito.

— Suma daqui e me deixe sozinha! — gritou a enferma, e voltei a me sentar.

Fiquei na enfermaria até o final do meu turno. Depois fui para casa e desfrutei o merecido descanso.

Transcorrida uma semana, eu, Gardênia, Mônica e Rafaela nos apresentamos ao governador da colônia espiritual. Ele nos recebeu amigavelmente e, após ler o que Gardênia lhe entregou, disse:

— Há um bom tempo, vocês três vivem na colônia sob a instrução de Gardênia. Junto a ela, aprenderam a viver como desencarnadas e a se tornar úteis aos demais. — Fixou nós três. — A partir de hoje, não mais necessitam de uma instrutora. Serão responsáveis por vocês mesmas.

Eu, Mônica e Rafaela fixamos Gardênia, que sorriu e ficou em silêncio.

— Gardênia se mudará para outra residência, onde passará a instruir novas jovens. Caso precisem dela, poderão visitá-la e dela receberão a instrução que necessitarem. Recordo que as três possuem seus orientadores, que também estarão por perto quando deles precisarem — falou o governador. — Vocês serão responsáveis por si próprias e pela casa onde residem porque, mediante suas ações, se tornaram membros da família espiritual da Colônia Bom Jardim. Aqui permanecerão até reencarnarem ou serem requisitadas para trabalharem em outro local. Parabéns por fazerem parte da nossa família. — Abraçou-nos e desejou sucesso a Gardênia junto a suas futuras pupilas.

Partimos e em casa soube que Paula seria uma das jovens que Gardênia instruiria. Paula, desde nossa última conversa e leitura do livro que lhe emprestara, havia decidido cuidar de si. Sendo instruída por Gardênia, a jovem voltaria a sorrir e viver em paz no mundo dos espíritos.

Eu, Mônica e Rafaela agradecemos a Gardênia o bem que nos tinha proporcionado pelo tempo que nos instruíra. Juntas, a abraçamos. Ela se emocionou e a conduzimos até sua nova residência.

Passados alguns dias, as aulas do novo curso tiveram início. Éramos onze alunos e dois professores. As aulas práticas eram repetidas inúmeras vezes, até todos os alunos conseguirem realizar com perfeição o que garantiria sua nutrição e suprimento de outras necessidades usando os recursos do fluido cósmico universal. As aulas teóricas contribuíram ao bom entendimento das aulas práticas.

Após duas semanas frequentando o curso, os professores abriram uma extensão dele, que ensinaria a arte de plasmar. Inscrevi-me na extensão e depois comuniquei a Gardênia, que me informou que ela e Demétrius sabiam dessa extensão, esclarecendo não haver mais necessidade da permissão dela para realizar cursos ou extensões.

As semanas e os meses passavam com rapidez e, nas minhas folgas do trabalho e do curso, eu costumava ficar em casa. Ao dar-me conta de há um bom tempo não ver Abimael nem Samatha, visitei-os no educandário. Ele continuava dedicado em auxiliar os garotos desencarnados que chegavam ao educandário. Guilherme tornou-se um grande amigo dele. Dei atenção aos dois e depois fui ao encontro de Samatha, que me acolheu com alegria, abraços e beijos. Apresentou-me suas amiguinhas e brinquei com elas, jogando bola.

Após o jogo, conversei com Shirley. Ela me contou que, em duas semanas, Samatha reencarnaria como filha da mesma mãe que a tinha envenenado. Prometendo visitar a garotinha antes de sua reencarnação, retornei para casa.

Os dias seguiram seu curso e meu trabalho no hospital continuava transcorrendo normalmente. Uma tarde, consegui conversar por trinta minutos com Paulo Gaspar, que deu-me atenção após eu lhe dizer que tinha lido um livro que muito me auxiliara quando havia desencarnado e chegara à colônia espiritual. Ele quis saber qual era o livro e o que era "colônia espiritual". Expliquei o que era uma colônia espiritual e resumidamente falei sobre a história do livro, prometendo nos dias seguintes contar a história em maiores detalhes. Ele se interessou e nos próximos dias recebeu-me com um sorriso, esperançoso em continuar escutando a narração da história do livro, que acabei lhe emprestando para leitura.

Envolvida com o trabalho no hospital e com o curso e sua extensão, nem me dei conta de que seis meses tinham se passado e o curso fora concluído. Demétrius esteve presente na formatura, parabenizando-me por ter aprendido a plasmar, me nutrir e realizar outras necessidades mediante o fluido cósmico universal.

Eu estava feliz por ter aprendido o conteúdo do curso, com o qual não precisei mais me alimentar de forma convencional nem necessitava dormir, entre outras coisas que me fariam ganhar horas, as quais usaria para dedicar-me ao que como desencarnada apreciava executar.

Após a formatura, regressei para casa na companhia do meu orientador. Sentamos na sala e ele disse:

— Jaqueline, dia após dia, aqui no mundo espiritual, você tem praticado o que a encaminha para a execução de suas futuras missões. — Sorriu com candura e rezamos agradecendo a Deus o novo curso que eu tinha concluído. Depois, contemplou-me demoradamente e, ruborizada, abaixei a cabeça ao pensar que ele poderia me dar meu primeiro beijo.

— Você está matriculada em um curso que será ministrado em outra colônia espiritual — ele disse. — Nos dois primeiros dias de aula, volitaremos até a colônia, o que será suficiente para aprender o caminho e nos outros dias seguir sozinha. O curso se iniciará na próxima semana, no matutino. Nele aprenderá conhecimentos que a auxiliarão a bem executar suas futuras missões.

— O curso é sobre o quê? — quis saber.

— Sobre prece e virtudes.

— São temas interessantes. Deve ser um excelente curso e creio que vou gostar de frequentá-lo.

— É um ótimo curso! — exclamou Demétrius. — Dura dois anos e todos os que o cursaram passaram a estender com maior frequência suas mãos aos verdadeiramente necessitados. Com essa atitude, atraíram a presença de espíritos de esferas sublimadas, que os inspiraram a seguir os exemplos e ensinamentos do Cristo.

Conversamos sobre outros assuntos e ele partiu após se despedir. Eu fui para meu quarto, nele escrevendo sobre o que tinha me acontecido naquele dia. Depois segui para o hospital.

Assim que cheguei à Ala Juvenil e entrei na Enfermaria Nove, Paulo Gaspar me chamou, querendo conversar sobre um dos capítulos do livro *Desapego*, de autoria de Demétrius, que fora o livro que havia lhe emprestado. Escutei-o com atenção e, por alguns minutos, ficamos conversando sobre os belíssimos exemplos de desapego praticados pelo personagem principal da história.

Após dar atenção a Paulo Gaspar, dirigi-me ao leito de um jovem de dezoito anos, recém-chegado ao hospital. Ele reclamava da alimentação, recusando-a e dizendo que ela era ruim. Peguei o alimento que lhe fora destinado e servi-me de uma colher do caldo de legumes, falando que estava uma delícia. Como não mais necessitava me alimentar, só o fazia em ocasiões especiais. O jovem duvidou de a refeição estar saborosa e servi-me novamente, dizendo que a consumiria se ele não a quisesse, mas apontando que só receberia nova refeição no dia seguinte. Ele pediu para experimentar e acabou tomando todo o caldo. Em pensamento, agradeci a Deus por ter aprendido essa técnica no curso de Enfermagem.

Transcorridos alguns dias, fui ao educandário na manhã em que Samatha iniciaria seu processo reencarnatório. Peguei-a no colo, dei-lhe carinho e beijei sua fronte, prometendo visitá-la quando estivesse reencarnada. Ela beijou-me e partiu no aeróbus para onde começaria o processo reencarnatório.

Eu segui para o hospital e, ao término dos meus dois turnos de trabalho, procurei Mônica na Ala Juvenil e conversamos por alguns minutos. Em seguida, caminhei pelo jardim do hospital enquanto pensava sobre como eu estava vivendo na colônia.

Fui para casa, liguei o transmissor e fiquei assistindo à programação. Depois segui para meu quarto e rezei na intenção de Samatha:

— Senhor Deus! Vós, que sois bondoso e compassivo, cuidai de Samatha, abençoando-a em sua nova existência terrena para que possa ser feliz junto aos seus familiares. Deus, abençoai com suas bênçãos paternais todas as crianças encarnadas e desencarnadas, especialmente as que em breve reencarnarão. E derramai suas graças sobre todos nós que vivemos nas colônias espirituais, para conseguirmos dia após dia sermos caridosos com quem colocardes em nosso caminho. Assim seja! Amém!

Novos dias chegaram e, quando se iniciou o curso na outra colônia espiritual sobre prece e virtudes, acompanhei Demétrius até o local do curso. Ele me apresentou aos professores e partiu.

Os três professores se apresentaram e solicitaram aos dezesseis alunos que se apresentassem e informassem a colônia de origem.

Um rapaz bonito, com cabelos pretos e olhos verdes, sentado na carteira ao lado da minha, se identificou como Rodolfo. Após se apresentar, contemplou-me demoradamente e sorriu de modo encantador. Senti o sangue gelar, pois a forma como me contemplou e sorriu causou-me uma sensação de reconhecimento de seu olhar e sorriso. Retribuí o sorriso e desviei o olhar para uma aluna que se apresentava.

Ao apresentar-me, falei meu nome e disse que vivia na Colônia Bom Jardim.

Quando todos se apresentaram, a aula se iniciou.

No intervalo das duas primeiras aulas, eu conversava com Meire, uma das alunas, quando Rodolfo se juntou a nós perguntando se poderia participar da conversa. Descobri que sua fala era agradável e fiquei ruborizada quando ele me olhou dentro dos olhos.

Nos novos dias, durante os intervalos das aulas do curso, Rodolfo[1] sempre se aproximava de mim e ficávamos conversando. Por duas ocasiões, ele me acompanhou durante meu regresso à Colônia Bom Jardim, demonstrando com essa ação ser um cavalheiro.

As semanas foram se passando e eu continuei dedicada ao meu trabalho hospitalar e ao curso sobre prece e virtudes.

---

1 No livro *Casa do Auxílio* narro mais detalhes sobre Rodolfo e a colônia onde ele vive. (Nota da Autora Espiritual.)

Em meu tempo livre, lia na biblioteca, escrevia em meu quarto, auxiliava quem pedisse minha ajuda e realizava outras atividades que me faziam bem, pois estava feliz ao viver na colônia e fazia questão de demonstrar essa felicidade aos que viviam comigo.

CAPÍTULO 24
A NOTÍCIA

Próximo ao pé de girassol, pensava em minha vida quando avistei Mônica cruzar o portão e alegre vir em minha direção. Indaguei o motivo da alegria e ela respondeu:

— É em função da notícia que chegou ao hospital. Uma visita que a colônia espiritual receberá. Tente adivinhar quem será o visitante...

— Nunca me saí bem com adivinhações. Dê-me uma dica — pedi.

— Trata-se de um espírito que você sempre quis encontrar.

— Ultimamente, o único espírito com quem desejo me encontrar é Rodolfo. Não sendo ele, não tenho ideia de quem visitará a colônia espiritual.

— Um anjo! — empolgada exclamou Mônica.

— Um anjo virá aqui? Tem certeza?

— Certeza absoluta! A notícia circulou após o governador transmiti-la ao diretor do hospital. — Olhou-me dentro dos olhos. — Jaqueline, é uma notícia maravilhosa! Vamos ter o privilégio de ver um anjo.

— Não sei por que está tão empolgada com a notícia. Será apenas um anjo que nos visitará.

— Quantas vezes você já viu um anjo sem ser nas imagens religiosas?

— Nenhuma — respondi. — Um anjo é apenas um espírito mais evoluído do que os outros.

— Não acredito que escutei isso de você, que sempre desejou avistar um anjo, e agora que terá essa oportunidade não demonstra entusiasmo com a notícia.

— Quando me disseram que eles não têm asas, perdi o interesse por eles, porque sempre acreditei que tinham lindas asas, sendo meu sonho avistar um assim — falei.

— Se seu sonho é ver um anjo de asas, quando o visitante chegar, imagine lindas asas em suas costas e as verá — sugeriu Mônica.

— Tal imaginação seria uma ilusão, pois, se eles não têm asas, seria tolice eu fantasiar que as estou vendo nas costas do anjo que visitará a colônia espiritual.

De repente, Rafaela abriu o portão indagando:

— Já sabem da notícia que se espalhou rapidamente pela colônia? Um anjo a visitará — ela mesma respondeu. — Estou nervosa em saber que um anjo nos visitará.

— Nervosa por quê? Fez algo que acredita que o anjo desaprovará? — perguntei esboçando um sorrisinho, e Mônica me imitou.

— Creio que todos já tenham praticado algo que seria desaprovado pelos anjos — ela respondeu. — Estou nervosa porque me disseram que o anjo, ao olhar para alguém, lê sua alma e fica ciente dos pedidos feitos em preces. Depois os apresenta ao Cristo. Eu rezo pedindo tanta coisa... Receio que o anjo, ao olhar para mim, não tenha tempo de descobrir todos os meus pedidos. É por isso que estou nervosa sobre quantos pedidos devo começar a fazer em minhas orações. — Fez uma pausa e continuou: — Quando a notícia de sua visita se espalhou, fiquei sabendo que o anjo trará respostas aos pedidos que levou em sua última visita e também respostas às solicitações de reencarnação.

— Se faz tudo isso que você apontou, deve se tratar de um anjo poderoso — proferi.

— Acredito que todos os anjos sejam poderosos porque, sendo anjos, são detentores de grande conhecimento espiritual. Tudo o que sei é que a notícia da visita do anjo deixou professores, alunos e trabalhadores da escola em júbilo — explicou Rafaela, que começou a conversar com Mônica sobre a visita do anjo, enquanto em silêncio eu as observava.

— Vou plasmar um vestido lindo para ficar apresentável durante a visita do anjo — falou Mônica.

— Quando o anjo olhar para mim, pensarei em alguém da colônia que muito deseja se encontrar com um familiar que desencarnou primeiro que ele — disse Rafaela. — Jaqueline, o que mentalizará quando o anjo olhar para você?

— Nada mentalizarei, porque na colônia já recebi o que preciso para estar em paz e feliz.

— Plasmará uma roupa bonita? — quis saber Mônica.

— Não — respondi.

— Por quê? Estamos falando da visita de um anjo e penso que devemos estar bonitas quando ele visitar a colônia espiritual — proferiu Mônica.

— Sendo anjo, não deve se importar com o que estivermos vestindo. Deverá se focar em nosso crescimento moral e espiritual, caso estejamos trabalhando nele — falei.

As duas mencionaram que eu estava correta no que havia dito. Sorri para elas e, pedindo licença, fui para o meu quarto, onde comecei a pensar no que minhas duas amigas haviam comentado sobre a visita do anjo. Eu deveria estar empolgada com a notícia, mas não estava, porque, após viver na colônia, o catolicismo e minhas devoções não faziam mais sentido, pois tinha descoberto que a vida espiritual era diferente da que os padres e as freiras pregavam. Eu continuava acreditando em anjos, que desencarnada soube serem grandes trabalhadores de Deus. A notícia da visita de um anjo à colônia não me deixou animada como o fez com Mônica e Rafaela porque eu enxergava Demétrius como um anjo, e, se lhe dissesse isso, creio que ele jamais admitiria ser um. E, mesmo que não fosse, para mim ele era o anjo que Deus havia colocado em meu caminho assim que desencarnei.

Alguém bateu na porta e, ao abri-la, Rafaela disse que o governador faria um pronunciamento pelo transmissor. Segui-a até a sala e, com Mônica, aguardamos o pronunciamento.

A imagem da apresentadora surgiu no transmissor. Ela sorriu, cumprimentou os telespectadores e pediu que todos prestassem atenção à fala do governador, cuja imagem apareceu após o coral ter se apresentado. O governador sorriu e olhou os telespectadores como um pai olharia para os filhos.

— Caríssimos irmãos e irmãs em Cristo! Que as bênçãos de Deus continuem atuando em nossas vidas — desejou o governador. — Informo a todos que em dois dias a Colônia Bom Jardim receberá a visita do anjo Lugiel, que sempre se preocupou conosco, auxiliando-nos quando dele necessitamos. Ele foi um dos fundadores da nossa colônia espiritual e, junto ao Mestre Jesus, intercede por todos nós, solicitando ao misericordioso Mestre nos acolher como seus verdadeiros seguidores. Lugiel tem grande carinho por todos nós e em sua visita nos presenteará com as bênçãos que foram enviadas pelo Mestre Jesus. Por isso, comunico a todos que a nossa colônia está em festa e todos devem contribuir com sua decoração; além de ficar bela, ela deverá manter sua simplicidade. — Fez uma pausa e continuou: — Solicito aos nossos socorristas que transitem por um maior número de horas no

Umbral, recrutando quem solicita amparo espiritual. Aos que não solicitarem ajuda, dirijam-lhes palavras edificantes e rezem por eles. Peço aos médicos, enfermeiros e trabalhadores do hospital que ofertem mais atenção e cuidados aos enfermos que padecem em virtude das dores na alma, preparando-lhes para a visita do anjo. Solicito ao coral que se apresente em todos os departamentos da colônia para com suas canções espalhar a alegria em nossa cidade espiritual.

O governador fez outra pausa e disse:

— A todos os que aguardam respostas sobre reencarnação e aos que desejam que o anjo interceda em seu favor, peço mentalizarem apenas um pedido, a fim de que Lugiel possa dar atenção a todos. Ele se materializará no Salão da Prece, rezará e olhará em nossa direção. Se sorrir e levantar a mão direita para você, significará que seu pedido de reencarnação foi aceito. Também significará que teve conhecimento de seu pedido e o apresentará ao Mestre Jesus. Se ele abrir e fechar a mão por duas vezes em sua direção, estará permitindo que o acompanhe durante sua permanência na nossa colônia. Do Salão da Prece, ele irá ao Jardim Central, educandário e hospital. Depois, regressará para a esfera sublimada onde vive. Sua visita é importante para todos nós, particularmente para mim, porque esse grande trabalhador de Deus trará uma resposta que há muito anseio receber. — Realizou outra pausa e concluiu: — Preparemo-nos com grande alegria para a acolhida do anjo Lugiel, cuja visita significa que estamos estendendo nossas mãos aos necessitados, e devemos, a serviço do Cristo, continuar nos esforçando para sermos amáveis e caridosos ao próximo. Que Deus continue olhando por todos nós e nos abençoando. Assim seja!

O coral cantou uma canção e em seguida a apresentadora transmitiu as notícias do dia. Desligamos o transmissor, fizemos a prece noturna e fomos para os nossos quartos.

No dia seguinte, ao me dirigir ao hospital, observei os moradores da colônia diligentemente cuidarem dos jardins, que estavam belíssimos, com plantas e roseiras ostentando belas flores e rosas. Os moradores me saudavam, comentando a visita do anjo.

No hospital, encontrei em meu armário um convite para participar de uma reunião na sala dos enfermeiros. Dirigi-me ao local, onde avistei os enfermeiros que iniciariam seu turno de trabalho na companhia de Yolanda. Esta me cumprimentou e depois disse a todos:

— Queridos trabalhadores do Cristo! Para atendermos à solicitação que ontem o governador nos dirigiu, peço a todos que doem algumas horas a mais em seu turno de trabalho, para, por meio delas, ofertarmos mais atenção aos enfermos, a fim de que, quando necessitarem de nossos serviços, sempre exista um enfermeiro para atendê-los, o que nos ajudará a prepará-los para a visita do anjo, cuja vinda ao hospital será motivo de bênçãos para todos. Passarei nas enfermarias com uma planilha para anotar o nome daqueles que desejarem trabalhar um maior número de horas. — Fixou-nos. — Continuemos trabalhando com amor, alegria e muita doação, que Deus e os anjos estão atentos ao nosso trabalho. E que Deus e o Cristo, por intermédio da visita do anjo, nos enviem suas bênçãos! Assim seja!

— Assim seja! — repetimos em coro.

Seguimos para as enfermarias e iniciamos nosso trabalho cumprimentando os enfermeiros que substituiríamos. Fizemos uma prece e dediquei-me ao trabalho na Ala Juvenil. Quando Yolanda passou na enfermaria, ofereci-me para trabalhar por mais duas horas; e, concluído meu turno na Ala Juvenil, segui para a enfermaria da Ala Adulta e iniciei meu turno nela.

Ao escutar dona Julieta, com olhos fechados, reclamando que seu anjo da guarda não tinha vindo visitá-la, fui ao seu leito e lhe ministrei um passe magnético, enquanto me lembrava do que os enfermeiros tinham me alertado sobre a enferma: ela tinha crises de consciência alegando estar sem as mãos e dizia que sangue jorrava de onde elas tinham sido decepadas, implorando incessantemente que seu anjo da guarda viesse curá-la. Ela abriu os olhos e disse:

— Esperançosa, abri meus olhos pensando que veria meu anjo da guarda, e quem vejo é você me aplicando esses passes inúteis. Vá embora e traga meu anjo da guarda, que nunca aparece, mesmo eu implorando sua visita e tendo pagado o padre para rezar missas em intenção da minha alma quando ele esclareceu que as missas fariam minha alma ser recebida pelo meu anjo da guarda, que me levaria até Deus. Ele interce-deria em meu favor para Deus não me castigar por causa dos pecadinhos que cometi. Paguei as missas, e nada de esse anjo aparecer. Cadê ele?

— Deus é um Pai bondoso e misericordioso, por isso não castiga seus filhos. A senhora, sendo filha Dele, não será castigada por Deus — falei.

— O padre disse que Deus castiga os pecadores e é nele que eu acredito, não em você. Por acaso, quer saber mais sobre Deus do que o padre? — indagou irônica. — Uma mo-cinha que nem sabe ser enfermeira querendo saber mais sobre Deus do que o padre... Isso é um absurdo! Se Deus não casti-gasse os pecadores, eu não estaria sofrendo neste Purgatório a perda de minhas mãos e padecendo de dores terríveis, sem receber medicação para aliviá-las.

— Todos os dias a senhora recebe uma medicação eficaz ao alívio de suas dores — eu disse.

— Se recebesse, as dores já teriam desaparecido e as mi-nhas mãos, surgido. Se isso não aconteceu é porque a go-roroba que me dão e o que chamam de passe não servem para nada. Se servissem, eu já estaria curada e teria saído do Purgatório — reclamou ela. — Se meu anjo da guarda viesse até mim, ele me curaria. Não vem porque Deus tem me cas-tigado devido aos pecadinhos que cometi, e ficarei anos neste Purgatório, sem nenhum alento, tendo de conviver com en-fermeiras inúteis.

— Como já mencionei, Deus não castiga ninguém. O que chama de castigo deve ter se originado em função de suas ações quando esteve encarnada. Pare de reclamar e reze pedindo a Deus que lhe conceda a bênção de a senhora entender sua enfermidade. Entendendo-a, conseguirá se libertar dela e conquistará paz de espírito — falei. — Sua cura só depende da senhora, ao aceitar os remédios e passes que lhe são ministrados. Aceitando-os, estará contribuindo com sua cura e seu bem-estar. — Olhei dentro dos seus olhos. — Confie em Deus e reze dizendo a Ele que está arrependida dos pecadinhos que a senhora cometeu.

— Rezo direto, mas Deus não me escuta nem me perdoa. É por isso que imploro a presença do meu anjo da guarda, que, se aparecer, dirá que Deus me perdoou e me levará para o Céu.

— Talvez a senhora não esteja rezando da forma correta. Quando voltar a rezar, deixe seu coração rezar junto com os lábios, sendo sincera em sua prece, porque, quando rezamos com sinceridade e coração, nossa prece chega até Deus.

— Mocinha, está insinuando que eu não sei rezar? Isso é um desrespeito a uma senhora de minha idade, que vive sempre rezando. Cansei de sua ladainha. Vá embora! Vou dormir. — Virou-se para a parede e fechou os olhos.

Fui verificar os outros pacientes, que eram diferentes de dona Julieta. Dei-lhes atenção e recebi a deles, incentivando-os a permanecerem focados na libertação de suas enfermidades, que uma hora a libertação chegaria até eles.

Alguns dos enfermeiros que minha equipe substituiu retornaram à enfermaria. Certamente deveriam ter se oferecido junto a Yolanda para trabalharem por mais horas.

Juntei-me aos enfermeiros e ficamos atentos aos enfermos. Enquanto aguardava um deles solicitar auxílio, pensei no caso de dona Julieta, que há três dias tivera uma crise após a visita de um neto que desencarnara antes dela, e a visita dele não mais foi permitida porque ela não queria que o neto a visse sem as mãos. Ela acreditava não as possuir, pois a consciência cobrava o que encarnada fizera como proprietária de um açougue, colocando a mão na balança na hora da pesagem da carne enquanto entretinha os clientes, que levavam uma quantidade menor da que pagavam. Fez isso por anos, confessando o pecado e sendo redimida deles pelo padre, a cuja paróquia doava boa quantia de dízimo. Ao desencarnar, espíritos zombeteiros e malignos, ao encontrarem-na no Umbral, disseram-lhe que eram enviados por Deus para castigá-la pelo roubo na pesagem da carne, e o castigo seria não se encontrar com o anjo da guarda e ficar sem as mãos, com sangue jorrando sem cessar, até prestar contas das ações malignas a Deus. Depois, partiram sorrindo do seu sofrimento. Como no mundo espiritual o pensamento tem grande poder, a mulher acreditou nos espíritos malignos e, ao olhar para os braços, pensou estar sem as mãos, com o sangue sendo liberado do local. Ficou nesse estado por muito tempo no Umbral, até ser socorrida pelo neto, que, junto a espíritos evoluídos, trouxeram-na ao hospital da Colônia Bom Jardim.

Comecei a pensar em outras coisas e a atender os enfermos que requisitaram meus serviços. Quando meu expediente de trabalho foi concluído, após a prece que fazíamos no final do trabalho, segui para casa. No trajeto, avistei algo que antes nunca tinha visto na colônia: bandos de canários-da-terra voando em diversas direções. Pousavam em grupo de dez aves e cantavam, sendo substituídos por outro grupo. Voavam com maestria, cantavam divinamente e, quando chamados por alguém, voavam até quem os chamara, pousando e cantando.

Sentei em um dos bancos do Jardim Central, escutando o canto dos canários-da-terra e o modo como se comportavam, notando que outros espíritos faziam o mesmo.

— Não são lindos? — perguntou Gardênia, apontando as aves e se sentando, sem que eu tivesse percebido sua presença.

— São aves belíssimas e cantam bem! — exclamei abraçando-a. — Sempre soube que existiam pássaros na colônia, mas nunca tinha avistado bandos de canários-da-terra.

— Eles vivem em diferentes lugares em nossa colônia. Estão em bandos, treinando seu canto para a visita do anjo.

— Eles também estão empolgados com a visita do anjo? — indaguei curiosa.

— Lugiel, quando esteve encarnado, apreciava o canto dos canários-da-terra, e desencarnado continua apreciando. O governador, ciente disso, providenciou que as aves cantassem durante a chegada do anjo à colônia — explicou Gardênia.

— Gardênia, por que estão sendo realizados tantos preparativos para a visita desse anjo?

— Lugiel é conhecido como o Anjo da Reencarnação. Depois que atingiu a evolução angelical, já reencarnou na Terra, em missão. Quando reencarna, mediante seus exemplos de caridade, amor ao próximo, desapego, virtudes, entre outros, auxilia muitos encarnados a crescerem moralmente, principalmente aqueles que ele, antes de reencarnar, se comprometeu a amparar na caminhada terrena. Fiquei sabendo que a reencarnação dele é autorizada pelo Cristo e que, desencarnado, é um dos anjos que trabalha com o Cristo. É um grande servidor do bem, no mundo espiritual e na Terra. Ele reencarnará novamente e, antes de isso acontecer, permitirá a alguns espíritos reencarnarem próximo dele.

— Isso significa que quem reencarnar próximo dele será um sortudo? — inquiri.

— Talvez sejam os mais necessitados de um anjo que reencarnarão próximo dele, visto que os encarnados necessitarão de alguém paciente, amoroso e caridoso, que os perdoe e acredite em seu crescimento. E talvez alguns possam se considerar sortudos, sim — esclareceu Gardênia.

Um dos grupos de dez canários-da-terra pousou perto de nós. As aves olharam para Gardênia e cantaram. Ela se emocionou com o canto, que para mim foi somente um canto de aves, não percebendo nada que fizesse alguém se emocionar. Os canários voaram. Gardênia continuou no jardim e eu fui para casa. Mônica veio ao meu encontro e disse:

— Um dos jovens que está na enfermaria hospitalar onde trabalho pediu-me que, ao avistar o anjo que visitará a colônia espiritual, mentalizasse o pedido dele, contando-me qual era esse pedido. Mas estou em um dilema, porque quero mentalizar meu próprio pedido. Fico pensando que, se mentalizar os dois pedidos, talvez o anjo não tenha tempo para tomar conhecimento de ambos, visto serem muitos os que estarão no Salão da Prece, e o governador solicitou que mentalizássemos só um pedido. O que devo fazer?

— Se eu estivesse em seu lugar, me questionaria sobre qual pedido seria mais significativo para o anjo tomar conhecimento. Ao chegar a uma conclusão, mentalizaria o que considerasse ser o mais importante dos dois — falei.

— Grata por sua opinião, que seguirei — proferiu Mônica, e fomos então para nossos quartos.

Ao entrar em meu quarto, corri para a janela quando avistei as flores de girassol tocando o batente da janela. Toquei-as com delicadeza, notando que o pé de girassol tinha crescido e estava todo florido. Dez canários-da-terra pousaram no batente e cantaram assim que me sentei na cama. Dei atenção ao canto e voltei a nada perceber que causasse emoção. Eles voaram e cantaram na janela do quarto de Mônica. Pensando nela, decidi que mentalizaria seu pedido durante a visita do anjo para que ela pudesse pensar no pedido do jovem enfermo.

Ao encontrá-la, deixei-a ciente do que faria. Ela falou que não era necessário, por ter decidido mentalizar o pedido do jovem, já que o dela não era tão importante assim, e que eu poderia mentalizar meu próprio pedido. Nada tendo de especial para mentalizar um pedido na visita do anjo, recordei-me do desejo de dona Julieta em se encontrar com seu anjo da guarda e decidi mentalizar esse pedido.

Ao chegar à outra colônia espiritual para uma nova aula do curso sobre prece e virtudes, comentei com Rodolfo sobre a visita do anjo. Ele disse que a visita de um anjo a uma colônia espiritual é um momento especial porque proporciona alegrias e bênçãos à colônia e aos moradores, pois os anjos são os mensageiros de Deus, do Mestre Jesus e de sua mãe. Pensei no que ele tinha mencionado e, ao regressar à Colônia Bom Jardim, fiquei entusiasmada com a visita e ansiosa por ela.

CAPÍTULO 25
OS ANJOS

No dia da visita do anjo, o Salão da Prece lotou. Sentei-me entre Mônica e Rafaela, próximo de Gardênia e suas novas pupilas. O salão estava com uma decoração belíssima. Canários-da-terra estavam pousados nas janelas. Em círculo, no centro do salão, estavam dez espíritos de mãos dadas e olhos fechados. Indaguei a Gardênia o que eles faziam, e ela respondeu:

— Encarnados, os dez foram médiuns de efeitos físicos, que doam ectoplasma para materializações espirituais. Estão reunidos para auxiliarem o anjo Lugiel a se manifestar entre nós, pois ele, tendo evolução superior, ao chegar à nossa colônia usará a vestimenta espiritual que usamos.

A explicação me fez recordar o que havia estudado no curso sobre Espiritismo referente às diferentes faculdades mediúnicas e suas funções.

O governador se dirigiu ao centro do salão acompanhado por Demétrius, e ambos se juntaram aos dez, todos ficando de mãos dadas e olhos fechados.

O coral cantou uma belíssima canção, e o governador abriu os olhos e rezou:

— Mestre Jesus, Vós que sois bondoso e misericordioso, somos gratos pela bênção da visita de um dos seus grandes trabalhadores. Solicitamos uma chuva de bênçãos para todos nós, esperando, Mestre Jesus, recebermos seu grandioso amor. É em Vosso nome que alegremente acolhemos o vosso mensageiro, o anjo Lugiel. — Fechou os olhos e, com os outros onze, começaram a rezar baixinho.

Algo parecido com uma névoa se desprendeu da fronte dos doze. Ela se uniu, transformando-se em uma grande névoa no meio deles.

Os canários-da-terra e o coral começaram a cantar.

De repente, a névoa tornou-se uma espiral, que foi aumentando de tamanho até que uma fortíssima luz incidiu no salão, como se o sol, a lua e as estrelas tivessem direcionado suas luzes para o local. A luz foi tão grandiosa que todos fecharam os olhos.

Assim que a claridade desapareceu e consegui abrir meus olhos, avistei no centro do salão um jovem e uma moça, que estavam cabisbaixos. Devagarzinho, ergueram a cabeça e, ao contemplar o rosto do jovem, imaginei estar vendo uma versão mais jovem de Demétrius, que não poderia ser ele, porque meu orientador permanecia segurando a mão dos outros que estavam no círculo. Ao fixar a moça, acreditei ser a mulher mais linda que eu já tinha contemplado.

O jovem uniu as mãos em forma de prece e disse:

— Louvado seja Nosso Senhor Jesus Cristo!

— Para sempre seja louvado! — todos respondemos.

— Amigos e amigas: trabalhadores do Cristo. O mestre Jesus envia a todos as suas bênçãos misericordiosas, de paz, amor e luz, esperando que todos permaneçam dedicados à prática do bem. Para isso ser possível, continuem sendo caridosos, amem fraternalmente e vivam de acordo com os ensinamentos e exemplos do Mestre Jesus, buscando-O em seus corações e em suas preces — falou o anjo, dando-me a impressão de sua fala soar como uma canção. — Como trabalhadores na messe do Senhor, executem ao próximo o que estiver em seu alcance para ajudá-lo a ser feliz, doando-lhe atenção, compaixão, paciência e perdão. E aos enfermos da alma que estiverem sob seus cuidados, ofertem bondade, conforto, luz e o necessário para auxiliá-los a se libertarem das dores. Conseguindo essa proeza, continuarão sendo os bons operários da messe do Senhor, que é grandiosa e está sempre precisando de bons trabalhadores.

Fez uma pausa e, apontando a moça, disse:

— Esta é Rutiele[1]. Uma amiga de onde resido, bondosa, amável e gentil. Trouxe as bênçãos de Deus, do Mestre Jesus e de Maria Santíssima para os que vivem nesta colônia espiritual. Sou grato por ela ter me acompanhado. — Ele uniu as mãos em forma de prece e Rutiele o imitou.

Em formato de concha, os dois anjos abriram as mãos, nelas assoprando em nossa direção, enquanto pediam a Deus que nos abençoasse. Raiozinhos claros surgiram e tocaram os presentes. Eu senti uma paz de espírito jamais experimentada, tendo a sensação de o próprio Céu estar me abençoando, e de que tudo daria certo em minha vida.

Os anjos uniram as costas e fixaram os que ansiosos aguardavam esse momento. Assim que o olhar de Lugiel

---

1 A primeira vez que escutei o nome do anjo feminino no Salão da Prece da Colônia Bom Jardim, pensei ter ouvido Rutiel; isso deve ter acontecido porque, quando fui católica, acreditava que o nome dos anjos tinham a terminação EL. Mas, no mundo espiritual, após ter tido mais contato com esse anjo, descobri que se chamava Rutiele, e não Rutiel. Esse foi o nome que apontei na primeira edição do livro, mas o correto é Rutiele. (Nota da Autora Espiritual.)

pousou sobre mim, mentalizei sua visita a dona Julieta e abaixei a cabeça, porque o olhar dele lia minha alma com mais intensidade que o olhar de Demétrius. Ao erguer a cabeça, surpreendi-me com o anjo ainda me fixando. Ele esboçou um sorrisinho e, erguendo a mão direita, abriu-a e fechou-a por duas vezes, surpreendendo-me por ter me escolhido para acompanhá-lo durante sua visita.

Ele rapidamente olhou para Mônica e desviou o olhar. Ela disse:

— Jaqueline, o anjo a escolheu para acompanhá-lo. Quando estiver próxima dele, deixe-o ciente do pedido do jovem enfermo. Creio que, ao olhar-me, não teve tempo de descobrir meu pedido.

Antes de dizer-lhe algo, o anjo voltou a olhar para ela e levantou a mão direita. Ela ficou tão feliz, que lágrimas silenciosas desceram por sua face.

Lugiel e o anjo feminino Rutiele continuaram olhando para os que estavam no Salão da Prece. Para uns levantavam a mão direita, e para outros, ao levantarem-na, fechavam-na e a abriam por duas vezes. Finda essa atividade, eles se aproximaram do governador e de Demétrius. Abraçaram o primeiro, que disse estar honrado com a visita deles à Colônia Bom Jardim.

Lugiel abraçou carinhosamente Demétrius e beijou sua fronte. Apresentou-lhe Rutiele, e ela abraçou meu orientador. Este ficou próximo de Lugiel e, observando-os, comentei:

— Os dois são idênticos. Olhar para um é como olhar para o outro.

— Em sua primeira existência terrena, Demétrius foi gêmeo univitelino do anjo Lugiel. É por isso que fisicamente são idênticos — mencionou Gardênia.

Pensei ter sido uma grande bênção Demétrius em sua primeira reencarnação na Terra ser gêmeo de um anjo; com o irmão, devia ter aprendido a ser caridoso, gentil e bondoso.

Lugiel olhou para as janelas e, vendo os canários-da-terra, seus olhos revelaram estar encantado com a visão. Com as mãos abençoou as aves, que cantaram lindamente, e o anjo sorriu. Seu belo sorriso indicou estar emocionado com o canto e apreciá-lo. Eu decidi descobrir o que de especial existia em tal canto, a ponto de encantar um anjo.

O anjo chamou os canários e todos foram até ele, sobrevoando-o. Lugiel e Rutiele assopraram nos canários. Estes se uniram, formando um coração de canários-da-terra, com Lugiel no centro dele. Foi a mais bela visão que contemplei na colônia. Se eu tivesse uma máquina fotográfica, teria tirado uma foto.

Os anjos assopraram novamente nos canários, que voaram e pousaram nas janelas.

O governador fez uma prece em agradecimento à presença dos anjos, falando em seguida:

— Solicito aos que foram escolhidos para acompanhar os anjos que se dirijam até eles. Os outros devem retornar às atividades que executam na colônia.

Eu me aproximei dos seres angelicais, percebendo que cada um deles tinha escolhido seis espíritos para acompanhá-los.

Fomos para o Jardim Central e no trajeto notei que os canários-da-terra voavam junto ao anjo Lugiel, que às vezes os olhava com brilho no olhar — um indício de que se importava com as aves e as apreciava.

De sua residência, moradores observavam os anjos. Estes sorriam para eles e erguiam a mão direita para alguns, que ficavam felizes por eles terem acolhido seus pedidos.

Caminhando próxima aos gêmeos notei que, embora fisicamente fossem idênticos, o anjo Lugiel é mais lindo que o irmão, aparentando ser dois ou três anos mais jovem que Demétrius. Seu cabelo é maior que o do irmão; os olhos mais azuis; e o rosto mais delicado. Seu andar é majestoso, o semblante sereno, o olhar terno, e havia doçura em sua voz. Duas covinhas surgiam nas bochechas quando sorria; Demétrius não as tinha. Ao andar, diferentes luzes clarinhas rodeavam o anjo, enquanto a luz que rodeava seu irmão é sempre dourado-clarinha.

Ao chegarmos ao Jardim Central, Lugiel olhou-me dentro dos olhos, e imediatamente abaixei a cabeça, temendo que ele descobrisse todos os meus erros e pecados.

— Jaqueline, erga sua cabeça — pediu. — Tenho um presente para você — acrescentou o anjo em sua voz melodiosa e pausada.

Ergui a cabeça e o vi sorrindo com candura. Ele puxou o braço direito, que estava atrás das costas com a mão fechada. Assoprou na mão e a abriu. Eu fiquei sem ação quando na palma de sua mão avistei uma pena belíssima. Ele a entregou para mim exclamando:

— É uma pena rara! Não pertence a um anjo porque eles não têm asas. Os corações dos anjos são suas asas, que os levam aonde precisam ir.

A pena tinha três cores: branca, amarelo-clarinha e azul-clarinha. Brilhava na pontinha e, ao movimentá-la, ela brilhava por inteiro.

— Quando precisar de algo que só um anjo poderá realizar, pegue a pena, reze com o coração e um anjo virá até você. Esse é o objetivo do presente que recebeu — explicou Lugiel. — Espero que o presente a faça feliz e alegre seus dias. Se algum dia alguém precisar do seu presente, doe a pena para ele ou para ela.

Fiquei tão emocionada e feliz, que meu sonho de ver um anjo com asas desapareceu. Duas lágrimas jorraram dos meus olhos enquanto eu pensava que jamais daria meu presente para outra pessoa ser contemplada com o favor de um anjo. Lugiel olhou-me de modo tão peculiar que mudei o teor do pensamento, mentalizando que faria o que ele havia recomendado em relação à pena.

Os anjos se dirigiram ao educandário, onde foram recebidos com alegria pelas crianças e adolescentes. Os dois brincaram com algumas crianças e colocaram algumas nos braços, além de bebês no colo, fazendo-lhes carinho. Depois deram atenção aos adolescentes.

Rutiele escolheu uma das crianças para reencarnar próximo dela em sua nova existência terrena, o que causou felicidade a Shirley e Fernando.

Do educandário, os anjos seguiram para o hospital, e, antes de entrarem no local, Lugiel contemplou os canários-da--terra que os seguiam. Assoprou nas aves, que, pousando, cantaram e depois voaram em várias direções.

Os anjos entraram no hospital e foram recebidos pelo diretor, o dr. Alfredo, que lhes disse ser uma honra e alegria acolhê-los ali. Levou-os à sala dos enfermeiros, onde ele e os médicos estavam reunidos, e foram cumprimentados pelos anjos. Rutiele falou sobre a importância do trabalho deles junto aos enfermos, concluindo sua fala com uma linda prece. Em seguida, os anjos se dirigiram para diferentes enfermarias do hospital.

Eu segui Lugiel. Quando ele entrava em uma enfermaria, todos os enfermos que reclamavam se acalmavam, e alguns adormeciam.

Apressada, fui até a enfermaria onde dona Julieta estava. Ela reclamava do atendimento de um enfermeiro. Carrancuda, ao ver-me, perguntou se eu tinha encontrado o anjo da guarda dela.

— Não encontrei o seu anjo da guarda, mas estive com outro anjo que em breve virá vê-la e a outros enfermos — falei.

— Está mentindo para iludir-me a fim de me ver feliz — retrucou dona Julieta. — Se todo dia rezo para meu anjo da guarda vir até mim e até hoje ele não veio, qual o motivo de hoje um anjo vir me ver só porque você, uma pecadora, esteve com ele? Creio que meu anjo guardião seja um dos mais dedicados a Deus, que, ao viver sempre louvando o Todo--Poderoso, não tem tempo para escutar minha prece e se compadecer de mim. Sou uma alma esquecida por Deus e pelo Céu.

Nesse momento, a porta se abriu e uma luz fortíssima penetrou o local, obrigando todos a fecharem os olhos. Assim que a luz desapareceu e os olhos foram abertos, o anjo Lugiel fixou os enfermos, que, extasiados, olhavam para ele. Este se aproximou do leito de dona Julieta com as luzes clarinhas circulando seu corpo. Tocou-lhe a fronte com o indicador. Ela chorou, e ele disse:

— Deus não esquece nenhum dos seus filhos e filhas. O Céu também não os esquece. Seu anjo da guarda já esteve com você, porém não o reconheceu por estar esperando ele aparecer com asas. Se já esteve com você, significa que ele não é insensível às suas preces, mas que a socorreu quando dele necessitou, porque nenhum anjo vive apenas louvando a Deus. Eles vivem a serviço de Deus, levando Suas bênçãos e as do Mestre Jesus e de Maria Santíssima para os encarnados e desencarnados. — Cravou o olhar no dela. — Filha, Deus lhe envia a cura que solicitou em suas preces. — Assoprou nos braços e na testa dela. — Está curada, e a partir de hoje aceite o bom tratamento que tem recebido deste hospital, sendo gentil em sua fala e em seus atos. Fazendo isso, estará iniciando sua reforma íntima. — Abençoou-a e, se dirigindo a outros leitos, abençoou todos os enfermos.

Antes de eu deixar a enfermaria para seguir o anjo, avistei dona Julieta fixando as mãos, chorando e dizendo que estava curada.

Acompanhei Lugiel às outras enfermarias e, ao visitá-las e dirigir algumas palavras para alguns enfermos, ele se juntou a Rutiele no corredor. Os dois disseram ao governador que iriam à ala dos enfermos mais necessitados para verem Pablo. Surpreso, o governador os fixou, mas os anjos nada disseram. Ele os conduziu à ala que tinham solicitado e depois a uma enfermaria individual onde estava Pablo, que, desde que fora trazido ao hospital, dormia a maior parte do tempo, despertando apenas com as energias do passe magnético de Demétrius ou do governador.

Desperto, Pablo xingava todos, exigindo que o deixassem partir para onde antes ele vivia, gritando que por toda a eternidade odiaria Demétrius e o governador. Seu ódio era tão intenso, que suas emanações chegavam às outras enfermarias, causando mal-estar aos enfermos. Raros eram os enfermeiros que cuidavam dele e velavam seu sono, assim procedendo por serem grandes trabalhadores do Cristo e estarem imbuídos de muito amor e bondade para com o espírito necessitado, que encarnado fora filho do governador no século XVII.

Fiquei sabendo que Pablo tinha sido cruel, maligno, perverso e diabólico com os familiares e com quem cruzava seu caminho. Mutilara e assassinara muitos, inclusive o pai e os irmãos, para se apoderar dos bens da família e vender o rebanho que possuíam. Diziam que ele era só maldade. Ao desencarnar, havia padecido por anos e anos no Umbral, vítima de alguns que tinha assassinado, pois estes haviam se tornado seus algozes. Conseguira fugir deles e se aliara a espíritos diabólicos detentores de conhecimentos e poderes malignos. Com esses espíritos invadira a vila umbralina dos algozes e cruelmente se vingara deles. Tinha se tornado o chefe da vila e passara a cometer maldades para desencarnados e encarnados.

Seu pai, na colônia espiritual onde vivia, dia e noite rezava pedindo a Deus e a Cristo que se compadecessem de Pablo, enviando-lhe uma bênção que tocasse seu coração, ou a de retirá-lo do local onde vivia a fim de que começasse a se modificar para melhor ao viver longe da vila umbralina. Um dia, o anjo Lugiel, ao escutar a prece do governador, apresentou-a ao Cristo, e este permitiu ao anjo levar a Pablo a bênção solicitada pelo pai. Lugiel, ao chegar à vila umbralina, encontrou Pablo meditando sobre seus erros e imediatamente usou seus conhecimentos espirituais para adormecê-lo, conduzindo-o ao hospital da Colônia Bom Jardim e deixando-o aos cuidados do governador com a recomendação de mantê-lo mais dormindo do que desperto, que ele continuaria junto ao Cristo intercedendo por Pablo.

Da porta da enfermaria individual, os anjos solicitaram a Demétrius e ao governador que despertassem Pablo, e, quando o fizeram, escutei Pablo gritar para o pai e Demétrius:

— Malditos! Infelizes! Desapareçam daqui porque não quero vê-los. Se eu não estivesse preso, esmagaria vocês com minhas próprias mãos por terem me tirado de minha vila e me mantido aprisionado aqui contra a minha vontade[2]. Vingar-me-ei dos dois mesmo que demore anos para a vingança se concretizar. Eu os odeio!

— Filho, acalme-se! — pediu o governador tocando-lhe a fronte. — Você não é um espírito ignorante e, não o sendo, é ciente de que não o mantemos aqui contra sua vontade. Veio para este hospital após ter refletido sobre os seus erros, e essa reflexão abriu uma brecha para um amigo trazê-lo até nós. Acalme-se, pois estamos aqui para ajudá-lo. — Olhou-o com ternura, e eu pensei que somente um pai olharia de tal forma para um espírito da categoria de Pablo.

— Nunca mais me chame de filho porque não o considero meu pai. Deixe-me em paz! — gritou Pablo, carrancudo, e o governador tocou-lhe a fronte enquanto uma lágrima escorreu por sua face.

Os anjos se aproximaram do leito irradiando suas luzes. Nós que os acompanhávamos não entramos, ficamos observando através da porta.

Lugiel e Rutiele ficaram na cabeceira do leito. Sorrindo com candura, tocaram a fronte do filho do governador, e as luzes que os rodeavam incidiram sobre Pablo. Este desfez a carranca e se acalmou.

---

2 Nenhum espírito é mantido nas colônias espirituais ou nos postos de socorro contra sua vontade. Pablo ficou no hospital da Colônia Bom Jardim porque Cristo autorizou que o anjo Lugiel o auxiliasse enquanto meditava sobre seus erros. O anjo o levou ao hospital por saber que nele receberia o amor e os cuidados do pai, e também, de Demétrius e dos enfermeiros, energias salutares a seu espírito — energias essas que auxiliariam Pablo em sua futura reencarnação. (Nota da Autora Espiritual.)

— Pablo, meu irmão! Deus e o Mestre Jesus, após escutarem as preces do seu pai e as minhas, concederam-lhe a bênção de uma nova reencarnação para nela você iniciar o ressarcimento de seus débitos passados — proferiu Lugiel. — Sendo ciente de muitos serem seus débitos, como voltarei a reencarnar, pedi permissão ao Cristo para você reencarnar próximo de mim, e em breve iniciaremos novas vidas terrenas — acrescentou, e apontou Rutiele. — Essa bondosa amiga, grande trabalhadora de Deus, também reencarnará depois de nós, para nos auxiliar nas novas reencarnações. Contamos com as bênçãos de Deus, do Mestre Jesus e de Maria Santíssima para, encarnados, eu e Rutiele o ajudarmos a quitar parte de seus débitos. — Tocou os cabelos de Pablo, e Rutiele fez o mesmo.

Lágrimas jorraram dos olhos do governador, que, abraçando Lugiel, agradeceu a bênção que Deus enviara a Pablo e a ele. Também abraçou e agradeceu Rutiele, dizendo:

— Meus bondosos e amáveis amigos! Não tenho palavras para agradecer por, em suas futuras missões na Terra, terem solicitado ao Cristo que meu filho reencarnasse próximo dos dois. Creio que essa solicitação tenha partido da compaixão de vocês com as lágrimas de um pai que só deseja bem a seu filho. Encarnado junto de vocês, certamente ele terá bons exemplos para praticar os ensinamentos e exemplos do Cristo, e contará com auxílio para enfrentar as provas colocadas em seu caminho. Todos os dias rezarei pedindo a Deus, ao Cristo e a Maria Santíssima que os abençoe na missão de vocês.

— Agradecimentos não são necessários. Somos seus amigos, e amigos ajudam uns aos outros — falou Lugiel.

Demétrius abraçou o irmão e comentou:

— Estimado e querido irmão! Seu desprendimento em favor dos que ainda estão distantes de Deus é louvável, pois, se reencarnará na Terra, com certeza será para realizar uma missão que lhe foi conferida. E, enquanto a realiza, é certo que auxiliará Pablo e muitos outros a trabalharem em seu crescimento moral e espiritual. Isso é esperado de você, já que no mundo espiritual é conhecido como o anjo da reencarnação, mesmo não apreciando tal título. — Fixou Rutiele e continuou: — Penso que você também está reencarnando em missão, e não tenho dúvidas de que você e meu irmão, espiritualmente, serão assistidos por amigos das esferas sublimadas; mesmo assim, eu, que não sou evoluído, caso os dois autorizem, farei o que estiver ao meu alcance para espiritualmente ampará-los na Terra.

— Amável, estimado, querido e bondoso irmão! Não precisa da nossa autorização para nos amparar espiritualmente. Eu e Rutiele ficamos felizes e honrados em saber que, mediante suas preces e intercessão, estará nos auxiliando e amparando enquanto estivermos reencarnados na Terra — falou Lugiel. — Que o bondoso Deus e o Mestre Jesus o abençoem hoje e sempre! — Abraçou o irmão com carinho, osculando sua fronte, e eu pensei comigo que os dois são muito unidos.

Rutiele também abraçou e osculou a fronte de Demétrius, sendo grata pelo futuro amparo espiritual que dele receberia.

Os anjos nos convidaram a rezar, agradecendo a Deus todas as bênçãos que a Colônia Bom Jardim recebera. Aproximamo-nos deles, e Rutiele fez uma linda prece, assim concluindo-a:

— Que Deus, razão de toda a nossa existência, permaneça derramando seu amor e suas bênçãos paternais sobre todos nós, tornando-nos aptos a seguirmos e praticarmos os ensinamentos e exemplos do Mestre Jesus. Louvado seja Nosso Senhor Jesus Cristo!

— Para sempre seja louvado! Assim seja! — respondemos em coro.

Os anjos sorriram em nossa direção. Aproximaram-se de Pablo e o retiraram do leito. Ele continuava calmo, silencioso, não demonstrando ser um espírito rebelde.

Lugiel e Rutiele colocaram uma das mãos nos ombros de Pablo, e os dois começaram a rezar e a brilhar. De repente, surgiu a mesma luz do Salão da Prece, e fechamos nossos olhos, tamanha a sua intensidade. Ao conseguir abri-los, os anjos e Pablo tinham desaparecido da enfermaria individual.

O governador rezou, agradecendo a Deus a bênção da reencarnação concedida a Pablo.

Deixamos a enfermaria individual e nos envolvemos em nossas atividades.

O governador ficou tão feliz com a visita dos anjos, que, pelo transmissor, determinou que o Salão de Diversão ficaria disponível a todos da colônia pelo tempo que nele desejassem ficar, sem necessidade de se usar os bônus-hora. A diversão deveria acontecer após as horas de trabalho e estudos.

CAPÍTULO 26
O MÉDIUM

Transcorridos alguns dias, estava no jardim de casa desfrutando meu dia de folga do trabalho hospitalar e do curso. Demétrius veio visitar-me e o convidei para entrar. Sentamos na sala e comecei a falar do curso sobre prece e virtudes quando ele indagou se eu estava apreciando o curso.

— Vim convidá-la para me acompanhar em uma visita que farei a um médium em Brasília. É o rapaz sobre o qual já falei para você. Gostaria que o conhecesse — disse meu orientador.

Aceitei o convite e seguimos volitando para a Terra, sendo a primeira vez que ia com Demétrius para a capital brasileira. Na cidade, chegamos ao portão de uma casa que aparentava ser simples e higiênica. Nela entramos e fomos ao quarto do médium, que, sentado em uma cadeira, lia um livro. Notei que aparentava ter uns 25 anos.

Próximo ao rapaz estavam dois espíritos: um garotinho de uns cinco anos e uma moça lindíssima. Aproximaram-se de nós, e a moça disse:

— Bem-vinda a esta residência, Jaqueline. Eu sou a Sulamita! — apresentou-se, estendendo a mão direita e sorrindo com meiguice.

Eu a cumprimentei, olhando-a de cima a baixo enquanto pensava que, fisicamente, ela é tão linda quanto o anjo Rutiele, talvez até mais linda que o anjo. Ainda bem que estava desencarnada, pois, se estivesse encarnada, as mulheres próximas dela não seriam notadas, porque os homens só enxergariam Sulamita.

A moça sorriu e eu puxei a mão após o cumprimento.

O garotinho fixou-me e se apresentou:

— Oi! Xô o Caius Lucius! O lindão! Pazer em cunecer você. Espelo que aqui si sinta bem! — Sorriu, levando as mãozinhas à boca, e depois me estendeu a mão direita.

O seu jeitinho de sorrir e de falar me conquistou. Cumprimentei-o e, não resistindo, apertei suas bochechas. Ele era igual a alguns bebês e crianças que, ao vê-los, queremos apertar as bochechas deles. Ele puxou a mãozinha e voltou a sorrir, colocando ambas as mãos na boca.

Caius Lucius e Sulamita assopraram no rapaz e dele se despediram. Também se despediram de mim e de Demétrius, e partiram volitando.

Observando o quarto, percebi existirem boas vibrações circulando por ele, dando-me conta de ser a primeira vez que eu estava em um quarto de um rapaz encarnado.

O médium permanecia concentrado na leitura enquanto eu analisava todo o cômodo, pensando que era diferente da imagem que eu tinha de quartos de rapazes: desorganizados e sujos. Este é limpo e organizado. Os livros estão em uma minibiblioteca, catalogados por assuntos e tamanhos. Sapatos e tênis, limpos e enfileirados em uma sapateira. Lençol bem esticado na cama, sem dobras. Cômoda sem poeira e objetos bem organizados sobre ela, entre eles, um quadro de Nossa Senhora do Carmo e um de São Tarcísio. Pensei que no quarto vivia alguém perfeccionista por nele tudo estar em ordem.

Demétrius assoprou no rapaz e tocou-lhe a fronte. O médium colocou um marca-página no livro, fechou os olhos, fez uma rápida prece e disse estar em sintonia. De olhos fechados, virou a cabeça em algumas direções e, ao mediunicamente nos ver, cumprimentou Demétrius. Sorriu para mim e disse:

— Seja bem-vinda à minha residência! Esta é a primeira vez que mediunicamente a vejo e desejo que o bondoso Deus a abençoe, concedendo-lhe o que em suas preces solicitar a Ele.

Gostei do que escutei e retribuí o sorriso, dando-me conta de o médium ser vidente. Ele retomou sua leitura e descobri que estava estudando *O Evangelho segundo o Espiritismo*. Sentei na cama próximo a Demétrius e indaguei:

— Por que Sulamita e Caius Lucius estavam no quarto do médium?

— Geralmente, os encarnados estão acompanhados por um ou mais desencarnados. Se o encarnado é uma pessoa de oração, caridosa e se empenha em conquistar virtudes, atrai a presença de bons espíritos, que o assessorarão em sua caminhada terrena. Se o encarnado vive longe de Deus, não é caridoso e pratica maldades, atrairá a presença de espíritos malignos, que o inspirarão a cometer erros e permanecer maldoso — explicou Demétrius. — Este rapaz, semelhantemente a muitos médiuns, usa a mediunidade para o bem e em sua residência cultiva o Culto do Evangelho no Lar, recomendado semanalmente aos espíritas para estudo dos ensinamentos do Mestre Jesus presentes em *O Evangelho segundo o Espiritismo*. A fidelidade ao culto torna a residência apta à atuação dos bons espíritos porque o culto proporciona uma higienização espiritual e psíquica no lar.

— Compreendi! Todos os espíritas fazem esse Culto do Evangelho no Lar?

— Todos os católicos semanalmente vão à missa? — indagou Demétrius, e entendi o que ele queria dizer com a indagação, mesmo sem ter respondido à pergunta que lhe tinha feito.

Meu orientador tocou na fronte do rapaz, que abandonou o livro, e começaram a conversar, o que me fez descobrir que o médium, além de vidente, também é audiente.

Escutei a conversa deles, notando que se entendiam e se davam bem. Demétrius passava orientações ao rapaz, que comentava que as colocaria em prática. Quando o médium pediu conselhos a assuntos particulares, afastei-me dos dois, para evitar ter contato com assuntos que não me diziam respeito, e fiquei lendo os títulos dos livros da minibiblioteca. Ao descobrir obras da literatura brasileira, toquei nelas, exclamando:

— O médium tem bom gosto para leituras!

Ele olhou-me e sorriu. Fiquei sem jeito por ter tocado os livros dele e decidi ficar em silêncio. Porém, pensei outra vez que ele tinha bom gosto quando avistei um vaso com flores amarelas entre os quadros de Nossa Senhora do Carmo e São Tarcísio. Flores e rosas amarelas são as minhas preferidas.

Sentei na cama assim que notei que a conversa entre o médium e Demétrius tinha sido concluída.

— Jaqueline, caso deseje, poderá visitar seus familiares encarnados ou regressar à Colônia Bom Jardim. Eu ficarei aqui — disse Demétrius.

Despedi-me do médium e volitei até a residência dos meus familiares em Goiânia, onde encontrei meu irmão dedicado aos seus estudos, e mamãe ainda mais religiosa ao rezar com maior intensidade e ser mais assídua na paróquia. Papai continuava dedicado ao trabalho e cultivando a paciência, sem se preocupar com muita coisa. Fiquei por vários minutos com eles e depois parti para a colônia espiritual.

Ao chegar a minha residência, encontrei Rafaela conversando com um rapaz que me apresentou como seu amigo. Fui para o quarto contente por ela ter conquistado uma amizade, porque era a primeira vez que ela levava alguém em casa. Esperava que esse amigo a retirasse um pouco do estudo dos mapas. Fui à janela e avistei uma bonita lua. Peguei um livro e retomei sua leitura.

Passados novos dias, voltei a visitar o médium na companhia de Demétrius, concluindo, após muito observá-los, que Demétrius é o mentor espiritual do rapaz.

Em uma das visitas, ao chegar ao quarto, notei a janela aberta e alguns espíritos através dela, na garagem, atentos ao que ocorria no quarto. Além de Sulamita e Caius Lucius, havia outros bons espíritos. Observei socorristas ampararem espíritos com diferentes enfermidades.

— Demétrius, o que está acontecendo nesse quarto? — indaguei.

— Hoje é o dia em que o médium realiza o Culto do Evangelho no Lar. Chegamos no horário em que o culto se iniciará — ele respondeu.

Aproximei-me de Sulamita e notei que sobre a cômoda estava uma toalha branca, uma jarra com água, um copo e alguns livros. O médium leu uma mensagem de um livro ao abri-lo aleatoriamente e fez um comentário sobre a leitura enquanto de olhos fechados corria o olhar por todo o quarto. Pensei que, sendo vidente e audiente, deveria estar atento ao que de espiritual ocorria em seu quarto.

Em seguida, o médium pegou *O Evangelho segundo o Espiritismo* e leu a passagem do item 3 do capítulo 13: fazer o bem sem ostentação. Em voz alta, explicou o que leu usando uma linguagem simples, e dei-me conta de que sua explicação proporcionava reflexão em relação ao conteúdo da leitura. Conforme o rapaz falava, avistei outros espíritos se juntando aos que estavam na janela. Ao concluir sua explicação, abriu o livro no último capítulo e pausadamente rezou a oração "Pelas almas sofredoras que solicitam nossas preces" e o Pai-Nosso.

Com os olhos fechados, virou a cabeça para a janela e pediu a quem buscava conforto espiritual que mentalizasse Deus e, com o coração, Lhe pedisse o perdão de suas faltas e a oportunidade de corrigi-las. Abrindo os olhos, pegou a bíblia da cômoda e, devagar, leu um salmo e um versículo de um dos capítulos do Evangelho de João. Fechou os olhos e acrescentou:

— Solicitarei a Deus e ao Cristo o perdão dos pecados e erros, pedindo a bênção para repará-los. Quem desejar poderá repetir a solicitação e o pedido, ou realizar seu próprio pedido de perdão. Rezando juntos receberemos o conforto espiritual de que necessitamos porque o receberemos do próprio Cristo, que encarnado nos ensinou que "[...] onde dois ou três estiverem reunidos em meu nome, eu estarei no meio deles"[1]. E, como estamos reunidos em nome de Deus e do Cristo, Eles, que são bondosos e misericordiosos, nos enviarão bênçãos para repararmos os erros e pecados, independente de quais erros e pecados tenhamos cometido. — Começou a rezar fazendo a solicitação e o pedido.

Alguns dos espíritos amparados pelos socorristas e outros da garagem se ajoelharam e começaram a repetir a solicitação e o pedido do médium; outros rezavam o próprio pedido de perdão. Alguns tinham lágrimas nos olhos enquanto rezavam, o que demonstrava ser sincero o pedido.

Demétrius e os outros bons espíritos rezaram pedindo a Deus que se compadecesse dos filhos pródigos, pois, ao solicitar perdão, revelavam o desejo de retornar aos braços do Pai para ter a ocasião de futuramente reparar seus erros e pecados.

De repente, uma brisa agradável acariciou a todos e os socorristas começaram a levar para postos de socorro ou colônias espirituais os que com sinceridade haviam pedido perdão por seus erros e pecados.

---

1 Passagem bíblica presente no Evangelho de Mateus 18,20. (Nota da Autora Espiritual.)

Caius Lucius, usando seus conhecimentos espirituais, fluidificou a água que estava na jarra, ou seja, adicionou à água fluidos que causariam bem-estar físico e espiritual a quem fosse bebê-la. Contemplei-o admirada ao descobrir que, mesmo sendo criança[2], era capaz de fluidificar a água de encarnados. Mas se, assim como Demétrius e Sulamita, acompanhava o médium, era sinal de que sua evolução espiritual deveria ser maior que a minha, possuindo mais conhecimentos espirituais do que eu.

O médium rezou a prece de encerramento do Culto do Evangelho no Lar, sendo grato a seu mentor espiritual e aos bons espíritos que haviam comparecido ao culto.

Alguns espíritos que da janela tinham acompanhado o culto e não haviam pedido perdão dos erros e pecados partiram para outros locais.

Colocando água no copo, o rapaz a bebeu. Depois colocou os livros usados no culto na minibiblioteca e deixou o quarto levando a jarra de água.

— Gostei de participar desse Culto do Evangelho no Lar — disse a Demétrius.

— Espíritas em cujos lares se faz semanalmente o culto recebem bênçãos para eles e a residência, bênçãos essas que também são direcionadas àqueles por quem eles rezam — falou meu orientador.

— Ocorre o mesmo nos outros lares que fazem o culto em relação ao pedido de perdão dos desencarnados que comparecem a esse encontro? — indaguei.

— Em alguns, sim; em outros, não, porque a maioria dos espíritas que são fiéis ao culto não são médiuns videntes, audientes ou sensitivos, por isso não percebem os espíritos necessitados que compareçem à oração realizada em seus lares. Não os percebendo, raramente em voz alta rezam pedindo perdão dos erros e pecados durante o culto. Mas,

---

2 Depois de algum tempo, fiquei sabendo que Caius Lucius se apresentava como criança para bem executar a missão que no mundo espiritual lhe fora conferida por um anjo. (Nota da Autora Espiritual.)

mesmo não rezando, seus mentores espirituais e outros bons espíritos que comparecem ao culto ofertarão amparo aos desencarnados que necessitarem de conforto espiritual — explicou Demétrius.

Ele apontou que, como eu já havia tido contato com o médium e sabia onde ele residia, poderia sozinha visitá-lo e interagir com ele, algo que seria positivo, porque seria junto ao médium que eu realizaria uma de minhas missões. Não citou qual seria a missão, e eu não perguntei.

Parti para a Colônia Bom Jardim e, em outras ocasiões, visitei o médium, que me acolhia com gentileza e conversávamos por alguns minutos. Em uma das visitas, convidou-me a acompanhá-lo até uma escola onde realizava trabalho voluntário com alunos com dificuldades de aprendizagem. Ao encontrar meu orientador, contei-lhe sobre o trabalho voluntário do médium, e Demétrius disse-me que muitos espíritas e pessoas de outras denominações religiosas faziam trabalhos voluntários em diferentes instituições brasileiras. Um dia, conduziu-me até o local em que o médium Chico Xavier[3] prestava serviços voluntários.

Ao chegarmos, notei que o médium mineiro estava acompanhado por espíritos evoluídos. Demétrius dirigiu-se a um deles e, após cumprimentá-lo, pediu permissão para acompanharmos o trabalho do médium. A permissão foi concedida e, ao testemunhar a atenção, o amor e o desprendimento que Chico Xavier ofertava aos que usufruíam seu trabalho voluntário, falei para Demétrius que é bonito e edificante a tarefa que ele realizava. Como é belo o voluntariado de outros espíritas.

Demétrius agradeceu ao espírito a oportunidade de termos presenciado o trabalho voluntário de Chico Xavier. Depois, partirmos para a Colônia Bom Jardim.

---

3 No ano em que o espírito Jaqueline ditou a obra ao médium que a psicografou, o médium Chico Xavier ainda estava encarnado. (Nota do Médium.)

Em outros dias, acompanhei Demétrius a algumas casas espíritas[4], nelas descobrindo que, além dos trabalhos espirituais e estudos da doutrina espírita, essas casas possuíam serviços sociais ofertados gratuitamente aos encarnados, e poucos eram os espíritas que se tornavam voluntários nesses serviços, bem como testemunhei não serem muitos os que eram fiéis ao Culto do Evangelho no Lar.

— Demétrius, por qual motivo muitos espíritas não fazem trabalho voluntário, nem semanalmente rezam o Culto do Evangelho no Lar? — indaguei ao meu orientador. — É tão belo o trabalho voluntário que observei alguns espíritas executarem, e muitas são as bênçãos que chegam aos que realizam o culto.

— Assim como existem espíritas que não fazem trabalhos voluntários, nem semanalmente rezam o Culto do Evangelho no Lar, também existem católicos, evangélicos e outros que não fazem nenhum voluntariado, nem semanalmente rezam em seus lares — proferiu Demétrius. — Praticar a caridade mediante um trabalho voluntário e nas residências rezarem semanalmente é algo que todos, independentemente do credo religioso, deveriam executar. Quem já executa foi porque compreendeu que ao rezar e fazer um trabalho voluntário realiza um grande bem a si mesmo. Os que ainda não executam assim procedem em nome de seu livre-arbítrio, que deve ser respeitado. O que eu costumo realizar junto a quem ainda não reza semanalmente, nem pratica um trabalho voluntário, é inspirá-lo a essa prática, cabendo-lhe acatar ou não a inspiração.

— Procurarei imitá-lo em relação ao que apontou sobre a inspiração — falei, e nos envolvemos em outras atividades.

Conforme as semanas foram se passando, voltei a frequentar o Culto do Evangelho no Lar na residência do médium de Brasília e estive presente em uma das palestras do

---

4 Narro com mais detalhes visitas realizadas às casas espíritas no livro *Casa do Auxílio*. (Nota da Autora Espiritual.)

médium Chico Xavier. O que escutei na palestra e nos cultos, ao colocar isso em prática no mundo espiritual, descobri que meu trabalho no hospital se tornou mais enriquecedor, e melhor compreendi o que estudava no curso sobre prece e virtudes.

CAPÍTULO 27

SEGUINDO DEMÉTRIUS

Os meses seguiam seu curso.

Nos dias de folga das aulas do curso sobre prece e virtudes, Rodolfo visitava-me na Colônia Bom Jardim, presenteando-me com buquês de rosas amarelas. Eu agradecia e ficávamos conversando. Ele tinha um papo agradável e acostumei-me com a presença dele, que me fazia ruborizar quando me dizia que eu sou bonita.

Em uma de nossas conversas, quando estávamos no jardim do hospital, ele disse:

— A colônia espiritual onde vivo é muito bonita e desenvolve um belo trabalho junto a encarnados e desencarnados. Às vezes, a colônia é visitada por um encarnado em desdobramento[1], que presenteia seus moradores com belíssimas canções enquanto toca o violão. Sua voz é lindíssima e, ao cantar, todos os que estão por perto param o que fazem para apreciar a canção.

— No dia de nossa apresentação no curso, você falou o nome da colônia onde vive, mas agora não recordo o nome dela.

— Colônia São Tarcísio! — exclamou Rodolfo.

— Essa não é a Colônia em que Demétrius vive? — indaguei.

— Demétrius costuma ficar semanas ou meses nessa colônia, porque espíritos da evolução dele não vivem apenas em uma colônia espiritual. Por serem grandes trabalhadores de Deus, por meio da caridade que praticam, auxiliam desencarnados em várias colônias e encarnados de diferentes cidades terrenas — explicou Rodolfo.

De repente, Demétrius surgiu no jardim, convidando-nos para acompanhá-lo até Brasília. Seguimos com ele até a residência do médium em Brasília, que se organizava para uma viagem em outro estado. Ele e Demétrius conversaram e o acompanhamos até seu embarque em um ônibus.

— Jaqueline, quando voltar a se encontrar com o médium, sugiro que demore mais tempo conversando com ele, não apenas alguns minutos. A conversa ajudará vocês a criarem laços amigáveis, o que futuramente os auxiliará quando juntos estiverem trabalhando[2] — disse Demétrius, e falei que seguiria a sugestão.

Ao chegarmos à Colônia Bom Jardim, meu orientador e Rodolfo se despediram e partiram. Eu entrei em casa e, ao encontrar Rafaela e Mônica na sala, a segunda perguntou:

— Por que você nunca convida seu namorado para entrar?

---

1 Desdobramento é o fenômeno em que, durante o sono, o espírito se desprende do corpo físico, permanecendo ligado a ele por meio de um cordão fluídico, e vivencia diferentes experiências no mundo dos espíritos. Alguns chamam o desdobramento de sonho. (Nota da Autora Espiritual.)
2 Depois fiquei sabendo que um dos trabalhos que executaria com o médium de Brasília seria ditar meus livros para ele psicografar. (Nota da Autora Espiritual.)

— Eu e Rodolfo não estamos namorando. De onde você tirou essa ideia? — indaguei.

— Eu e Rafaela já notamos que os dois estão sempre conversando. Ele a presenteia com buquês de rosas e você não desgruda dele quando ele está na colônia. Se isso não é namoro, o que significa? — inquiriu Mônica.

— Significa que um gosta do outro e estão namorando — falou Rafaela.

— Eu e Rafaela estamos felizes por você namorar Rodolfo, que é um rapaz educado, simpático e bonito — proferiu Mônica.

— Eu e ele não estamos namorando. Vocês duas comecem a se ocupar com a vida de vocês, pois, ao fazerem isso, não terão tempo para ficar insinuando que estou namorando Rodolfo — falei, indo para meu quarto enquanto pensava no que elas tinham dito.

Eu e Rodolfo gostávamos da companhia um do outro e dos assuntos de nossas conversas. Mas isso não significava que estávamos namorando! Ou estávamos, e eu não tinha me dado conta disso?

Relembrei todos os momentos que havia compartilhado com ele, chegando à conclusão de sermos só bons amigos. Deixando esse assunto de lado, comecei a pensar sobre qual trabalho executaria com o médium de Brasília. Fiz uma prece na intenção do médium, pedindo a Deus que nosso futuro trabalho fosse agradável aos dois. E fiz outra prece pelo bem--estar dos meus familiares e amigos.

Os meses continuaram seguindo seu curso e eu permaneci dedicada à enfermagem no trabalho hospitalar, pois amo esse trabalho. Quando os enfermos recebiam alta hospitalar, visitava-os onde passavam a residir, incentivando-os a se matricularem nos cursos oferecidos pela colônia espiritual e a se envolverem no que de bom a colônia possuía para lhes ofertar.

Um dos ex-enfermos que costumava visitar era Paulo Gaspar, cuja leitura de *Desapego* contribuíra para que ele decidisse parar de dormir aguardando o Julgamento Final de Deus. Disse-me que se esforçaria para tentar imitar os exemplos do anjo Lugiel na história narrada em *Desapego*. Parabenizei-o por sua iniciativa dizendo que ele haveria de se tornar um bom trabalhador do Cristo.

Um ano se passou e recebi férias mensais do curso sobre prece e virtudes. Após dois dias em que as férias tinham se iniciado, Demétrius e Rodolfo me visitaram em meu local de trabalho e, após darem atenção aos enfermos, partiram.

Ao concluir meu turno na Ala Juvenil, Demétrius, Gardênia e dr. Alfredo me procuraram, e o primeiro disse:

— Jaqueline, na Colônia Bom Jardim você foi dedicada ao seu trabalho e às suas tarefas, desempenhando-os com amor, alegria e humildade, tratando bem os enfermos deste hospital. O seu modo de viver e o trabalho hospitalar, sem que percebesse, auxiliaram sua evolução espiritual. E o seu tempo na Colônia Bom Jardim foi concluído em função de essa nova evolução espiritual capacitá-la a viver em outra colônia, onde executará suas missões. Seguirá comigo para viver na colônia espiritual onde eu e Rodolfo vivemos. Antes de partir, terá tempo para se despedir de quem desejar.

Pega de surpresa, não soube o que dizer, mas fiquei feliz em descobrir que iria residir na mesma colônia espiritual de Rodolfo e do meu orientador.

Com olhos marejados de lágrimas, Gardênia abraçou-me, parabenizando-me pela conquista da nova evolução espiritual, mencionando ainda saber que eu seria uma das operárias da messe do Senhor.

Emocionada, chorei ao me dar conta de que sentiria falta da amiga que muito me auxiliara desde o primeiro dia em que havia chegado à Colônia Bom Jardim. Disse-lhe que muito estimava sua amizade e, quando precisasse de mim, que entrasse em contato.

O dr. Alfredo agradeceu o tempo em que como enfermeira me dediquei ao trabalho nas Alas Juvenil e Adulta, e, dizendo apreciar-me como um pai aprecia uma filha, abraçou-me.

Junto ao meu orientador, Gardênia e dr. Alfredo, estivemos nas enfermarias e alas onde trabalhei agradecendo o que de bom aprendi com enfermeiros e enfermeiras, médicos e médicas, deles e dos enfermos me despedindo. Desejaram-me felicidade na nova morada espiritual.

Andei por todo o hospital, sendo grata por ele ter me acolhido quando cheguei à colônia e por tudo que nele aprendi quando atuei em meu trabalho hospitalar.

Na sala dos enfermeiros, na companhia de Demétrius, Gardênia e de alguns enfermeiros e médicos, fiz uma prece pedindo a Deus que abençoasse o hospital e todos que nele trabalhavam.

Do hospital, ao lado de meu orientador e Gardênia, fomos para o educandário. Brinquei com algumas crianças, delas me despedindo. Depois conversei com Abimael, de quem sentiria falta. Ele beijou-me a fronte e pediu-me que rezasse por ele e pelos indígenas encarnados. Retribuí o ósculo em sua testa e falei que rezaria na intenção do que ele solicitasse.

Seguimos para a governadoria e, após nos cumprimentar, o governador disse:

— Jaqueline, fico feliz em saber que seguirá com Demétrius para a Colônia São Tarcísio para nela iniciar suas missões. A felicidade é por saber que, a serviço de Deus, continuará sendo caridosa aos irmãos. Tendo-lhe como filha, estará presente em meu coração e em minhas preces. Que Deus e o misericordioso Mestre Jesus continuem abençoando-a para, por meio das bênçãos, você permanecer gentil, amorosa, humilde e caridosa.

Fiquei emocionada e o abracei, sendo grata por ter me ofertado um lar na Colônia Bom Jardim quando nela me acolheu paternalmente.

Da governadoria, eu, Demétrius e Gardênia fomos para a casa em que resido. Nela encontrei Rodolfo conversando com Mônica e Rafaela. As duas me abraçaram simultaneamente, felicitando-me pela conquista da nova evolução espiritual e pela nova morada no mundo espiritual. Choramos de alegria e agradeci as duas por serem boas amigas. Gardênia se juntou a nós em um abraço coletivo.

— Amo-as fraternalmente! — disse. — As três são a família que encontrei no mundo espiritual e estarão presentes em meu coração e em minhas preces. — Abracei-as com carinho.

Aproximando-se, Rodolfo olhou dentro dos meus olhos e beijou minha face, deixando-me ruborizada e envergonhada. E, por ser meu primeiro beijo, não soube o que dizer. Ele então beijou-me novamente, dizendo:

— Estou feliz em saber que você viverá na mesma colônia em que eu resido!

— Também estou feliz em partir para onde você vive. Mônica e Rafaela me ajudaram a descobrir que você significa mais que um amigo — confessei, e ele me abraçou carinhosamente.

Indaguei a Demétrius o que deveria levar para a outra colônia e ele respondeu que os meus diários, anotações, livros usados no curso sobre prece e virtudes, além de outros livros que eu desejasse.

— Na outra colônia espiritual continuarei frequentando o curso? — interroguei.

— Sim, pois o curso a ajudará a se sair bem em suas missões — proferiu Demétrius. — E da colônia seguirá até o curso na companhia de Rodolfo.

Fui para o quarto e coloquei em uma mochila os diários, anotações, a pena presenteada pelo anjo Lugiel e os livros, entre eles, *Desapego*. Sentei na cama e fiz uma rápida prece, sendo grata ao quarto pelo tempo que me acolheu nele. Depois andei por toda a casa, dela me despedindo. Toquei as flores do pé de girassol e dei um abraço de despedida em minhas amigas. Demétrius e Rodolfo também se despediram delas.

Meu orientador fez uma prece, sendo grato a Deus pelas bênçãos que recebi na Colônia Bom Jardim, concluindo-a com a oração do Pai-Nosso, que todos rezamos.

Coloquei a mochila nos ombros e Demétrius e Rodolfo seguraram minhas mãos. Pediram-me que me concentrasse e começamos a volitar.

Seguindo Demétrius, parti esperançosa de que seria feliz na Colônia São Tarcísio. Segurando a mão direita de Rodolfo, tive a sensação de felicidade já chegando após dele ter ganhado meu primeiro beijo, revelando-me ser especial para ele, e ele também ser especial para mim.

Conforme volitávamos, a Colônia Bom Jardim foi ficando cada vez mais distante.

PALAVRAS AO LEITOR

Queridos e estimados leitores!

Espero que a leitura deste relato os tenha auxiliado a compreender que não é difícil conquistar uma morada em uma colônia espiritual, e que essa conquista se realiza aproveitando o tempo que passamos juntos aos encarnados trabalhadores de Deus, do Cristo e da mãe de Jesus, para com eles aprendermos a praticar os exemplos e ensinamentos do Mestre Jesus.

O que narrei neste relato foi o que eu, que encarnada fui católica, vivenciei após desencarnar e viver na Colônia Bom Jardim, ditando ao médium que o psicografou apenas o que me foi permitido fazer chegar ao conhecimento dos encarnados. Antes de o relato ser ditado, ele passou pelo crivo da comissão espiritual que avalia as obras literárias destinadas à Terra. Demétrius faz parte da comissão e esta aprovou o relato, que redigi em uma linguagem simples por acreditar que ela facilitaria o entendimento do conteúdo abordado no livro.

Aos dezesseis anos, ao chegar ao mundo espiritual, encontrei o que jovens desencarnados costumam encontrar quando são acolhidos em colônias espirituais. Dessa forma, algumas passagens que narrei poderão ser semelhantes a outras já relatadas por espíritos que ditaram seus livros para outros médiuns. Digo *semelhantes* porque alguns escritores espirituais frequentaram o mesmo curso literário na colônia que o ministra, aprendendo a técnica de como transcrever determinadas passagens, com um toque peculiar de cada um em sua escrita.

Penso que algumas passagens do relato receberão críticas, que serão bem-vindas, porque comprovarão que a obra foi lida e enriquecerão, assim, meus futuros trabalhos literários, independentemente do teor das críticas.

Estimados leitores, enquanto liam a obra, estive presente para vocês, porque cada passagem do livro é um pedacinho de mim que compartilhei com quem o leu. Também estive presente porque, antes de o livro chegar a vocês, recebeu minhas energias quando ainda estava na caixa.

Atualmente, vivo na Colônia São Tarcísio envolvida em minhas missões e, conforme minhas possibilidades, estendo-lhes minhas mãos amigas quando em preces as solicitam, assim imitando o exemplo de Demétrius, Sulamita, Caius Lucius, Irmã Scheilla, Emmanuel, Joanna de Ângelis, além de outros que a serviço de Deus, do Cristo e da mãe de Jesus os socorrem espiritualmente.

Muitos poderão pensar que este *Relato de uma Católica* é uma ilusão. Mas o que nele foi narrado é verídico, porque a vida após a morte é uma realidade, e nela cada desencarnado é acolhido na morada que preparou enquanto esteve encarnado, sendo caridoso e bondoso, ou não. É uma vida bela e feliz para os que conseguem conquistar uma boa morada. Para aqueles que querem essa vida, tomo a liberdade de os aconselhar a serem caridosos, amorosos, a praticarem a bondade e o perdão.

Aos leitores, que considero meus amigos, sou grata por, mediante este livro, ter entrado em seus lares e corações. Desejo que éste relato os impulsione a estudar as obras codificadas por Allan Kardec: *O Livro dos Espíritos*, *O Livro dos Médiuns*, *O Evangelho segundo o Espiritismo*, *O Céu e o Inferno* e *A Gênese*.

Queridos e estimados leitores, em minhas preces e nas preces coletivas da colônia onde vivo, rezarei na intenção de vocês. Que o bondoso Deus e o amado Mestre Jesus os abençoem, e que seus mentores espirituais continuem lhes estendendo as mãos amigas, assessorando assim sua caminhada terrena.

No livro *Casa do Auxílio* continuo narrando minha trajetória espiritual.

Jaqueline

ÓRFÃOS DO AMOR
ROBERTO DIÓGENES
DITADO POR SULAMITA

Romance
Formato: 16x23cm
Páginas: 432

Os trigêmeos Derek, David e Daniel veem-se órfãos por uma tragédia do destino, e acabam sendo encaminhados ao orfanato que madre Felícia dirige. Apesar do bom coração de Marcello, médico do orfanato cuja intenção é adotar os três meninos, e da boa vontade de seus pais, que o encorajam a tal iniciativa, uma nova reviravolta vem ao encontro dos garotos, fazendo-os deparar com uma situação inesperada, que os fará entrar em contato mais íntimo com inimigos do passado espiritual. Nem tudo serão flores para os trigêmeos, mas, sob a liderança natural do irmão Derek, um espírito de grande amadurecimento, apesar da tenra idade, esses três pequenos seres, sempre unidos, se conduzirão pela experiência da adoção, aprendendo e também ensinando, cada um a seu modo, aos que os rodeiam.

 www.boanova.net

 www.facebook.com/boanovaed

 www.instagram.com/boanovaed

 www.youtube.com/boanovaeditora

Entre em contato com nossos consultores e confira as condições.
Catanduva-SP 17 3531.4444 | boanova.net

SÓ O AMOR EXPLICA
ROBERTO DIÓGENES
DITADO POR SULAMITA

Romance
Formato: 14x21cm
Páginas: 528

LÚMEN
EDITORIAL

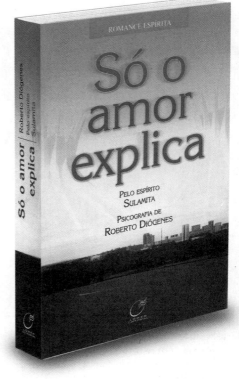

Lucrécia e Teófilo formam um casal riquíssimo da alta sociedade de Brasília. Marta é uma professora universitária influente da capital federal. O que eles não imaginavam é que seus filhos, Rebecca e Tarcísio, iniciariam um namoro no colégio que se transformaria em uma verdadeira provação para todos. Um noivado-relâmpago, um casamento precoce, um filho e uma sucessão de conflitos familiares mudam completamente os sonhos dos pais. O romance de Rebecca e Tarcísio ganhará contornos de uma saga em busca da felicidade. Tarcísio, o jovem marido, espírita convicto e médium, vai sofrer o assédio de familiares de Rebecca, sua esposa, que querem se vingar dele por ter se casado com ela.

Entre em contato com nossos consultores e confira as condições.
Catanduva-SP 17 3531.4444 | boanova.net

Renúncia
por amor

pelo espírito
Sulamita

psicografia de
Roberto Diógenes

Romance
Formato: 16x23cm
Páginas: 344

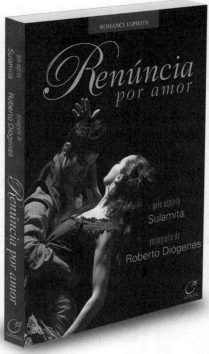

Um grupo de ciganos, criado em 1754, tem hoje como líder Sindel. Sua irmã, Consuelo, é a líder espiritual. Os integrantes atuais seguem uma lei criada naquela época e registrada em um caderno. Contudo, ela necessita ser repensada e reescrita: os tempos são outros. Esta é a história de um povo livre cuja líder espiritual é médium e conhece os ensinamentos da Doutrina Espírita, já que entrou em contato com o Espiritismo quando jovem. Um emocionante enredo que traz a certeza de que algo só é colocado em nosso caminho quando estamos prontos para cumprirmos a Lei de Ação e Reação, com perdão e amor ao próximo. Afinal, "Fora da caridade não há salvação".

LÚMEN
EDITORIAL

Entre em contato com nossos consultores e confira as condições.
Catanduva-SP 17 3531.4444 | boanova.net

Levamos o livro espírita cada vez mais longe!

Av. Porto Ferreira, 1031 | Parque Iracema
CEP 15809-020 | Catanduva-SP

www.**lumeneditorial**.com.br
www.**boanova**.net

atendimento@lumeneditorial.com.br
boanova@boanova.net

17 3531.4444

17 99257.5523

Siga-nos em nossas redes sociais.

@boanovaed   boanovaeditora

CURTA, COMENTE, COMPARTILHE E SALVE.
utilize #boanovaeditora

Acesse nossa loja   Fale pelo whatsapp